SOB PRESSÃO

TALBOTT'S COVE

KATE CANTERBARY

Para melhores amigos que gritam obscenidades em restaurantes.

E Mary e Paul, e Mel e Sue.
Em suas marcas, preparem-se, assem!

CAPÍTULO UM

ELASTICIDADE

s.f. Capacidade de recuperar a forma após o alongamento.

POR CINCO MINUTOS CADA MANHÃ, minha vida era pura agonia.

Na maioria dos dias, eu fazia o possível para evitá-la. Programei-me para patrulhas antecipadas ou verificações de bem-estar de alguns de meus residentes idosos. Qualquer coisa para sair da estação. Era uma necessidade. Eu não podia cuidar da segurança pública desta cidade com meu pau mais duro do que um cassetete. Eu sabia porque já havia tentado. A equipe era pequena demais para receber instruções atrás de um pódio. Quando se tratava de posicionar uma prancheta ou o chapéu de xerife sobre minha virilha, descobri que só conseguia seguraraquela pose por alguns minutos.

Ah, eu tentei esconder, mas a única solução era ficar longe da estação e da namoradinha de Talbott's Cove, Annette Cortassi. A livraria que ela possuía na rua principal ficava a menos de cinquenta metros da minha mesa e eu tinha um assento na primeira fila para seus rituais matinais.

Annette descia a rua como se estivesse rodeada por raios de lua e unicórnios, seu sorriso radiante. Eu não sabia com certeza, mas apostaria que ela havia sido a rainha do baile no colégio e Miss Simpatia também. Eu também apostaria que era sua missão de vida me torturar e me atormentar. Ela era um demônio com roupas de anjo, isso era um fato.

Desde meus primeiros dias nesta pacata cidade pesqueira, um forasteiro em todos os sentidos possíveis, foi a corajosa lojista morena que roubou minha atenção. Annette sabia como usar um vestido de verão como ninguém. As panturrilhas nuas daquela mulher eram um risco para a segurança pública. E seus tornozelos. *Caralho*. Desde quando tornozelos eram sexy? Eram articulações ósseas, pelo amor de Deus. Mas bastou a visão dela caminhando pela vila em sandálias de tiras para me deixar excitado.

Como se os tornozelos não bastassem, seus quadris redondos balançavam como o relógio de bolso de um hipnotizador. Eu não poderia evitar a visão de sua pele beijada pelo sol ou sua cachoeira de cabelos escuros e ondulados nem se eu quisesse. Mais de uma vez, eu me vi olhando para ela, as mãos cerradas, a mandíbula no chão e uma poça de baba ao lado.

Annette era a estrela mais brilhante da Talbott's Cove.

Cada vez que a via, não conseguia desviar o olhar. E era por isso que eu não podia olhar *de forma alguma*.

Eu era um recém-chegado aqui, ainda tentando cair nas graças dos nativos. Eles ainda não me conheciam e também não confiavam em mim. Dormir com a namoradinha da cidade não era o caminho para cair nas graças deles, não importa o quanto ela fosse gostar. E ela iria gostar. Eu não aceitaria que fosse diferente.

Mas isso não importava. Por enquanto, eu dormiria sozinho. Um voto temporário de castidade era a coisa certa a fazer. A cidade merecia toda a minha atenção, e meu predecessor deixou claro que eu deveria liderar pelo exemplo. Sem bebida, sem jogo, sem mulheres. Não a menos que eu quisesse uma passagem só de ida de volta para Albany.

Eu não era muito de beber, apostar ou mulherengo, mas mesmo assim dei ouvidos aos avisos do xerife anterior. Conseguir esse emprego foi um grande passo para mim. Foi um passo ainda mais *longe*.

No espaço de alguns meses, deixei meu emprego e vendi minha casa no interior do estado de Nova York, rumo a esta cidade na costa rochosa do Maine. Foi uma jogada ousada, mas necessária. Eu queria encontrar um ritmo de vida diferente, e um lugar onde pudesse fazer um trabalho importante e alguma diferença.

Eu não disse isso em entrevistas de emprego ou mencionei em conversas, mas também queria pertencer a algum lugar. Talvez, eventualmente, pertencer a *alguém*.

Eu lancei um olhar amargo para o relógio do painel da minha SUV. Eu já havia dado duas voltas na cidade esta manhã, respondido a reclamações sobre um par de raposas à espreita ao redor do galinheiro dos Lincoln, ajudado os proprietários a consertar uma seção de sua cerca que caiu na noite passada e mediado uma disputa entre pescadores por causa de algumas boias desaparecidas. Até agora, uma manhã produtiva, mas eu ainda tinha quinze minutos antes que Annette entrasse em sua loja.

Eu só consegui falar com ela algumas vezes. Não era o nervosismo que me mantinha longe, mas a completa incapacidade de olhar para ela sem querer entrar em seu espaço pessoal e cheirar seu cabelo. Não entendia essa reação e uma parte de mim se ressentia de Annette por tê-la provocado. Cheirar cabelo. Que tipo de bruxa era ela?

Em vez de fazer ou dizer algo de que me arrependeria, mantive distância. Esta pequena cidade não permitia nenhuma distância real, mas eu não precisava ter que vê-la rabiscar a citação do dia na placa de quadro-negro da loja ou organizar e reorganizar os vasos de plantas na calçada.

Só a ideia de ela se ajoelhando para escrever, em um de seus vestidos de verão transparentes fazia meu estômago se contorcer de desejo. Ela era linda e atraente da maneira mais simples e honesta. Inferno, ela não podia escrever uma citação de Dickinson sem acender um fogo dentro de mim do outro lado da rua.

Mas eu não poderia deixar Annette confusa e corrompida. Não poderia fazê-la gritar meu nome. Não a menos que eu também estivesse pronto para torná-la minha esposa, e eu não tinha certeza disso. Eu não poderia sair com ela casualmente com a cidade inteira assistindo — e eles estariam assistindo — e as chances eram altas de que eu não poderia casualmente transar com ela também. Ela parecia muito certinha para uma amizade colorida e não havia espaço para um xerife mulherengo na cidade.

Isso me deixava matando o tempo, patrulhando as estradas secundárias da cidade e rezando para que a adorável livreira chegasse na hora hoje. Meu pau não aguentaria nenhuma confusão esta manhã.

CAPÍTULO DOIS

ESCALDAR
v. Queimar com líquido quente.

QUINTAS-FEIRAS ERAM dias bons para vendas, principalmente no verão. O dia do pagamento estava próximo e as pessoas gostavam de estocar para o fim de semana. Às vezes, o salário já estava queimando em suas contas bancárias, e colocar as mãos em uma leitura de praia fazia o fim de semana parecer muito mais próximo. Era um jogo mental, é claro, e eu era a rainha deles. Passei a maior parte de uma década perseguindo um homem que nunca iria me querer. Não porque eu não fosse divertida ou inteligente, interessante ou bonita, mas porque eu tinha uma vagina e ele preferia um pênis.

Não é exatamente o tipo de coisa que eu poderia consertar com o vestido certo.

Sim, eu era a rainha dos jogos mentais. Anos atrás, em algum lugar no marasmo dos meus vinte e poucos anos e frustrantemente solteira, eu me convenci que Owen Bartlett poderia ser meu se eu trabalhasse duro o suficiente.

Garota boba, joguinhos bobos.

Em qualquer outra quinta-feira de julho, eu deixaria a loja aberta até tarde e possibilitaria esses sonhos de fim de semana. A pousada da cidade estava com lotação total, assim como diversas casas e chalés de campo com distância para ir andando até minha livraria. A época de verão na enseada trazia turistas e turistas traziam dinheiro.

Mas estava próximo o bastante da hora de fechar e eu iria fechar a loja porque eu necessitava de álcool para me afogar nos meus pensamentos. Não era todo dia que um crush que eu tinha por anos — anos! — explodia na minha cara desse jeito. E não era só um crush. Era um sonho — uma *ilusão* — que eu havia cultivado tão completamente que se tornou minha realidade. Eu nunca havia parado para me perguntar se eu estava agindo com más suposições ou com informações de má qualidade. Ou fazendo um maldito jogo mental comigo mesmo.

Em vez disso, dediquei anos a perseguir lentamente um homem que nunca me desejaria. Eu sabia disso, é claro, na parte escura da minha mente, onde escondia verdades verdadeiras demais para falar. Eu sabia e optei por ignorar até me deparar com ele abraçando seu namorado na minha loja.

Não fiquei surpresa ao ver Owen com seu novo ajudante, Cole, na seção de mistério, mas pisquei várias vezes quando o vi envolver os braços em volta do torso de Cole. Meu cérebro não conseguia entender esta imagem de início e passou por todas as possibilidades não-românticas. Abraço entre amigos, estalando as costas, manobra de Heimlich, sessão espontânea de yoga em equipe. Todas opções válidas. Mas então levou sua mão ao cós do short de Cole e eu não consegui desviar o olhar. Nem mesmo quando Owen beijou o pescoço de Cole e tudo dentro de mim virou areia movediça.

Eu queria gritar: "O que você está fazendo com ele? Que diabos está acontecendo?" mas em vez disso, fiz uma oração para um fim rápido e gracioso para esta visita e chamei: "São meus pescadores favoritos!"

Não sei como consegui isso. Eu queria desesperadamente saber o que diabos estava acontecendo, ainda mais quando Cole soltou um suspiro impaciente e deixou sua cabeça cair de volta no peito de Owen. Essa foi a única demonstração de que notaram minha presença. Eles continuaram uma conversa sussurrada enquanto eu dava a volta no balcão e me aproximava deles.

Eu não tinha certeza de como eu caminhei sem tropeçar. Eu não era de fazer teatro, mas quando Owen beijou Cole, meus joelhos se tornaram gelatina e uma pedra de dez toneladas caiu no meu intestino. Eu fiquei parada lá, muito atordoada para falar ou desviar o olhar enquanto eles compartilhavam este momento. Não havia dúvidas sobre a intimidade que compartilhavam. Era verdadeiro e profundo, e era um lado do Owen que eu nunca tinha conhecido até agora. Vê-lo compartilhar com outra pessoa me rasgou ao meio. Peguei o mais novo livro de política da prateleira e apertei no meu peito só para me manter intacta.

"Oi, Annette", disse Owen.

Levei um minuto para encontrar as palavras. Nesse meio tempo, Owen não afrouxou seu abraço em Cole. Era como se ele quisesse que eu visse isso, em toda sua glória matadora. Ele queria deixar claro suas intenções.

"Que bom te ver, Owen", eu disse, forçando um sorriso que eu não sentia. "Você também, Cole."

"Você tem uma ótima livraria", respondeu Cole. "Seleção incrível, layout fantástico."

Eu tenho que falar agora. Eu tenho que ser boazinha. E eu vou precisar de um grande balde de vodka quando isso terminar.

"Sim, eu tento", eu disse, olhando para o lado enquanto eu revirava os olhos. Eu queria acreditar que ele estava sendo sincero, mas eu estava muito ocupada odiando toda essa conversa. Odiando tudo, meu mau julgamento acima de tudo. "Há alguma coisa que eu possa ajudá-lo a encontrar?"

Pelo amor de cata-ventos e picolés, por favor diga não.

"Acho que estamos bem", respondeu Cole.

Obrigado, obrigado, obrigado.

Um segundo depois, Owen disse: "Cole quer alguns romances de mistério. Você pode recomendar alguns?"

Seria feio demais dizer não?

"Ah! Claro." Dei um passo à frente, preparada para recitar as minhas recomendações padrão de mistério, mas algo se rompeu dentro de mim. Houve um estalo real, como um elástico esticado além de seus limites, e cada coisa que uma vez estava contido saiu sem freios. A força desse estalo me impulsionou para a frente e eu rodopiei pela loja, arrancando livros das prateleiras enquanto eu ia. "Deixe-me escolher alguns livros para o seu novo namorado, Owen. É esse meu trabalho, fazer todo mundo feliz. Claro! Mistérios. Fantástico! Todo mundo encontra sua felicidade enquanto eu escolho livros. Fabuloso!"

Cole e Owen trocavam carinhos e sussurravam como se estivessem aconchegados em uma toalha de piquenique, perdendo todos os olhares impacientes que eu atirava em sua direção. Uma garota só podia levar alguns golpes em um único dia antes de começar a responder de volta com algum atrevimento.

"Mistérios. Eu amo um mistério," eu disse, o tom da minha voz afiado o suficiente para cortar pedras. "Às vezes acho que vivo em um mistério. Sabe, aquele *o que está acontecendo na minha vida?* tipo de mistério. Porque eu com certeza não faço ideia." Meus braços estavam sobrecarregados de livros e eu precisava me livrar desses caras. Larguei minhas recomendações no balcão. "Posso ajudá-lo em algo mais?"

Por favor, por favor, diga não.

"Não, isso é suficiente", respondeu Cole.

Claro, Owen perguntou: "Aquele pedido especial chegou?"

Arggggh.

O maldito pedido especial. Meu deus ex machina. Por anos,

jogamos o jogo do pedido especial. E que me servia bem. Owen entrava procurando um livro, algo antigo, obscuro ou estranho. Frequentemente eram todos os três. E eu conseguia para ele, todas as vezes. Ele vinha pegar sua mais nova leitura e tínhamos a oportunidade de conversar sobre livros, história e tudo mais. Para ele, provavelmente era uma conversa casual com a livreira. Para mim, era a prova de que tínhamos alguma coisa, mesmo que pequena.

Agora, aquele pedido especial estava matando nossa coisinha com fogo.

Suspirei, e o esforço puxou meus ombros para baixo. Não conseguia sorrir para salvar minha vida. "Sim, Owen, chegou," eu disse, irritada com ele, comigo mesma, com tudo. "Vou precisar de um minuto, ok?"

Eu não esperei por uma resposta, virando-me em direção ao depósito e andando poderosamente através de portas fechadas. Quando eu estava sozinha e longe da catástrofe do outro lado da parede, levei minhas mãos aos olhos enquanto sufocava um soluço. Era um suspiro seguido de lágrimas que escorriam enquanto eu engolia em seco.

Era feio e nojento. Minha maquiagem estava derretendo no meu rosto e meu nariz escorria como uma torneira, e eu nem sabia por que estava chorando.

Sim, eu estava machucada, mas ferida por centenas de razões diferentes, ridículas e contraditórias. Eu não conseguia sequer achar um motivo e sustentá-lo como prova de que tinha permissão para me sentir assim. Em vez disso, eu tinha uma coleção de passos em falso e erros, suposições e inferências. Somava-se a um pequeno desastre, mas estava caindo ao meu redor como uma monção.

Eu podia ouvir Owen e Cole conversando do outro lado da porta. Sua festinha de amor feliz estava acontecendo enquanto eu ria melancolicamente com a ideia de sair furtivamente pela porta dos fundos. Eu poderia fazer isso. Eu poderia deixá-los lá enquanto encontrava aquele balde de vodka para limpar as verrugas e pintas cabeludas da minha vida.

Mas eu conhecia Owen Bartlett minha vida inteira e sua minha mãe foi minha orientadora escolar. Boas maneiras de cidade pequena — e um medo antigo da Sra. Bartlett — me fez pegar seu pedido especial da prateleira, enxugar as lágrimas e me recompor. Eu iria terminar essa venda e então depois me afogaria em vodka. Quando saí, encontrei Cole e Owen com as cabeças inclinadas juntas, sussurrando um para o outro de uma forma que apertou meu coração. Eu queria compartilhar esse tipo de intimidade com alguém que me adorasse do jeito que Cole adorava Owen.

"Aqui está", eu disse, jogando o livro no balcão. Eu não estava tentando ser implicante. Só estava saindo de mim rápido demais para esconder.

"Annette," Owen começou, "sobre tudo isso. Eu não queria te deixar desconfortável. Se eu deixei, eu... eu sinto muito."

Suas palavras foram ditas para suavizar minha irritação, mas elas apenas me irritaram ainda mais. Owen não precisava se desculpar pela minha idiotice. Eu fiz isso sozinha.

Eu enxotei suas palavras com as duas mãos como se fossem mosquitos irritantes. "Não há necessidade de desculpas. Eu não estava pensando direito. Eu não estava sendo inteligente." Olhei para o homem ao lado de Owen e senti as lágrimas encherem meus olhos novamente. "Eu sabia", disse com um gesto vago em direção a eles, "mas ainda tinha esperança."

Owen olhou para mim, sua testa franzida e seus lábios pressionados em uma linha reta. Eu olhei para ele, minhas sobrance-lhas arqueadas em uma pergunta silenciosa, mas ele não disse nada. Eu não precisava ser o interesse amoroso em sua vida para saber que ele estava desesperado para consertar essa situação. Eu assisti a suficiente reuniões do conselho municipal para saber como ele operava.

"Isso parece algo que minha mãe adoraria", anunciou Cole,

empilhando várias cópias de um livro de fotografia local no balcão. "Minhas irmãs também. Minha mãe adora um bom livro de mesa de centro."

Ele tagarelou sobre sua mãe e várias outras coisas que ignorei completamente. Usei minha energia para registrar seu pedido, em vez de me deleitar com a adoração recém-descoberta que eles tinham um pelo outro. Eu consegui fazer algumas perguntas rudimentares e cobrar no cartão black de Cole — quem diabos era esse cara? — antes de empurrá-los para fora da loja e trancar as portas. As luzes estavam apagadas, as cortinas da frente fechadas e eu rapidamente arrumei o dinheiro no cofre antes de sair correndo pela porta dos fundos.

Não me incomodei em consertar minha maquiagem ou me limpar antes de ir para a taverna da vila, The Galley. Esta noite, nada importava. Se ainda não estivessem, as pessoas desta cidade ficariam alvoroçadas com notícias do namorado de Owen em breve. Eles teriam algo a dizer sobre ele morando com um homem e então eles teriam algo a dizer sobre eu persegui-lo logo após o colégio. Em seguida, eles trocariam olhares conhecedores sobre eu ter trinta e três anos e ter apenas esta livraria para chamar de minha. Por aqui, sempre havia algo a ser dito.

Quase podia ouvir agora. "Pobre Annette", eles arrulhariam.

"Meu coração está partido por ela. Todos esses anos que ela passou sofrendo por Owen para descobrir que ele é gay. O que ela vai fazer agora?"

"Vodka vai resolver isso", disse a mim mesma. "A vodka sempre vem ao resgate."

Empurrei a pesada porta de madeira do The Galley e me dirigi para o bar. A taverna estava lotada, mas ignorei todas as pessoas.

"JJ," chamei, chamando a atenção do barman enquanto me acomodava em um banquinho. "Eu preciso de algo forte."

"O que quer dizer?" ele perguntou, sem olhar para cima

enquanto secava um copo com um pano. "Tipo um martelo? Eu não tenho um martelo, querida."

"Não, um martelo não." Eu respirei fundo e pisquei furiosamente para impedir que minhas lágrimas derramassem. Por que eu estava chorando? Não precisava disso. Eu era uma menina crescida, com calcinha de menina crescida e vodka de gente grande. "Preciso de doses."

"As únicas doses que tenho são Jäger e whisky. É isso que você quer?"

As lágrimas estavam fluindo agora, e eu não me importava. Eu estava furiosa comigo mesma e ferida por minhas próprias mãos, e não conseguia mais segurar tudo. "Que tal um bolo de chocolate alemão?" Eu perguntei, pensando em meu último encontro com álcool. Festa de despedida de solteira, Portland, colares de pênis piscando. "Ou um Wet Pussy? Ou um Slippery Nipple? Rim Job?"

Ele estalou o pano contra o bar como um chicote. "Tente de novo, querida. Nada dessa merda aqui."

Eu funguei e disse: "Uma bebida. Eu quero uma bebida forte."

"Eu pareço um leitor de mentes?" Ele me deu uma olhada rápida. "Você vai precisar ser mais específica."

Ele estava tentando me quebrar, bem aqui na frente de todos. Eu tinha certeza disso. "Um, não sei. Você pode me fazer um cosmo?"

JJ continuou esfregando seu pano de prato na borda de uma caneca de Pilsner. "Eu posso", ele começou, "mas eu não quero. Eu não faço drink de mulherzinha."

"Pelo amor de Deus, JJ", rebati. Se eu não estivesse completamente frustrada com sua recusa em me dar a única coisa que eu queria agora — quando nada mais em meu mundo estava funcionando — eu teria chorado um rio e flutuado para longe. Em vez disso, limpei meu rosto e lancei-lhe um olhar exasperado. "Agite um pouco de vodka com um pouco de suco e continue me dando. Se você não puder atender a esse pedido simples, vou pular atrás do balcão e fazer isso por você."

JJ inclinou a cabeça, estudando-me com um sorriso de surpresa por um segundo, e então deu de ombros. "Vodka e suco. Tá bem." Ele colocou a pilsner na mesa e pegou uma taça de martini. "Onde estão suas garotas esta noite? Você não deveria estar misturando spritzers de vinho com Mitzi e Titzi? Onde está Carley e Barley?"

"Eu não tenho amigos com nome de grãos", eu disse. "Você sabe disso."

"Mas você mistura spritzers de vinho." Ele sorriu enquanto enchia um shaker com vodka e gelo. "Onde está Bam Bam?"

Peguei um guardanapo para cuidar do excesso de lágrimas e catarro. Era lamentavelmente inadequado. "Brooke-Ashley não gosta desse apelido", eu respondi estendendo a mão para pegar mais guardanapos. "Eu não sei onde ela está, mas ela me disse esta manhã que estava ocupada esta noite."

Ele zombou de novo. "Aposto que sim", disse ele. Ele colocou o Martini na minha frente e apontou um dedo na minha direção. "Se sua bunda bêbada me der algum problema, eu vou jogar você para fora."

Eu revirei os olhos e fiz a careta mais forte que pude, o que não era muito. Eu não fazia careta muitas vezes. "Você me conhece a vida toda, JJ", eu disse. "Você sabe que eu não dou problema."

Isso me rendeu outro riso entredentes. "Famosas últimas palavras."

CAPÍTULO TRÊS

JACKSON

FURAR

v. O processo de cortar ou fazer incisões na superfície do pão ou bolinhos para uma expansão adequada antes de assar.

UMA CHAMADA CHEGOU poucos minutos antes da meia-noite, enquanto eu estava verificando os locais habituais em que os adolescentes se juntam para beber e namorar; e o pedido foi rápido. "Poderia usar sua ajuda aqui em baixo, xerife," JJ Harniczek grunhiu.

"Chegarei aí em cinco," eu respondi, fazendo o retorno enquanto falava.

O barman grunhiu como resposta antes de terminar a chamada. Foi educado pelos padrões de Harniczek.

Quando cheguei na cidade há três meses, Harniczek fez um trabalho rápido de se apresentar e definir expectativas. O homem deixou claro que ele era a lei não oficial por aqui, e ele mantinha as pessoas — os bêbados e todos os outros — na linha. Ele mantinha o controle sobre tudo legal, não legal, e entre isso também. Ele poderia lidar com a maioria dos problemas, mas se alguma vez ele chamasse a mim ou um dos meus deputados para ajudar, ele esperava uma resposta rápida. Para um homem de trinta e poucos anos, Harniczek conhecia seu negócio e o de todos também.

Isso tornou essa chamada — diretamente para o meu celular, nada menos — alarmante.

Três meses em uma cidade pequena como esta não era nada. Eu era um turista no que diz respeito aos nativos. Alguns deles estavam fazendo o seu melhor para testar os limites, não muito diferente de um grupo de alunos da décima série conspirando contra o professor substituto. Eles queriam ver o que eu aturaria, mas o verdadeiro teste era se eu duraria. Outros foram mais acolhedores. Muitos ligaram para a estação, oferecendo seus votos de felicidades em meu novo posto ou me convidando para suas casas para o jantar. De um modo geral, as pessoas de Talbott's Cove eram amáveis e graciosas, se não um tanto suspeitas do Nova-Iorquino estabelecendo residência na sua fechada comunidade.

Eu só tinha sido chamado para a taverna em duas outras ocasiões, e uma delas foi para ajudar a prender um grupo de guaxinins lá atrás. Eu confiava em Harniczek, e não tinha nenhum problema com o papel dele por aqui. Pra ser sincero, eu estava agradecido por isso.

O barman era uma instituição em uma comunidade pequena e insular como esta. Eu não ia desafiar isso, ou qualquer outra instituição. Eles precisavam de mim, mas eu precisava deles tanto quanto. Sua aprovação e aceitação foram críticas, e não só porque meu trabalho dependia em garantir a maioria dos votos do conselho da cidade a cada ano eleitoral.

Havia o mestre do porto que também era o fofoqueiro da cidade, o velho juiz Markham que ficava em seu jardim e gritava com gaivotas, e o antissocial cara da lagosta que chefiava o conselho da cidade.

Outra instituição: Annette Cortassi, a bela amante de livros, ocupada enrolando um longo cacho em torno do dedo enquanto murmurava as palavras de "Edge of Seventeen" de Stevie Nicks.

Eu caminhei através do restaurante vazio e em direção ao bar, meus polegares enganchados sob meu cinto tático e meu olhar em Annette. Seu cabelo estava uma bagunça, metade dele caindo do coque no topo de sua cabeça. Seus olhos estavam brilhantes e vermelhos, com a maquiagem manchada em suas bochechas. Ela havia chorado. Eu não gostei disso. Eu não gostei nada disso.

Algo estava errado e eu queria ajudá-la de alguma forma. Não era meu trabalho, não aquele que jurei cumprir, mas aquele que eu desejava mais do que ousava entender.

Olhei para JJ Harniczek, observando sua carranca sempre fechada. "Qual é o problema por aqui?"

"Não é um mistério, xerife", respondeu ele. "A garota está bêbada."

Virando a cabeça para olhar para a mulher que me atraía como um campo de força, a observei enquanto ela apoiava a cabeça na mão. Ela murmurou o refrão da música enquanto seus olhos fecharam por um longo momento. Ela estava destruída e bêbada como um gambá — provavelmente o dobro do limite legal — e a um minuto de escorregar da banqueta do bar.

"Eu posso ver isso," eu disse, me posicionando atrás de Annette. Eu posicionei minha mão a alguns centímetros de suas costas, preparado para segurá-la se ela tombasse. "Você não me liga toda vez que serve bebida demais a alguém, JJ."

"Eu não sirvo demais a ninguém", ele retrucou. "Eles não conhecem seus limites."

Eu o imobilizei com um olhar penetrante. "Essa não é minha interpretação da lei."

Impaciente, ele balançou a cabeça e acenou para mim. "Apenas tire ela daqui. Tenho coisas para fazer esta noite. Não tenho tempo para levá-la para casa ou passar outra hora ouvindo-a chorar pelo causa do leite derramado."

Eu olhei para Annette e depois de volta para JJ. "Importa-se de me contar mais sobre o leite derramado?"

"Que droga, xerife", ele resmungou. "Eu disse que não tenho tempo esta noite."

Acenando com a cabeça, eu respondi: "Entendido. Vou ter tempo de multá-lo por servir em excesso, mas você pode ir onde precisa."

Ele girou para colocar um copo na prateleira, resmungando baixo. Não entendi o comentário inteiro, mas não foi um elogio. Algo sobre desejar que minha mãe tivesse me engolido quando teve a chance.

Quando ele se virou, disse: "O melhor que posso dizer é que Bartlett a dispensou com jeitinho e ela foi pega de surpresa."

"Hum, é, eu fui." Annette soltou uma risada e pegou a taça de Martini à sua frente. "Traga-me mais álcool, JJ. Todos os álcoois."

Peguei o Martini quase vazio e entreguei a JJ. "Traga um pouco de água para a senhorita."

JJ me lançou um olhar abatido enquanto colocava gelo de uma lata sob o bar em um copo. "Sim, claro. Não há nada que eu aprecie mais do que servir outra bebida para a *senhorita*."

"O que é essa história sobre o capitão Bartlett?" Eu perguntei, olhando entre a livreira e o barman.

Owen Bartlett morava na extremidade de Talbott's Cove, ganhava a vida vendendo lagostas e era um membro poderoso do conselho municipal. Ele fez perguntas difíceis por horas quando eu fui entrevistado pelo conselho para este trabalho, e ele era um dos meus maiores apoiadores agora que eu era xerife. Ele liderava com seus princípios e acreditava em contribuir para sua comunidade, e eu admirava essas qualidades.

Mas não consegui conciliar a ideia de Bartlett e Annette. Não quando eu sabia que Bartlett era gay e morava com o bilionário da internet Cole McClish. O Sr. McClish parecia estar se mantendo discreto neste verão, e não espalhando sua fama ou riqueza em Cove. Era grato por aquele pequeno presente. A última coisa que eu precisava era a mídia invadindo minhas praias ou helicópteros de notícias circulando o porto.

"Ele não me quer. Ninguém nunca me quer," Annette lamentou. Ela inclinou o copo d'água para trás, mas fez uma careta quando o líquido atingiu sua língua. "Isso não é álcool e isso é um problema."

"O xerif e cortou sua bebidaff", anunciou JJ. "Adios, querida."

Com uma mão nas costas de Annette, inclinei-me sobre o bar em direção a JJ. "Por favor, me explique o que diabos está acontecendo aqui."

Ele olhou para o relógio na parede e depois de volta para mim. "Você está pagando a conta dessa garota? Se não, esta na hora de fechar o bar."

Enfiei a mão no bolso de trás e peguei duas notas de vinte. "Isso deve cobrir esta noite."

"Muito mal," ele murmurou.

"Amanhã teremos uma visita oficial para falar sobre servir excessivamente", continuei, jogando o dinheiro no bar "e extorquir policiais. "Está bem?"

JJ pegou as notas e acenou com a cabeça. "Perfeito," ele disse. "Pelo que eu sei, nossa garota aqui não foi com Bartlett, mas ela queria ir. Eles conversaram esta noite. Ele disse a ela que não iria acontecer." Ele percorreu o comprimento do bar e desligou as luzes do teto. "Fim da história, hora de ir, adeus e boa noite."

Enquanto o bar ficava quase na escuridão, Annette cambaleou no banquinho e derramou o copo de água nas calças do meu uniforme bege. "Ah, merda", ela gritou.

Eu sibilei quando o frio gélido se infiltrou em minhas roupas e chocou minha pele.

Ela perdeu o controle do copo que rolou pelo bar ,um eco

vacilante e sinistro no crepúsculo enquanto ela apalpava minha virilha com um maço de guardanapos. Entre o banho de gelo e as carícias surpresa, meu pau não tinha ideia do que fazer. Era um verdadeiro "Devo ficar ou devo ir?" enigma em minhas calças, e eu estava impotente para impedi-la. Ela tinha uma mão apoiada na minha coxa enquanto a outra trabalhava em mim, e a única resposta razoável para isso foi deslizar minha palma por sua coluna até a nuca. Sem um pensamento consciente, meus dedos pressionaram sua pele macia, meu polegar acariciando a coluna graciosa de seu pescoço. Uma onda de intimidade recém-descoberta tomou conta de mim, quente e acolhedora, e foi quase o suficiente para esquecer tudo o mais no mundo, exceto por Annette.

Quase.

À distância, registrei um som rápido de assobio. Ao mesmo tempo, percebi que não conseguia mais ouvir o copo rolando pelo bar e —*estrondo*. Ele caiu no chão e se espatifou. JJ soltou uma série de palavrões misturados com reclamações sobre ter coisas melhores para fazer durante a noite.

O estalo e o barulho do vidro me sacudiram da minha paralisia momentânea. "Annette," eu chamei, pegando suas mãos. Mãos com conhecimento suficiente da minha anatomia para esculpir uma réplica perfeita. *Jesus Cristo*. Isto era errado. Eu estava de uniforme e ainda em serviço, e ela já tinha passado do ponto de tomar decisões conscientes. Tão fodidamente errado. O arrependimento pulsou através de mim enquanto eu a puxava para longe da minha virilha. Arrependimento de ter que pôr um fim nisso.

Arrependimento de ter deixado chegar tão longe. "Já está bom, estou bem. Você pode parar."

"Vocês dois podem parar", JJ chamou. "Como eu disse, é hora de fechar."

Meus dedos ainda estavam em volta de seu pulso e eu não estava inclinado a mudar isso. "Vamos te levar para casa", eu disse, olhando em seus olhos brilhantes e arregalados. "Você consegue andar sozinha?"

Ela encontrou meu olhar com um estudioso, me olhando da cabeça aos pés e depois de novo. Ela fez uma pausa no meu rosto e eu sabia que ela estava trabalhando para dar sentido às minhas feições. Foi rápido, nada mais que meio segundo.

E eu não me importava com Annette me estudando de tão perto.

"É claro que posso andar", respondeu ela, saltando do banquinho.

Se eu não tivesse segurado seu pulso, ela teria caído no chão quando cambaleou em pés instáveis. Eu a puxei para mais perto de mim e coloquei um braço em volta de sua cintura. "Tem certeza disso?" Perguntei.

"Nesse momento," ela começou, suas palavras pontuadas por um soluço, "não tenho certeza de nada."

"Acredite em mim", murmurei enquanto a conduzia em direção à porta, "nem eu."

Tirar Annette do The Galley foi um desafio. Ela era um desastre trôpego e desajeitado, cheia de divagações incoerentes e cantoria, e momentos de choro que se aproximavam perigosamente de um colapso total. Não poderia deixar isso acontecer. Eu não seria capaz de suportar.

Estava escuro, as ruas vazias iluminadas apenas pelas luzes do porto. Com meu braço apertado em volta de sua cintura e meus dedos espalmados sobre sua barriga, eu a conduzi em direção à Harbourside Books. Ela morava no apartamento sobre a loja. "Parece que você está tendo uma noite difícil", eu disse. "É verdade, senhorita Cortassi?"

"Owen e eu temos mais em comum do que eu pensava", anunciou ela. Ela se inclinou para mim, com a mão no meu peito. Eu me odiava por me deleitar com sua proximidade. Era antiprofissional e irresponsável continuar com esses pensamentos enquanto ela estava sob a influência do álcool. Eu sabia melhor do que agir assim e precisava me portar melhor. "Nós dois gostamos de pau."

Soltei uma risada surpresa. Gostei da maneira como "pau" soava em sua língua. Era ousado e sem vergonha, e eu estava caindo no feitiço dessa mulher. Eu não podia evitar e não conseguia parar de sorrir para ela. "É mesmo?"

"Ah, sim," ela falou lentamente, se afastando de mim. No segundo em que ela se foi, eu a queria de volta ao meu lado. Ela ficou na calçada, apontando as duas mãos em direção à boca. Eu não estava certo o que era, mas se assemelhava frouxamente a ela masturbando dois caras. Ou tocando tamborim. Não tinha certeza. "Eu amo pau. Quanto maior, melhor. Todos os paus. Eu deveria ligar para Owen e falar com ele sobre pau. Podemos trocar figurinhas. E técnicas! Isso vai ser fabuloso. Pau, pau, pau."

Eu dei um passo em direção a Annette, não confiando nela em ficar em pé sozinha. Por isso, e porque eu estava gostando da situação mais do que deveria. "Vamos deixar isso para outro dia. Ok?" Ela não respondeu. "Que tal te levarmos para cima? Onde estão suas chaves, senhora?"

"Ai, Deus", disse ela gemendo. "Não me chame de senhora. Meu dia já foi ruim o suficiente."

Balancei a cabeça. "Eu não entendo a objeção," eu disse baixinho. "Como você prefere que eu me dirija a você?"

"Annette está ótimo", disse ela. "Mulher dos livros, se você não conseguir se lembrar."

"Como eu poderia esquecer?" Perguntei. Eu olhei para ela, encontrando seu sorriso cheio de humor com meu olhar sério. "É sério, Annette. Como eu poderia esquecer?"

"Eu não sei", disse ela com um encolher de ombros. "Acontece, sei lá."

Ela se afastou de mim para estudar seu reflexo na vitrine de uma loja. Suas mãos se levantaram para balançar seus cachos soltos e eu tive que exercer muita energia para me impedir de dar um passo e cheirar seu cabelo.

"Eu não esqueceria", eu disse. Ela não estava ouvindo. Ela estava enfiando as mãos na frente do vestido e ajustando o decote. Pegando um seio para cima, colocando-o no bojo do sutiã, depois fazendo o mesmo com o outro. *Deus me ajude.* "Não vou esquecer nada disso."

"Isso é engraçado", disse ela, com a voz seca. "Eu estou tentando esquecer."

"Sobre isso," eu disse, dando um passo ao seu lado. Hora de ir para casa! Mostre o caminho que eu a seguirei."

Ela não estava com sua carteira ou chaves, ou tinha qualquer ideia de onde os havia deixado. Minhas opções não eram boas. Ou eu arrombava a fechadura do apartamento dela em cima da livraria ou a levava para casa comigo. Nenhuma das opções era de conduta de um xerife.

Na chance de ela ter deixado a porta aberta — não incomum nesta cidade, mas preocupante de qualquer jeito — eu tentei ajudá-la a subir as escadas dos fundos sem permitir que meu toque se transformasse em algo mais do que um suporte. Teria sido mais fácil jogá-la por cima do ombro ou embalá-la em meus braços, e eu também teria gostado muito mais. Mas minhas mãos pairaram sob sua cintura, mal encostando.

Mas a porta não estava aberta e não havia vasos de plantas ou sapos decorativos escondendo a chave. Agora estávamos diante de uma descida de escada.

"Eu irei primeiro," eu disse, apontando para o declive íngreme. "Você fica bem atrás de mim. Eu não quero você caindo."

"Oba," ela resmungou. "As indignidades deste dia não param."

Com meu torso torcido em sua direção, dei vários passos, minha mão estendida se ela precisasse de ajuda. "Você está bem?" Eu perguntei quando ela cambaleou para o próximo degrau.

"Estou tão longe de estar bem, estou totalmente errada", respondeu ela.

Virei para olhar para as escadas, e então uma pequena pilha de garota bateu nas minhas costas. Antes que eu pudesse entender o que estava acontecendo, seus braços se enredaram em meu pescoço e suas pernas em volta da minha cintura. Sua respiração estava quente no meu pescoço, e quando me movi apenas um pouco, seus lábios roçaram minha pele.

"Cuidado," eu disse. "Você é muito frágil para se lançar nas pessoas."

"Eu sou frágil", ela sussurrou. "Por favor, não me deixe na cela dos bêbados esta noite. Não... não me deixe."

Não importava que Talbott's Cove não tivesse uma cela para bêbados, ou que cidadãos embriagados que não representavam perigo para si mesmos ou para os outros raramente eram presos por intoxicação pública. A senhora não queria ficar sozinha e eu não iria contradizer seus desejos. Envolvi uma mão em torno de seus tornozelos e outra em seus pulsos, o mínimo que poderia fazer para segurá-la, e continuei descendo as escadas.

"Ok, então," anunciei, principalmente para mim mesmo. "Você pode dormir na minha casa."

"Isso é quase tão ruim quanto cela para bêbados", ela murmurou.

"Não é tão ruim", respondi com uma risada. "Há alguém para quem você gostaria que eu ligasse? Algum outro lugar eu possa te levar? E a sua fam-"

Ela me cortou com um, "Não. Ir para sua casa no meio da maldita vila é menos terrível do que ligar para minha família."

"Você tem certeza?" Perguntei. Eu acariciei seu pulso enquanto cruzava a rua, querendo que ela dissesse sim. Ela murmurou em concordância, a cabeça ainda no meu ombro.

Quando me mudei para cá, antes de entender bem sobre a vida em Talbott's Cove, aluguei uma casa perto do centro da cidade. Parecia um ótimo local, com vislumbres do oceano e uma curta caminhada até a estação.

O que eu não considerei foi ter a cidade inteira no meu jardim da frente. Os residentes gostavam de aparecer com um prato de carne assada com batatas — não que eu reclamasse disso, é claro — ou para saber minha opinião sobre os problemas de trafego da rodovia Old County. Outros simplesmente faziam de minhas idas e vindas assunto deles. Não era incomum para mim entrar no DiLorenzo, o restaurante local, e responder por que minhas luzes estavam acesas depois da meia-noite. Eles queriam saber se eu estava dormindo bem, se tinha companhia, se estava acompanhando os problemas de segurança. Aparentemente, eu fui o único cara por aqui que adormeceu em seu sofá, não mais de dez minutos depois de ligar a TV no noticiário local.

Tive que tirar tudo isso da minha mente enquanto subia a colina em direção à minha casa com Annette Cortassi colada nas minhas costas e seus lábios no meu pescoço. Fiquei entusiasmado por ter uma noite quase sem lua.

Uma vez lá dentro, eu a tirei das minhas costas para uma cadeira.

"Você fica aqui," eu ordenei, desafivelando meu cinto tático policial. "Eu tenho que, é... lidar com algumas coisas."

Primeira ordem do momento: ajustar a ereção martelando em minhas calças. Em seguida, fechar todas as cortinas. Isso provavelmente soaria alarmes com os habitantes locais, mas isso era um problema para outro dia. Depois que a casa foi devidamente fechada e meu equipamento e minha arma estavam guardados no cofre, servi um copo d'água para Annette e peguei uma banana da fruteira.

Foi quando as coisas desandaram.

Annette não estava mais na sala de estar. Ela estava bem atrás de mim, parada no meio da minha cozinha, nua como quando nasceu. Meus dedos se apertaram em torno da banana. "Annette," eu avisei. "O que você está fazendo?"

"Eu posso ser frágil", ela ronronou, balançando um pouco enquanto se aproximava de mim, "mas isso não significa que eu queira sempre ser tratada como tal."

Eu estava trabalhando duro para manter meus olhos em seu rosto. Eu tinha uma percepção periférica de sua nudez, mas ainda não me permitia o tipo de olhar longo e opressor em suas curvas exuberantes. Droga, eu queria olhar. Eu queria cair de joelhos e pressionar meu rosto nas linhas suaves de sua barriga, arrastar meus dedos por suas panturrilhas e agarrar sua bunda como se não houvesse amanhã. Eu queria sentir sua espinha arquear sob minhas mãos e seu corpo apertar em torno de mim. Eu queria me perder entre suas pernas e nunca, nunca mais encontrar a saída.

Pedaços de banana pulverizada encheram minha palma e virei de costas para ela. "Vou pegar algo para você vestir", eu disse por cima do ombro. Joguei a fruta no lixo e lavei as mãos na pia, mas sabia que ela estava me observando. Senti a intensidade de seu olhar na minha pele e queria devolver isso a ela. Eu queria isso mais do que tudo.

Virando, eu disse, "Annette–"

Ela não queria saber dos meus avisos. Ela voou para os meus braços e pressionou seus lábios nos meus, e pela segunda vez na noite, fiquei paralisado. Estupefato e congelado no lugar. Mas então meu corpo e cérebro voltaram para mim quebrados. Suspirei em seu beijo, esquecendo meu trabalho, meu dever, eu mesmo.

Ela tinha gosto de licor e suco, e algo suculento e especial só dela. Não pude evitar. Envolvi meus braços ao redor de seu torso, apoiei-a contra a geladeira e deslizei no vale de suas pernas separadas.

Eu fiquei bem ali, prendendo-a entre a superfície dura da geladeira e meu corpo enquanto bebia cada gota do que ela oferecia. Eu não conseguia nem processar a glória de sua pele nua sob minhas mãos. Era demais para mim.

Annette se afastou primeiro, virando a cabeça alguns centímetros e soluçando rindo contra minha bochecha. Em seguida, sua mão deslizou pelas minhas costas e ela deu um tapa na minha bunda.

No início, fiquei atordoado em um silêncio. Isso estava se tornando minha reação padrão a esta mulher. Mas então me lembrei que ela estava super bêbada, e eu não era o tipo de homem que se aproveitava dessa condição.

A palma da mão dela bateu em minha bunda de novo, e outra risadinha ecoou. "Você é tão... duro", ela sussurrou.

Eu me rendi às suas palavras ao invés do meu julgamento e pressionei contra o seu centro. Se ela quisesse saber mais sobre algo duro, eu ficaria feliz em ilustrar. "Você não tem ideia", respondi. "Nenhuma."

Ela inclinou a cabeça para trás contra a geladeira e olhou para mim, com os lábios entreabertos e os olhos desfocados. "Uau," ela murmurou. Tão linda e tão bêbada. *"Uau."*

Bem nesse instante, minha responsabilidade voltou à mim. Foi rápido como um relâmpago e dessa vez não tinha como ignorar. Não nesta noite.

Joguei Annette por cima do ombro e bloqueei a sensação de sua coxa macia contra minha bochecha. Não, isso não era verdade. Eu estava bastante ciente de sua coxa. Mas eu não estava me permitindo aproveitar a coxa.

"Por favor, me diga que estamos indo para um quarto", ela chamou. "Isso seria fabuloso."

"Vamos para um quarto", respondi, "e vou colocá-la na cama. Sozinha."

"É a história da minha vida", ela choramingou, arrastando as pontas dos dedos para cima e para baixo em meus lados. Maldição, isso era bom. Eu poderia morrer feliz depois de nada mais do que uma noite com suas mãos movendo-se sobre minha pele. "Eu, na cama, sozinha. Nunca é a minha vez."

Eu queria discutir com ela, insistir que ela teria mais do que uma chance comigo assim que ela ficasse sóbria. Mas me ocorreu que ela estava oferecendo esta informação sob influência da bebida, e as chances eram altas de eu não ouvir a mesma melodia amanhã. Annette tinha sido agradável comigo desde a minha chegada, mas não tinha me dado muito mais do que olhares platônicos e passageiros. Ela queria alguém agora, e eu era essa pessoa apenas porque JJ me chamou para buscá-la. Se ele a acompanhasse até sua casa, ele poderia estar recebendo o mesmo tratamento. Ele poderia ter recebido seus beijos famintos e um toque delicadamente exigente.

Essa hipótese não me caía bem. *Era horrível.* Eu aumentei meu aperto em suas coxas e cerrei meus dentes enquanto pisoteava pela casa, mal lutando contra o desejo de jogá-la no chão e fazê-la me desejar do jeito que eu a estava desejando.

Eu também poderia fazer isso. A deitaria na minha cama. A deixaria confortável. Beijaria um caminho desde aqueles tornozelos sensuais até seus lábios carnudos, aqueles que pareciam ainda mais deliciosos agora que eu havia provado do seu doce sorriso. Eu pularia os lugares que ela mais me desejaria. E a faria esperar do jeito que eu esperei por ela. Ela se doeria, se contorceria e imploraria, e só então eu colocaria suas pernas sobre meus ombros e mostraria a ela tudo que havia segurado até agora. E então ela saberia. Quando eu estivesse fundo o bastante para roubar suas palavras e tudo mais exceto seus gritos, ela saberia que eu não havia querido nada além dela por meses.

Em vez disso, coloquei-a na minha cama e só me permiti um momento extra com minhas mãos em seu corpo antes de me virar. Eu não poderia encontrar seu olhar faminto e necessitado novamente. Não sem rasgar minhas calças e alimentá-la com meu pau. Eu me movi em direção à porta, mas não pude sair. Eu fiquei lá, minhas mãos agarrando o batente enquanto olhava sem realmente ver o corredor. Eu precisava desse momento para me recompor, juntar os fios soltos do desejo e costurá-los de volta. Deixar de lado o desejo de esquecer de mim mesmo e tomar tudo o que ela estava oferecendo.

"Aonde você vai?" Ela perguntou. Sua voz baixa, quase infantil. "Quero que fique comigo. "Você não vai embora, vai?"

Vá em frente e me corte ao meio, mulher. Vá em frente e me mate aqui mesmo.

"Não," eu engasguei. Não havia a menor possibilidade de que eu a deixaria sozinha agora. "Só vou pegar um pouco de água para você." Eu olhei para ela por cima do ombro. O que foi um grande erro. Ela estava encostada nos meus travesseiros, os joelhos puxados até o queixo e os tornozelos cruzados. Era uma pose modesta, suas partes privadas cobertas, e eu não acreditava que pudesse haver algo mais íntimo. Ou qualquer coisa que pudesse me fazer querer rastejar para ela ainda mais. Eu não seria capaz de olhar para aqueles travesseiros de novo sem querer ela ali, exatamente assim. "Deite um pouco. Eu já volto."

Eu fiquei na cozinha por vários minutos, dedos apertando a borda da bancada enquanto meu pau latejava contra meu zíper. Eu tive que me lembrar que não conhecia Annette, não além de sua reputação como a namoradinha da cidade e a amante de livros favorita de todos. Mas aquela mulher brilhante e alegre, que tinha vive sorrindo e tem muita paciência, não era a única que me implorava para me juntar a ela na minha cama agora. Era a mulher ligeiramente magoada e completamente bêbada que estava perguntando, e havia um mundo de divergência entre as duas.

Com um rosnado direcionado a todas as frustrações, peguei o copo e voltei calmamente pelo corredor. Eu estava ocupado criando vários cenários em minha cabeça e tentando descobrir se havia um lado certo em cada um. Eu poderia abraçá-la um pouco, e beijar não estava fora de questão, mas não poderia ir mais longe até que ela estivesse sóbria. Se ela realmente quisesse algo mais, bem, eu simplesmente me algemaria a uma cadeira, diria a ela o que fazer e observaria à distância. Provavelmente resultaria em um pulso quebrado e uma cadeira igualmente quebrada, mas eu faria isso se tirasse aquele tom solitário e vulnerável de sua voz.

Eu estava tão ocupado com esses cenários que não escutei o som de Annette roncando como uma serra elétrica. Água espirrou sobre a borda do copo quando eu parei de repente na porta e sufoquei uma risada. Esta mulher era de outro mundo. Em poucos minutos ela passou da imagem do doce pecado para a clássica garota bêbada. Seu cabelo estava emaranhado em volta do rosto como um véu, uma perna estava sobre os cobertores e suas mãos estavam apoiadas sob a cabeça. Ela estava tão atraente como sempre, mas agora ela não era a Srta. Simpatia ou a amante de livros que usava um vestido branco de verão das minhas fantasias. Agora ela era uma mulher real, crua e imperfeita, e a quilômetros de distância do pedestal de garota bonita da cidade. Se possível, gostei ainda mais dessa versão, porque ela mostrou só para mim.

Essa era a história que eu me dizia.

Eu coloquei a água na mesa de cabeceira e puxei uma lixeira para perto, caso o álcool voltasse para a assombrar, e então puxei a colcha até seus ombros. A brisa vinda domar estava fria e úmida esta noite, e eu não queria que ela acordasse com frio. Eu fiz o meu melhor para afastar o cabelo de seu rosto, mas senti que estava fazendo errado quando ela bateu na minha mão entre os roncos.

"Durma bem, Annette", eu sussurrei. "Está vendo? Eu disse que me lembraria."

Com uma camiseta e um par de shorts de correr na mão, eu deixei Annette no meu quarto. Foi estranho tirar as minhas roupas de trabalho no meio da sala de estar, mas era mais uma coisa que eu decidi ignorar por enquanto. Esta noite inteira foi estranha, mas enquanto eu recolhia as roupas dela e as colocava no meu quarto, eu ficava dizendo a mim mesmo que estava fazendo a coisa certa. Mesmo que nós dois quiséssemos que eu estivesse naquela cama agora, era melhor para mim encontrar descanso em outro lugar.

Meu sofá não foi feito para homens como eu dormir. Não intencionalmente. Era muito pequeno, os braços eram feitos de almofadas ruins e o tecido dava coceira no pedaço de pele exposto quando minha camiseta subia. Pior do que tudo isso era a ereção latejando contra minha barriga.

Como eu não podia fazer nada sobre isso — quero dizer, eu *poderia*, mas eu não iria — eu me ajeitei em uma posição tolerável e puxei a colcha sobre minhas pernas. Nada como matar o tesão como usar a colcha azul e laranja da Vovó. Aquela senhora não tinha limites do seu orgulho de Siracuse.

E o azul era especialmente apropriado.

CAPÍTULO QUATRO

RECONSTITUIR
v. Para restaurar a uma condição anterior.

EU ACORDEI NUA. Essa foi a minha primeira pista de que minha noite tinha ido horrivelmente, mas muito horrivelmente errado. A segunda pista era que eu não tinha ideia de onde eu estava.

Meu cabelo estava um desastre e eu podia sentir o cheiro da vodka saindo dos meus poros. Quando me sentei para me situar onde estava, o conteúdo do meu estômago se mexeu como um globo de neve e reconsiderei me mover novamente. Eu poderia ficar aqui, nesta cama estranha, e começar uma nova vida para mim. Facílimo... Não precisaria explicar meus erros.

Cuidadosamente, virei a cabeça para olhar as fotos emolduradas em cima da cômoda. Eu não conseguia ver os detalhes desta distância, mas eu sabia que eu estava olhando para uma foto de formatura. Mas não era uma simples beca e capelo. Era militar ou... Ah, merda.

Essa era uma foto de formatura da Academia de Polícia e eu estava nua na cama do xerife Lau e ai meu Deus como eu trouxe tantos desastres para mim mesmo em um período de 24 horas sem ganhar algum tipo de medalha? Onde estavam as rosas e cupcakes por ser um trem desgovernado? Porque eu queria os dois, e a faixa também.

Meu único consolo era que eu estava nua e sozinha, e sim, isso era melhor do que estar nua com xerife Lau. Só a vodka usou meu corpo ontem à noite, e isso era preferível. Já era ruim o bastante que o Owen tinha me dado o fora... ou seja lá o que for que tenha acontecido entre nós... mas eu teria que fazer as malas e me mudar para uma nova cidade se eu tivesse dormido bêbada com o novo xerife. Eu não dormia bêbada com ninguém. Nunca. Eu não possuía a linguagem necessária para fazer esse tipo de avanço ou negociar esses termos.

E então eu vi meu vestido. Estava bem dobrado em cima da cômoda, e meu sutiã e calcinha ao lado dele. Olhei para minhas roupas por um minuto, imaginando onde tinha deixado minha bolsa. Enquanto eu limpava as memórias nebulosas de ontem, cada minuto da noite passada voltava depressa para mim. O bar, o Cosmos, a água nas calças dele, o passeio de cavalinho, até sua casa, o beijo, o tapa na bunda — meu Deus!— o jeito que eu implorei para ele me levar para a cama. O jeito que eu implorei para ele ficar.

Meu constrangimento era muito maior e muito mais poderoso do que a minha ressaca, e isso me impulsionou para fora da cama em um flash. Penteei meu cabelo, vesti minhas roupas e fiz a cama. Eu não podia deixar a cama por fazer para trás. Eu não fazia isso no meu apartamento, e eu não poderia não fazer depois de me convidar para a cama do xerife. Com a discrição de um ladrão de gatos, eu me achatei contra a parede do corredor e fui em direção à porta. Eu sabia que o xerife ia estar por aqui em algum lugar, mas eu não estava preparada para encontrá-lo desmaiado no sofá.

Ele tinha um braço dobrado sobre a cabeça, o outro sob sua camiseta, espalmada em sua barriga. A pele dourada escura aparecia de onde sua camiseta estava levantada e passei um minuto estudando os cortes musculares do seu torso. Eu pensava que essas coisas só apareciam enquanto flexionadas, mas Jackson estava tão relaxado quanto um linguine esta manhã.

Seu cabelo loiro arenoso estava mais ou menos bagunçado, como se ele tivesse passado a noite inteira correndo as mãos através dos fios grossos. Ele era um cara alto, muito alto para este sofá por pelo menos uns quinze centímetros. Ambas as pernas balançavam do braço do sofá em ângulos que eu não poderia imaginar que eram confortáveis. Havia um cobertor realmente horrível enrolado em torno de suas pernas, mas eu não conseguiria passar um segundo imaginando por que alguém iria tricotar tal atrocidade depois que eu avistei a tenda em seu shorts. No começo, não acreditei que fosse uma ereção. Eu nunca tinha visto nada tão, *hum*, grandioso. Achei que fosse outra coisa. Talvez ele tivesse um celular no bolso ou... uma abobrinha. Claro, eram opções malucas, mas não mais loucas do que a possibilidade de ele estar trabalhando com *esse* tipo de equipamento.

Enquanto o olhava, lembrei-me dele me pressionando contra a geladeira e se encaixando entre minhas pernas. Seus olhos escuros tinham ficado nublados de desejo quando ele se esfregou em mim. Eu senti cada centímetro dele, e eu... eu dei um tapa nele. Sim, eu dei um tapa na bunda deste homem e eu fiz isso mais de uma vez.

"Meu Deus", eu respirei.

Balançando a cabeça, saí pela porta da frente. Era cedo, mesmo para uma comunidade de pescadores que vivia e morria ao amanhecer. Tive que fazer meu caminho pela floresta que rodeava a vila para voltar para minha loja. Não era a rota mais rápida, mas eu não podia arriscar que alguém me visse com a roupa de ontem voltando pelas docas. Além disso, eu tive que parar a cada poucos minutos para vomitar nos arbustos, e esse tipo de notícia local iria chegar aos meus pais em nove segundos sem dúvida. Minha mãe estaria de joelhos em Santa Cecília, acendendo velas para a salvação da minha alma. Meu pai ameaçaria empacotar minhas coisas e me levar de volta para casa. De alguma maneira, eu não poderia deixar isso acontecer.

Voltei ao meu apartamento e pesquei a chave extra da telha de cedro solto perto da porta. Eu tinha várias horas antes de abrir a loja — eu nem iria pensar na condição em que a deixei ontem — mas estava muito nervosa e exausta para dormir. Essa era a escolha inteligente, mas era tarde demais para começar agora. Não quando eu poderia assistir *Bake Off Reino Unido: Mão na Massa*, babar sobre sobremesas que eu nunca vi antes e esquecer do mundo. Eu precisava esquecer de algumas coisas esta manhã.

Eu me deparei com o Bake Off no inverno passado. Eu não assistia muita televisão e não podia justificar gastar dinheiro em uma conta mensal de TV a cabo, mas eu tinha recorrido à televisão pública depois de três semanas de mega tempestades de neve que fecharam a costa. Eu não tinha mais livros para ler, por mais impossível que parecesse, e estava ficando louca no meu pequeno apartamento no sótão. Encontrei esta importação encantadora da BBC que apresentava uma dúzia de padeiros amadores competindo em um trio de desafios a cada semana. Faltava todo o sarcasmo e a ousadia da maioria dos reality shows e ao invés focava puramente na confeitaria.

Até então, eu não tinha assado mais do que alguns brownies de massa pronta da marca Duncan Hines por conta própria. Eu era ítalo-americana e tinha o molho vermelho da minha avó no sangue, mas a cozinha nunca me interessou. Sempre senti como algo que pertencia à minha mãe e irmãs mais velhas, e nunca a mim. Eu sempre fui muito jovem para ajudar, e quando eu fiquei mais velha, eu era muito desajeitada, muito desorganizada, simplesmente muito tudo. Se alguma vez eu me envolvia, elas se certificavam de que eu soubesse o que estava fazendo de errado.

Minha mãe e três irmãs tinham o mundo delas, e eu tinha o meu. Eu não as invejava em nada, mas sempre foi desse jeito. Esse foi o preço estranho por ser onze anos mais nova quando minhas irmãs tinham um ano ou menos entre elas, todas nascidas antes do 21º aniversário da minha mãe. Todas acabaram crescendo junto com minha mãe e falavam em uma linguagem que eu não entendia. Como eu poderia? Elas compartilhavam muitas experiências em comum para eu chegar no nível delas. Elas eram professoras de inglês do ensino médio regional, suas salas de aula todas juntas num mesmo corredor. Num momento ou outro, todas as crianças dessa área tinham uma das Cortassi.

Mas foi mais do que os anos entre nós e minha decisão de me formar em Pedagogia, mas nunca atuar na área. Meus pais tiveram três meninas em sequência e queriam um menino. Meu pai tinha assumido o negócio de encanamento da família de seu pai, e enquanto ele nunca iria virar as costas para uma de nós meninas se quiséssemos fazer parceria com ele, ele tinha em sua cabeça que passaria o negócio para seu filho. Cortassi e Filho. Era assim que seria. Exceto que não foi nada disso que aconteceu.

Eles esperaram até que pudessem bancar outro filho, aumentar a casa e que minha mãe pudesse tirar um ano de licença na escola. Eles esperavam por um menino e isso era um desafio que eu nunca poderia ganhar.

Para ser justa, meus pais não me trancaram no porão porque eu não vim com um pênis. Elas na verdade não fizeram nada. Não fui abusada ou ignorada, mas não era o que eles esperavam e isso era claro de se ver. Eles se importavam comigo e me amavam de suas próprias maneiras distorcidas e insatisfeitas, mas mesmo quando eu era criança, eu tinha a sensação de que eu era um presente de consolação... um problemático presente.

Eles olhavam para Nella, a mais velha, com orgulho e afeição. Ela era inteligente e desenvolta, e mesmo que uma maldadezinha corria em suas veias, ela estava sempre pronta com ideias inteligentes.

Depois vinha a Rosa, aquela que muitas vezes chamavam de irmã do meio, e ela era linda. Ela tinha outras qualidades, mas não precisava delas. Ela poderia viver uma vida longa e feliz só com sua aparência. Esse conhecimento a deixou um pouco vaidosa, um pouco egocêntrica e um pouco cruel.

Lydia era a mais nova das três originais, e eles adoravam sua natureza agressiva e extrovertida. Ela conseguia iniciar uma conversa com qualquer um e fazer essa pessoa se sentir como o centro do universo. Mas Lydia era terrível com as pessoas por trás das portas, rasgando-as em pedaços a menor das ofensas.

Meus pais tinham uma inteligente, uma bonita e uma tagarela. Me sobrou ser a difícil. Eu não era explosivamente rebelde ou algo assim, mas eu tinha ideias diferentes de minhas irmãs e pais. Eu preferia me perder em livros a qualquer outra coisa enquanto minhas irmãs iam a reuniões de clubes do livro somente pelo vinho. Eu tinha que cometer meus próprios erros enquanto que minhas irmãs se contentavam em seguir direção e conselhos sem questionar. Eu gostava da vila rústica de Talbott's Cove, já minhas irmãs e pais foram rápidos em se mudar para cidades mais novas, com drive-thrus de Dunkin' Donuts e shoppings melhores. Eu queria ser minha própria chefe, mas minhas irmãs e minha mãe acreditavam que eu estava negando meu destino como professora de inglês. Eu me contentava em preparar as mesmas quatro refeições para o jantar todas as noites enquanto minha mãe e irmãs uma vez compilaram um livro de receitas baseado inteiramente em receitas familiares para uma arrecadação de fundos da igreja.

Qualquer coisa de cozinha era o domínio de mamãe, Nella, Rosa e Lydia. Foi surpreendente, então, quando fiquei presa em Bake Off. Mas era um parente distante do cheesecake de ricota da minha mãe ou seu tiramisu. Este show era sobre tortas ligeiramente obscuros e doces incomuns, e outras criações que não seriam feitas na cozinha italiana da minha mãe. Ele me sugou, e não muito tempo depois que as tempestades de inverno se dissiparam, eu comecei a testar as receitas. Meu apartamento tinha um espaço minúsculo de balcão, mas eu tirava o máximo proveito dele. Eu tinha engordado alguns quilos no processo, mas eu os considerava divertidos, quilos felizes.

Eu assisti enquanto os padeiros organizavam seus ingredientes para um novo desafio, mas não consegui evitar que minha mente voltasse para Jackson. Eu tinha que *fazer* algo sobre isso. Quanto a ele. Ele já tinha aparecido na loja algumas vezes desde sua chegada na primavera passada. Ele era educado, mas reservado, como se ele só estivesse vindo para ter certeza que eu não estava cozinhando metanfetamina no depósito. Tínhamos falado sobre livros — ele gostava de memórias esportivas — e ele sempre deixava algumas dicas sobre questões de segurança que ele tinha notado. Era fácil e livre de complicações, como tapas indesejáveis na bunda ou stripteasing.

Claro, já tinha notado que ele era atraente. Ele tinha ido correr na praia ao nascer do sol. Sem camisa. Era impossível não notá-lo com seus shorts laranja. E não era só eu, era todo mundo em um raio de 40 quilômetros.

O xerife Lau foi o tema da conversa no jantar de Páscoa da minha mãe depois que ele visitou o colégio para falar com os alunos sobre os perigos de andar de quadriciclo na floresta. Do jeito que minha irmã Antonella — Nella para a família, Antonella para todos os outros — disse, todas as professoras estavam caidinhas por ele. Algumas estavam considerando crimes pequenos para chamar sua atenção. Foi comumente acordado que o xerife Lau poderia parar e revistar qualquer uma delas, a qualquer momento.

Mas ele não era *apenas* atraente. Qualquer um podia ser atraente. Isso não os fazia gentis, respeitosos ou compassivos, e Jackson se encaixava em todas as opções. Não tinha me esforçado conscientemente em catalogar suas qualidades porque estava de olho em Owen e em outros becos sem saída, mas minha vida inteira girava em torno desta cidade e das pessoas que nela moravam. Eu sabia que Jackson tinha cortado a grama da Sra. Mulcahey quando seu marido quebrou o braço há dois meses, e seu neto não poderia fazer isso até depois dos exames finais da faculdade. Eu sabia que ele havia ajudado os Fitzsimmonses a colocar seu filho em um dos bons programas de tratamento com opioides em Portland. E ele me levou para sua casa quando eu estava bêbada e triste.

"Muffins", eu disse para a sala vazia. "Vou preparar alguns muffins."

Eu tinha mirtilos porque era julho em Maine e todo mundo tinha um barril cheio de mirtilos agora. Dois arbustos cresciam selvagens no espaço atrás da minha loja, e eu não seria capaz de comer tudo nem se eu quisesse. Mas eu poderia amontoá-los nesses muffins até que fossem mais mirtilo derretido e menos bolo. E não havia nada de sexy ou sugestivo em um muffin de mirtilo. Nem mesmo um muffin perfeito de mirtilo. Eles eram seguros e simples, e o mais amigável dos muffins. Praticar a boa vizinhança era a coisa mais próxima de um "desculpe por assediar você sexualmente ontem à noite" do que eu iria conseguir com mirtilos, farinha e açúcar.

Eu me joguei na panificação, primeiro dobrando e depois triplicando a receita enquanto decidi carregar uma cesta cheia de muffins e levá-la até a estação. Não foi um gesto apenas para o benefício de Jackson, mas sim para todos os policiais e bombeiros de lá. Eles ficariam com as mãos cheias de muffins e tudo ficaria bem no mundo de novo. Talvez então eu fosse capaz de parar de pensar em seus lábios nos meus e na maneira como me senti quando tive certeza de que ele estava me beijando tanto quanto eu o estava beijando.

Memórias bêbadas eram mentirosas. Elas contavam histórias e inventavam verdades, e eu não podia contar com elas. Mas... ele me tinha me pressionado contra a geladeira — talvez um armário ou parede, eu não tinha certeza — e tinha *me beijado*. Realmente me beijado. Como se ele quisesse me beijar de verdade, que não estava apenas aguentando loucuras de uma garota bêbada. Ele havia me segurado também, e mais do que a mão firme de um homem que dedicou sua vida a cuidar dos outros.

As memórias de um bêbado eram mentirosas, mas o toque de Jackson Lau era de verdade.

Quando a última forma de muffins foi para o forno, encarei a montanha de pratos sujos em minha pia. Deveria ter sido um lembrete de que para cada ação havia uma reação igual e oposta — e eu tinha que lidar com minhas malditas reações — mas tudo em que conseguia pensar era em molho de caramelo. Molho feito para afogar pãezinhos de canela grossos e difíceis de mastigar. Com nozes. E molho de caramelo também.

Sem pensar mais nos pratos, busquei na minha geladeira o pedaço de massa que havia deixado lá algumas noites atrás, e então limpei aminha mesa de cozinha de dois lugares. Não era ideal para esticar a massa da maneira que bons pãezinhos mereciam, e também não ideal armazenar uma massa indefinidamente, mas eles serviriam bem o suficiente.

Não tinha massa suficiente para fazer uma assadeira cheia, mas fiquei feliz com a edição limitada. Se os muffins eram para os socorristas, os pãezinhos eram todos para Jackson. O pensamento fez meu coração pular de ansiedade, e eu tive que lutar contra um sorriso enquanto transformava o açúcar em caramelo. Eu queria que ele tivesse isso, algo que eu fiz sozinha, e eu queria que dissesse um milhão de coisas diferentes.

Obrigado por ter me dado um lugar macio para repousar. Desculpe por esfregar minha bunda em toda a sua casa. Espero que possamos ser amigos, embora eu tenha atacado você. Obrigado por encerrar todas as minhas tentativas de sedução. Coma um muffin; agora, por favor, esqueça todas as coisas que eu disse quando estava bêbada. Você queria me beijar de volta? Você faria isso de novo?

Enquanto os muffins e os pãezinhos esfriavam, entrei no chuveiro. Como tudo no meu apartamento, era minúsculo. Este espaço era pouco mais do que um sótão reformado, mas era suficiente para mim. Eu não precisava de uma banheira, armários adequados ou janelas grandes. Todas essas coisas eram boas de se ter, bem como planos de aposentadoria e um mixer. Mas eu poderia me contentar com o que tinha.

Quando terminei, me enxuguei com a toalha e me envolvi em um robe curto estampado com flamingos. Com meu cabelo úmido caindo em meu rosto, folheei os cartões que acumulei em uma velha caixa de sapatos. Eu tinha uma compulsão séria quando se tratava de cartões. Se eu visse algo fofo, atencioso, com trocadilhos ou emotivo, não importava se eu tinha uma necessidade ou propósito. Eu tinha que tê-los.

Claro, não havia nenhum cartão apropriado para minha situação atual. Nem mesmo os em branco com arte ou fotografias na frente eram adequados para isso. Cada cartão convidava a muitas oportunidades de simbolismo acidental. Flores eram muito sensuais, muito sugestivas. Madeira flutuante na praia era tão ruim quanto. Um com uma tigela de cerejas brilhantes e uma colher de pau fez minhas bochechas esquentarem de vergonha, entre outras coisas. Arte abstrata estava fora de questão.

Quase perdendo a paciência e pronta para desistir de todo o plano dos muffins, encontrei um pacote de cartões de receitas. Eu queria acreditar que adquiriria o hábito de escrever receitas em cartões bonitos e ordenados, em vez de rabiscar notas na lateral das impressões ou de usar meu telefone, mas nunca segui esse plano. Agora eu tinha cem cartões presos numa embalagem plástica, esperando por uma razão para existir.

Tipo como minha vagina.

Soltando um suspiro pesado, rasguei o plástico e cuidadosamente tirei um cartão do monte. Então pensei melhor na minha habilidade de acertar na primeira tacada e tirei mais dois. Com minha caneca de flamingo cheia de café e açúcar, os cartões, uma caneta e um livro de capa dura, pulei a janela e me acomodei no meu pequeno deck. Era grande o suficiente para mim, uma cadeira de praia e um punhado de vasos de terracota. Eu só consegui manter a hortelã viva, mas ainda estava chamando isso de horta.

Esta estreita parcela de espaço ao ar livre era perfeita. Eu podia ver a quilômetros daqui e não havia nada melhor do que uma brisa do oceano. E o nascer do sol seguido de pores do sol impossivelmente tardios eram as melhores partes do verão em Maine. O sol estava forte e já muito acima do horizonte, embora o dia tinha acabado de começar. Eu só abriria a loja daqui a duas horas e o xerife só sentava em sua mesa depois de sua patrulha matinal, três horas depois.

Eu sabia disso apenas porque minha loja ficava na rua principal, a poucos passos da estação, e eu não podia *não* notar. Não era apenas o xerife; Eu sabia a rotina de todos. Talvez isso tenha me tornado a pessoa mais assustadora da cidade, mas não me importava. Preferia ser o tipo de pessoa que nota tudo do que o tipo que nada nota. Essa era a minha pequena maneira de ser a mudança que queria ver no mundo. Eu murchava um pouco sempre que alguém esquecia alguns detalhes que eu havia compartilhado em nossa última conversa ou fazia as mesmas perguntas toda vez que conversávamos. Essas trocas sempre diminuíam meu brilho e eu sempre saía me perguntando por que eu não era memorável.

Considerando que eu observava bem meu segmento do mercado, era uma vergonha não ter percebido as coisas mais básicas sobre Owen Bartlett. Parecia que eu podia notar coisas, desde que não tivesse ligação direta comigo. E essa, *essa* era a ferida que eu estava sentindo hoje. Eu não estava sofrendo com a perda de Owen como um interesse amoroso, provavelmente porque ele sempre existiu como uma perspectiva de futuro, algo hipotético. Eu deveria ter recuado e examinado meu flerte com ele anos atrás, mas era mais fácil me acalmar com a ideia de que eu sempre teria o Owen. Mesmo que ele nunca tenha sido meu.

Tomei um gole do meu café e desejei ter trazido um muffin comigo, mas não iria deixar tudo e me contorcer para passar pela janela de novo agora. Escalar até aqui não foi uma tarefa simples e eu tinha um histórico de derramar café ou coquetéis no caminho. E eu estava protelando. Enrolando para escrevera nota de desculpe-e-aqui-estão-muffins que eu tinha que fazer. Do contrário, eles seriam muffins misteriosos e o xerife marcharia até minha loja e exigiria saber o significado deles. Ou ele pensaria outra coisa sobre aqueles *muffins* e *pãezinhos*, e não poderíamos deixar ir por esse caminho hoje.

Eu experimentaria minhas criações depois de encontrar as palavras certas para o Xerife Lau.

Minha primeira tentativa não foi horrível, mas também não foi ótima.

XERIFE LAU,

Minhas mais profundas desculpas pelo meu comportamento na noite passada. Eu não era eu mesma. Obrigada por vir em meu resgate. A cidade tem sorte de ter você. O mínimo que pude fazer foi assar alguns muffins e pãezinhos para mostrar meu agradecimento.

Atenciosamente, Annette Cortassi

EU RELI as palavras com uma careta. Elas não estavam *certas*. Elas atenderam aos critérios básicos para um pedido de desculpas e a mensagem geral foi apropriadamente concisa, mas a coisa toda tinha um gosto amargo, como um pepino maduro demais.

E isso trouxe à mente a sensação do corpo de Jackson pressionado contra o meu, seu peito rígido e a forma inegável de sua ereção.

Percebi que não estava mais fazendo careta. Uma respiração separou meus lábios enquanto eu me movia através das memórias nebulosas de suas mãos em meu corpo nu, sua respiração irregular em meu ouvido, seus quadris se movendo contra mim enquanto ele procurava por uma pequena dose de alívio.

Eu fiz isso com ele, tudo isso. Eu também me despi completamente e me joguei nele. Eu não tinha certeza de quanto orgulho feminino me era permitido nesta situação. Ele era um homem, e por mais que eu amasse e respeitasse os homens, a maioria era consistentemente confiável em sua reação aos seios nus. Inferno, meus seios eram fantásticos. Eu teria ficado irritada se ele não tivesse ficado excitado.

Uma pequena parte de mim queria reconhecer isso. Eu queria mostrar para ele que as coisas haviam ficado mais íntimas entre nós dois e eu não estava cem por cento ok em meus sentimentos sobre. Eu sabia que tinha zero por cento de clareza sobre seus sentimentos.

Por um lado estava a ereção, a maneira como ele me tocou, a maneira como ele me beijou de volta.

Por outro lado, essas eram lembranças de embriaguez e elas eram mentirosas.

"Nada disso está ajudando", murmurei para mim mesma.

Puxando a próxima carta à frente da minha pilha, comecei uma nova nota. Eu estava buscando um tom pessoal, algo que dissesse baixinho: "Ei! Você me viu nua! Talvez você tenha gostado?" mas atingir esse equilíbrio era difícil.

PREZADO XERIFE LAU,

Obrigada por me acompanhar até em casa ontem à noite. Infelizmente, parece que não consegui chegar à minha casa e lamento qualquer dificuldade que tenha causado a você. Tive um dia ruim e bebi demais, e de alguma forma isso se tornou o seu problema. Peço desculpas por isso. Não gosto de ser problema de ninguém.

Eu sei que muffins e pãezinhos não podem resolver tudo e provavelmente não farão você se esquecer de nenhuma das coisas inadequadas e invasivas que eu disse e fiz ontem à noite, mas é o melhor que posso fazer. Espero que você goste deles e espero que possamos deixar essa noite estranha para trás. Eu sei que você não está na cidade há muito tempo, mas posso prometer a você, eu não fico bêbada desleixada que tira a roupa com muita frequência. Ou, nunca.

Sou uma mulher crescida e posso lidar com álcool, exceto quando o cara com quem pensei que me casaria (eventualmente) aparece na minha loja com seu namorado. Não é justo dizer que pensava que iríamos casar. Era mais um plano B. Tipo, um plano alternativo. Pensei que nos ficaríamos juntos em um determinado momento se nenhum de nós estivesse casado ou em um relacionamento sério, mas nunca havia perguntado o que ele achava disso. Eu não queria ser problema dele. Eu queria ser a garota que estaria lá se ele me quisesse.

Isso soa patético. Isso é ainda pior do que me deixar levar pela bebida e me despir. Eu não sou patética e posso lidar com álcool. Foi um dia ruim e aprendi muitas coisas que vinha ignorando ou fingindo não saber. Obrigado por estar presente quando precisei de alguém, mesmo que não goste de precisar de pessoas. Duvido que isso importe para você. Eu estava uma bagunça das grandes e bêbada e você me manteve segura. Imagino que tudo isso faça parte da descrição do seu trabalho e apenas mais um dia de serviço para você.

Aproveite os muffins. Annette Cortassi

EU SOLTEI uma risada mortificada enquanto eu lia o rascunho. Isso foi pessoal, mas também horrível. Eu poderia ficar envergonhada sem ser uma triste garota solteira clichê. E isso era muito triste.

Olhando para o oceano azul cintilante, eu bebi o resto do meu café e debati notas curtas e doces como, "Obrigado por toda a sua ajuda!" ou "Desculpe por todos os problemas da noite passada. Desfrute de alguns bolinhos assados." Eram abordagens muito mais fáceis. Eu não estava colocando nada nas entrelinhas e ele não estava recebendo a história da minha vida.

Mas não conseguia superar a sensação dele contra mim, a pressão. Mesmo com a forte neblina de vodka, lembrei-me do toque dele. Não me segurou de forma cautelosa, como se ele estivesse me impedindo de cair. Também não foi amigável. Foi proposital, como se ele estivesse telegrafando suas intenções. Seus desejos. Nenhum homem jamais me tocou assim.

Eu tinha feito um papelão e me envergonhado e provavelmente a Jackson também. E eu devia desculpas a ele. De alguma forma, eu tinha que embrulhar cada um desses sentimentos e colocá-los em uma cesta de padaria.

Inclinando-me para a frente na minha cadeira, eu avistei o relógio dentro do meu apartamento. Eu tinha meia hora para terminar esta maldita nota, me vestir, deixar a cesta na estação, e depois abrir a loja. Essa era toda a motivação que eu precisava para acertar desta vez.

PREZADO JACKSON,

Estou deixando este bilhete porque sei que está muito ocupado e não quero desperdiçar o tempo do xerife da cidade. Deus sabe que já o fiz o suficiente.

Obrigado por me levar para casa ontem à noite... e tudo mais. Eu fiz uma cesta de muffins de mirtilo pelo seu problema. Parecia a solução culinária ideal por ter ficado nua em sua sala de estar.

Eu não era eu mesma ontem à noite. Eu não queria beijá-lo ou acariciar sua bunda ou fazer todas aquelas perguntas íntimas. Obrigada por fingir gostar.

Foi muito nobre da sua parte dormir no sofá enquanto eu me esparramei na sua cama. Eu não pude deixar de notar que é muito grande. A cama, quis dizer. Juro que não notei mais nada quando saí esta manhã.

Como você sabe, Talbott's Cove é uma cidade ridiculamente pequena e não há nenhuma chance de evitarmos um ao outro. Não que eu queira evitá-lo, é claro, mas não tenho certeza se posso olhar para você sem pensar nas quarenta diferentes maneiras que eu me fiz de idiota.

Em vez de evitar, vamos tentar ser amigos. Vamos esquecer tudo sobre a noite passada... se for isso que você quiser.

Por favor, queime esta nota depois de lê-la:

Annette

Obs. Eu fiz alguns pãezinhos de canela, também. Por favor, aproveite-os. Não sei por que, mas não consegui tirar pãezinhos da cabeça hoje.

EU NÃO ME permiti tempo para reler este rascunho, ao invés disso, dobrei ao meio e escrevi seu nome na frente. Voltei para dentro, marchei direto para a cesta, e coloquei o cartão bem no centro. Os outros rascunhos eu coloquei dentro do livro de capa dura, e deixei no balcão.

O sol da manhã e a brisa do oceano secaram meu cabelo, e eu puxei o primeiro vestido de verão que encontrei no meu armário. Vestidos eram meus favoritos. Uma peça de roupa, sem preocupações em combinar parte de cima com parte de baixo. Não podia ser melhor do que isso. Então, novamente, vestidos que não precisavam nem de limpeza a seco nem serem passados eram melhores. Não mexia com nenhuma dessas tarefas.

Eu coloquei um par de sandálias fofas, peguei minhas chaves da loja, e fisguei a cesta em volta do meu cotovelo.

Eu não me permiti tempo para reconsiderar os muffins ou o bilhete, em vez disso, cumprimentei outros lojistas e vizinhos enquanto eu caminhava pela Rua Principal. Não era estranho para mim andar por aí com um braço cheio de guloseimas. Desde que comecei a assistir Bake Off e aprendendo a preparar doces, eu estava sempre entregando algo para alguém.

"Bom dia", eu disse quando cheguei à recepção da estação. "Eu fiz alguns muffins esta manhã e não poderia ficar com todos para mim. Eu pensei que o novo xerife gostaria de experimentar algumas amoras selvagens."

"Claro", disse Cindy, a gerente da estação. "Ele deve chegar por volta das dez. Ele faz a patrulha matinal primeiro, e depois, a papelada." Ela estudou com a minha avó. Elas jogavam bridge juntas todas as quintas-feiras e ela vinha até a loja a cada semana para uma nova pilha de romances, quanto mais ardentes melhor. Essa era a vida de uma cidade pequena. Era uma maravilha que ela não mencionasse o quão adulta eu parecia hoje em dia ou que ela estava feliz que minha acne adolescente tinha ido embora tão bem.

Ela gesticulou para o canto do escritório, e então girou para longe de sua mesa. Ela bateu uma bengala contra uma bota de plástico grossa na perna. "Leve isso para o seu escritório, por favor, querida? Fiz uma cirurgia na semana passada e estou um pouco devagar."

"Sem problemas", eu disse, arrancando dois muffins da cesta e colocando-os em sua mesa. "Deixe-me saber como vão as coisas."

"Tenho certeza que eles são excelentes", ela disse enquanto eu caminhava pela estação até o escritório de Jackson.

Eu não me permiti pensar que estava em seu espaço, em vez disso, sorri e cumprimentei os oficiais e bombeiros no meu caminho. A porta do escritório do Jackson estava entreaberta e eu empurrei com o cotovelo. Era esparso e arrumado, não muito diferente de sua casa, e cheirava a ele. Eu não sabia como descrever o cheiro — amadeirado? Masculino? Havia alguma palavra que não me lembrasse de ereções? — mas eu gostei.

Gostei o suficiente para saber que tinha que colocar a maldita cesta no chão na mesa e dar o fora de seu escritório.

Algo sobre esse homem me fazia querer arrancar a minha calcinha.

CAPÍTULO CINCO

JACKSON

SOVAR

v. Misturar bem a massa com as mãos sobre uma superfície dura.

EU LI a nota mais uma vez, mas não por causa do conteúdo. Não, eu sabia o que dizia. Eu leria 40 vezes se tivesse lido uma vez. Desta vez, eu me concentrei nas linhas e voltas de suas letras. Sua caligrafia era simples, direta. Nenhum tempo desperdiçado em floreios como pontilhar o *i*.

Eu não ia deixar esse cartão — ou ontem à noite — passar batido. Mas o mais importante, eu queria ver Annette novamente. Inferno, eu queria vê-la esta manhã, mas ela impediu essa possibilidade. Não que eu a culpe. Me irritou e me deixou louco de preocupação, mas eu entendi a reação dela. Se eu estivesse em seu lugar e acordasse depois de uma noite como a dela, eu provavelmente colocaria meu rabo entre as pernas e correria também.

Eu não tinha que olhar para as janelas para saber que a noite estava se instalando e já havia passado da hora de ir para casa para mim. Minha caixa de e-mail estava tão vazia quanto eu ia conseguir por hoje e meu delegado estava de plantão durante a noite. Para todos os sentidos, eu já deveria sentando numa cadeira no meu pátio com uma cerveja na mão.

Mas eu não podia ir para casa. Ainda não. Não depois que o furacão Annette deixou sua marca por toda a minha casa. Não depois de sofrer vários ataques cardíacos quando eu não a encontrei em casa de manhã. Não depois de receber o melhor muffin de mirtilo do mundo — ou assim me disseram — e um cartão carregado de mensagens mistas.

E eu não precisava olhar na direção da loja de Annette para saber que a porta estava aberta e as luzes acesas.

Não fui capaz de me impedir de ficar olhando pro outro lado da rua o dia todo. Eu quis ir até ela no minuto que cheguei na estação e encontrei os deleites tinha deixado para mim, mas eu sabia que nós precisávamos do tipo de tempo e privacidade que uma manhã ocupada de uma sexta-feira em julho não poderia nos dar. Então, eu esperei. Eu andei de um lado pro outro no meu escritório, fiquei olhando para fora da janela, fui em patrulhas desnecessárias em torno da cidade sempre passando em frente a sua loja.

Eu odiei que tinha saído de minha casa antes de eu ter acordado esta manhã. Eu mal dormi naquele sofá rígido torturante e eu não conseguia entender como ela escapou sem que eu percebesse. Descobrir que ela se sentia envergonhada sobre a noite passada — e pensava que eu havia *fingido* desfrutar dela — foi outra tortura. Não podia deixar isso acontecer. Fiz de tudo para não atravessar a rua principal e colocá-la em seu lugar. Era bom que eu deveria comparecer ao tribunal esta tarde. Eu precisava de todas as distrações que pudesse encontrar.

Mas, apesar de tudo, eu estava em conflito. A cabeça e o coração de Annette estavam confusos. Não a culpava. Há apenas 24 horas, ela tinha sentimentos amorosos por Owen Bartlett. Mesmo que ele tivesse fechado a porta para essa possibilidade, não era certo assumir que ela havia se desfeito deles durante a noite. Qualquer avanço que ela fizesse em relação a mim era um produto da rejeição de Owen, e não uma atração por mim.

Mas eu não podia negar a maneira como ela fazia meu pulso disparar cada vez que sorria para mim. Eu não podia negar minha atração por ela, ou que a senti desde meu primeiro dia em Talbott's Cove.

Olhei pela janela ao pôr do sol e avistei Annette na frente de sua loja. Ela estava com um cliente, suas mãos expressando tudo que falava. Com um sorriso, li o cartão novamente.

Vamos esquecer tudo sobre a noite passada... se for isso que você quiser.

Bati o cartão na minha mesa, balançando a cabeça para mim mesmo. Eu não queria isso.

Com isso decidido, me afastei da mesa, agarrei a cesta vazia e caminhei pela estação. Uma parede de ar quente e úmido me atingiu quando saí. Felizmente, eu deixei meu paletó no escritório. Eu alarguei minha gravata, abri os botões do colarinho e arregacei as mangas da minha camisa social. Antes de vir para cá, eu acreditava que o litoral do Maine desfrutava de verões amenos e ventosos. Isso era ocasionalmente verdade. Não era verdade esta noite.

Enquanto eu caminhava em direção a sua loja, observei dois clientes saindo com sacolas nas mãos. Eles não me notaram enquanto conversavam sobre suas compras e se dirigiam para o The Galley. Eu dediquei muito tempo olhando pela minha janela hoje para ter aquela conversa com JJ sobre servir demais aos seus clientes, mas eu encontraria tempo logo.

Empurrei a porta da Harbourside Books, um pequeno sino tilintando no alto para anunciar minha chegada.

"Só um segundo," Annette chamou de trás do balcão. Ela estava agachada e eu não conseguia ver o que ela estava fazendo. "Só estou conectando meu telefone. Esqueci de carregá-lo hoje — e na noite passada, por falar nisso — e acabei de me lembrar disso agora. Na verdade, acabei de encontrar meu telefone. Acho que deixei na caixa de recibo. Engraçado, não me lembro de ter ido lá ontem. Espero que o mundo não tenha desmoronado hoje. Se desmoronou, não pode ter sido tão ruim, já que estamos bem, mas nunca se sabe. Posso ajudar a encontrar alguma coisa esta noite?"

Coloquei a cesta no balcão e plantei minhas mãos na superfície de madeira. Eu não conseguiria começar a catalogar o número de preocupações que ela acabou de instigar em mim. Em vez disso, estudei seus cachos escuros enquanto ela lutava com um filtro de linha sobrecarregado. Essa foi a primeira coisa que eu notei sobre ela — eu era obcecado por suas pernas, mas seus cachos beiravam a linha entre malditamente fofos e fodidamente sexy.

"Você pode me ajudar a encontrar a mulher que fez os pãezinhos de canela mais incríveis que já provei", falei. "Gostaria de agradecê-la por sua generosidade, entre outras coisas."

"A -ah," ela gaguejou, sua cabeça se erguendo e batendo na borda do balcão. "Ah... merda. Isso doeu."

"Você é um problemão, Annette," murmurei enquanto me juntava a ela no chão. Eu levei minhas mãos ao seu rosto, apertando os olhos para a marca vermelha em sua testa. "Quão ruim está?"

"Nada mal", respondeu ela, olhando para baixo. "Apenas me pegou de surpresa. Estou bem, xerife. "

"Jackson. Me chama de Jackson," eu ordenei. Eu queria a franqueza e a honestidade da noite passada. Eu não queria a garota legal que dizia todas as coisas certas e envolvia todo mundo com banalidades alegres. Eu não a queria de jeito nenhum. "Agora, me fala. Onde você guarda o gelo por aqui?"

Ela virou a cabeça, silenciosamente forçando minhas mãos para longe de seu rosto, e ficou de pé. Ela deu vários passos colocando distância entre nós e ocupou as mãos com um pequeno vaso de flores cheio de canetas. Eu quase ri da ideia de ela ficar tímida perto de mim quando ela se despiu e ficou nua na minha cozinha na noite passada, mas esse era o lado dela que eu conseguiria hoje. Tímido e mais nervoso do que um gato em uma sala cheia de cadeiras de balanço.

Eu odiava.

"Não há necessidade de gelo. Foi só uma batida leve. Não vai nem ficar marca," ela disse, ainda focada nas canetas. Ele tinha flores falsas do tamanho de uma bola de softball presas às pontas. Não entendi, mas não ia perguntar. Eu sabia alguma coisa sobre me ater às minhas prioridades. "Estou feliz que você tenha gostado dos pãezinhos. Eu mesma fiz o caramelo." Eu era um homem moderno. Eu acreditava em salário igual para trabalho igual e em todos os direitos e escolhas das mulheres. Eu não nutria nenhuma noção de que mulheres pertenciam à cozinha. Mas algo sobre Annette anunciar que ela mesma fez o caramelo enviou uma onda de certeza pela minha espinha. Eu me ajoelharia a seus pés se isso significasse que eu provaria seu caramelo fresco.

"Eu *amei* os pãezinhos", eu corrigi, escovando minhas palmas nas minhas coxas enquanto me levantava. "Os caras devoraram os muffins antes que eu pudesse pegar um, mas ouvi dizer que eles também estavam excepcionais."

Finalmente, ela olhou para cima e encontrou meu olhar, um sorriso puxando seus lábios. "Fico feliz por terem aproveitado", disse ela.

Eu balancei minha cabeça e me aproximei dela. "Deixe-me ser claro, Annette. Homens adultos estavam engolindo muffins goela abaixo como se não comessem há semanas. Uma briga quase eclodiu no meu espaço por causa daqueles pães. O novato recorreu a pegar migalhas da cesta. Foi um caos. Eu quase abri as mangueiras de incêndio neles. "

Rindo, ela abandonou as canetas. "Lamento que você não tenha provado o muffin. Os mirtilos são incríveis nessa época. Eu deveria ter feito mais."

Eu balancei um dedo para ela. "Não diga isto. Não pegue a culpa quando você não merece. Você não tinha como saber que minha equipe estava cheia de pagãos. "

Ela ergueu um ombro e o deixou cair. "Eu guardei alguns muffins. Eu posso ter alguns escondidos no depósito, se você quiser."

Eu abri minhas mãos na frente dela. "Se eu gostaria?

Droga eu adoraria. Mostre o caminho."

Seu vestido azul claro girava em torno de suas pernas enquanto ela se movia em direção aos fundos da loja. O tecido parecia macio, talvez um pouco elástico, e tudo que eu conseguia pensar era em arrastá-lo pelas coxas. Eu a apoiaria sobre o balcão, empurraria aquele vestido até a cintura, jogaria fora sua calcinha e então a preencheria com um impulso glorioso. Eu podia ver seus lábios se separando em um suspiro, suas pálpebras se fechando, sua bochecha pressionada contra a superfície.

"Jackson?"

"S-sim?" Eu perguntei, a maior parte do meu cérebro ocupado cultivando minha fantasia mais recente.

Pisquei duas vezes e olhei ao redor do depósito. Era um espaço compacto com prateleiras do chão ao teto, uma mesa de cozinha surrada e uma pequena escrivaninha encostada na parede oposta. Eu esperava um monte de livros amontoados, mas isso estava cuidadosamente ordenado.

Ela sorriu e pareceu engolir uma risada. "Eu perguntei se você queria café", disse ela. "Eu também tenho chá e água."

"Água," eu resmunguei. "Água seria ótimo."

Annette gesticulou em direção à mesa. "Sente-se".

Eu atendi seu pedido, mas sentar consumiu apenas um punhado de segundos. Depois de completar essa tarefa, não sabia o que fazer comigo mesmo. Eu não poderia prendê-la na mesa e reivindicar sua calcinha como meu prêmio. Ainda não. Não até que eu fizesse aparecer a mulher que deu um tapa na minha bunda como eu sabia que ela era na noite passada.

"Annette, eu-"

"Você terminou aquele livro de basquete? Aquele sobre a rivalidade entre Larry Bird e Magic Johnson?" ela perguntou, passando direto pela minha tentativa de revisitar os eventos da noite passada. "Vendi esse livro para algumas pessoas e sempre ouvi coisas positivas sobre ele. O autor tem vários outros títulos, se você quiser que eu os encomende para você."

Annette colocou o copo de água e um prato na minha frente, um muffin de mirtilo do tamanho de um punho no centro. Então, ela se juntou a mim na mesa com uma caneca. "Sem muffin para você?" Perguntei.

Ela acenou minha pergunta. "Estou bem. Eu comi um antes do rush da noite."

"Ok" Dei de ombros ao partir o muffin pela metade. "Eu não terminei esse livro ainda. Sinto muito. Ele está na minha mesa de cabeceira— "

"Eu sei," ela interrompeu. Suas palavras foram baixas e roucas, assim como imaginei que seriam quando empurrasse dentro dela e ela me dissesse o quão preenchida se sentia. "Eu vi lá. Por isso perguntei."

Eu encarei Annette, meu coração martelando enquanto eu estava parado em uma encruzilhada. Eu não queria agir errado e não sabia o que ela queria.

"Sinto muito pela noite passada", ela continuou. "Sinto muito por ter estragado sua noite e sinto muito por ter sido uma bagunça." "Não sinta", respondi. Ela começou a interromper, mas eu levantei minha mão. "Não, Annette. Você pode se desculpar por fugir da minha casa sem se despedir e somente isso."

"Então, sinto muito por fugir", disse ela, rindo. "Mas eu sei que você não tinha que me levar para casa com você e me colocar na cama. Você poderia — não sei — ter feito outra coisa. Tenho certeza de que você não leva todas as garotas bêbadas de Talbott's Cove para casa após a última chamada na estação."

"Você está certa sobre isso", eu disse. "Eu não levo mulheres para casa. Você foi a primeira mulher que tive em minha casa. Eu poderia ter enviado um policial ao Galley para buscá-la e te ajudá-la."

"Mas você não fez isso", disse ela.

Assenti. "Eu não fiz isso. Eu queria te levar para casa."

"Você queria me levar para casa", ela repetiu.

"Sim, Annette", respondi. Eu queria te levar para casa." Eu não me arrependo de nada e me mata que você esteja chateada com isso."

Ela se recostou na cadeira, cruzou os braços sobre o peito e olhou para mim por um longo e desconfortável momento. Eu não tinha ideia do que estava acontecendo.

"Você está me acalmando", disse ela finalmente.

Havia muitas coisas que eu esperava que Annette dissesse em resposta. Isso não estava entre as mil primeiras. "Eu estou o quê?" Perguntei.

"Me acalmando," ela repetiu. "Você sabe tudo sobre o meu drama pessoal e está usando isso contra mim."

"E-eu, ah ... o quê?" Gaguejei. Eu não conseguia parar de balançar minha cabeça. "Não, isso é ridículo. Na verdade, passei as últimas vinte e quatro horas tentando fingir que você não estava cobiçando o homem-lagosta."

"E por quê disso?" Perguntou.

Ela não tinha ideia. Não fazia a menor ideia. Mesmo depois de insistir que eu queria levá-la para casa, ela ainda não tinha entendido. Que eu estava faminto pela simples visão dela. "Primeiro, é uma perda de tempo e energia", eu disse, abrindo minhas mãos diante de mim.

Annette se encolheu, levando a mão ao peito e esfregando a pele exposta acima do coração. "Ai."

Esse gesto teve a infeliz consequência de dirigir minha

atenção para seus seios. Seus seios lindos, ligeiramente mais fartos do que um punhado. Que balançavam contra o tecido macio de seu vestido enquanto ela esfregava. Eu queria esticar as mãos e acariciar seus mamilos com meus polegares. Eu estava quase salivando com o pensamento.

"Não digo isso para piorar a situação", continuei. "Sinto muito."

Olhando para longe de mim, Annette disse: "Está tudo bem. Qual a segunda?"

"Segunda?" Eu repeti.

"Você disse que perder meu tempo e energia com Owen era o primeiro ponto. Certamente, há um segundo ponto que você está querendo apresentar. Caso contrário, obrigada por devolver a cesta e tenha uma boa noite."

Seus tornozelos eram obscenos. Seu cabelo era macio e selvagem ao mesmo tempo. Seus olhos grandes e escuros pareciam saídos de um filme animado de princesa. Seus vestidos incitaram os sonhos mais indecentes da minha vida. Mas foi sua mente — a única coisa que eu não fui capaz de observar de meu escritório — que me pegou de todas as maneiras.

"Você está certa, eu tenho outro ponto", admiti. "Eu não quero você cobiçando o homem-lagosta e não quero esquecer a noite passada."

Os lábios de Annette se separaram enquanto ela piscava para mim. "Não quero nenhuma piedade romântica", disse ela. "Eu não preciso disso, muito obrigada."

"Piedade?" Repeti.

Ela assentiu positivamente com a cabeça. Eu balancei minha cabeça seriamente. Ela assentiu novamente.

Peguei o muffin esquecido e apontei para ela. "Vou comer isso enquanto tento entender você. Preciso de um momento de silêncio com o muffin. Ok?"

Ela revirou os olhos e cruzou as pernas novamente, e eu não podia acreditar que essa era a mesma mulher tímida que não conseguia olhar para mim minutos atrás. Ou a mesma sedutora que testou os limites do meu controle na noite passada. Havia muito mais na namoradinha da cidade do que eu havia percebido. E gostava de tudo, mesmo que ela estivesse me deixando louco com essa discussão.

Mordi o muffin e prontamente descobri um novo nível de êxtase. "Isso está incrível pra caralho", eu disse de boca cheia. "Isso é o paraíso de muffin de mirtilo. Não é nem mesmo um muffin. É um orgasmo de viagem ácida de mirtilo."

A carranca e o brilho de raiva em seus olhos derreteram, e um sorriso caloroso tomou seu lugar. "Mesmo?"

"Claro que sim", respondi. "Agora eu entendo porque os caras enlouqueceram. Essas coisas são de alterar a vida. É como se eu acabasse de aprender o que um muffin deveria ser."

Annette jogou a cabeça para trás e riu disso. "Isso é um pouco demais, você não acha?"

Eu devorei a outra metade do muffin e ela rapidamente colocou outro no prato. "Não mesmo", respondi. "Nunca mais vou perder meu tempo com muffins inferiores. Não quando eu posso bater na sua porta e implorar por mais."

Ela me encarou por um momento e seu olhar caiu para minha boca. Ela começou a dizer algo, mas então pressionou as pontas dos dedos nos lábios e desviou o olhar.

"O quê?" Perguntei. "Depois de ontem à noite, acho que podemos ficar confortáveis um com o outro."

"Fácil para você dizer", respondeu Annette. "Você estava totalmente vestido."

"Sim, bem," comecei, lançando-lhe um olhar penetrante, "parece que você viu alguma coisa ao sair. Ou eu li errado?"

Dando de ombros, ela ofereceu um sorriso inocente. "Talvez uma coisinha."

"Talvez não tão coisinha," eu disse, recostando-me na cadeira e me espalhando como se estivesse no meu trabalho. "Tudo o que você quiser me dizer, eu quero ouvir."

"Você está de terno hoje", disse ela, inclinando a cabeça em direção à minha calça azul marinho.

"Você gostou?" Eu perguntei entre mordidas.

Seus cachos balançaram quando ela sacudiu a cabeça. "Foi apenas uma observação. Não importa o que eu penso sobre as suas roupas."

"Não? Mesmo?" Eu perguntei enquanto ela continuava balançando a cabeça. "Importa para mim."

Ela ergueu as mãos com um resmungo frustrado. "Não é o que você costuma vestir. Essa é a única razão pela qual eu toquei no assunto."

"Eu estive no tribunal esta tarde. Foi uma audiência curta, então dei uma chance ao terno." Eu dei de ombros, apontando um sorriso fácil para Annette. Seus lábios se curvaram em um sorriso, mas seu olhar caiu para minha boca e eu tive que reprimir um gemido. Era tudo o que podia fazer para sufocar o desejo de puxá-la para o meu colo e terminar o que ela começou na noite passada.

"Funciona para você. O terno." Annette se inclinou para frente e fez um gesto em direção ao meu rosto. "Você tem uma pedacinho," ela disse, olhando para minha boca novamente. "Um pouco de mirtilo."

Eu inclinei meu queixo em sua direção. "Limpa para mim."

Ela hesitou, mas depois se aproximou. Seu polegar passou pelo canto do meu lábio e eu não conseguia parar de olhar para sua boca. Eu não tinha certeza de quem se moveu primeiro, mas suas mãos estavam em meu cabelo e meus braços em volta de sua cintura, e então ela estava no meu colo e nossos lábios se encontraram em uma corrida frenética. Cada segundo latejava como uma luz estroboscópica. Minha língua acariciou a dela e minhas mãos deslizavam por seus quadris, coxas e bunda. Mas não era o bastante.

Um pensamento silencioso surgiu em espiral no fundo da

minha mente, um que quase me tirou do momento. *Nunca terei o suficiente quando se trata de Annette.*

"Isso parece pena para você?" Eu perguntei, esfregando minha ereção contra ela. "Você ainda acha que estou te acalmando?" Ela arrastou os dentes pelo meu pescoço e estrelas brilharam atrás dos meus olhos. Eu nunca quis rasgar um vestido ou qualquer peça de roupa antes, mas precisava disso como eu precisava de oxigênio. *Annette, nua, agora.*

"Eu não sei o que pensar", ela sussurrou contra a minha pele. Suas mãos desceram pelos meus ombros para descansar no meu peito e, depois de uma respiração, ela me empurrou. Foi de leve, mas não havia dúvida. "Eu nem sequer te conheço".

Eu olhei para ela, minhas mãos ainda segurando sua bunda, e esperei por direção. Eu sabia o que queria e tinha uma boa ideia do que ela queria também, mas não ia anunciar isso. Não havia nenhuma razão para forçar meu caminho dentro de sua calcinha ou insistir que ela se rendesse aos meus desejos porque eu faria com que fosse bom para ela. Não importava se ela estava resolvendo alguns problemas complexos no momento. Na minha visão, um homem de verdade espera sua mulher estar pronta e disposta. Não havia nada de sexy em persuadir uma mulher a fazer algo, mesmo que ela gostasse no final. Mesmo que ela amasse e implorasse por mais. Sexo não foi feito para dizer "Eu avisei". Eu queria minha mulher como e quando ela estivesse pronta para mim, e nada menos.

"Tudo bem", eu disse. "Não há pressa para-"

Annette agarrou minha camisa e me puxou para ela, seus joelhos apertando minha cintura quando sua boca encontrou a minha. Eu a abracei e a beijei até ficarmos sem fôlego. Quando ela recuou novamente, eu sabia que era hora de ir.

Eu tirei o cabelo dela de sua testa e beijei o canto de sua boca. "Gosto de você. Eu gosto de você há muito tempo. Não acho loucura dizer que você também gosta de mim. Quando você não está gritando comigo, é claro. Mas você está descobrindo as coisas e não precisa de mim apalpando sua bunda agora."

Eu a beijei novamente porque — por este rápido momento — Eu podia, e não podia ficar longe dela.

"Eu quero conhecer você, Annette," eu disse, minha testa pressionada contra a dela.

"Eu fiquei nua na sua cozinha noite passada", disse ela, rindo. "Quanto mais você precisa saber sobre mim?"

"Nudez é apenas uma forma de conhecimento", respondi, "e tenho certeza de que você acredita a não julgar os livros pelas capas."

"Você quer ler as minhas páginas?" ela perguntou, seus olhos brilhando.

"Como se você não pudesse acreditar", eu disse. "Mas eu também quero ser seu amigo, Annette. Deixe-me fazer isso."

"Que tipo de amigo, xerife? Do tipo com benefícios?" Perguntou. "Ou outra coisa?"

"É isso que você quer?" Perguntei.

Annette começou a responder, mas mordeu seu lábio inferior ao invés disso. Então ela disse: "Não tenho certeza".

"Quando você descobrir, me avise", eu disse. Eu queria beijá-la novamente, mas sabia que não iria parar se o fizesse. Em vez disso, pressionei um beijo em sua testa. "É melhor eu ir. Mantenha esse celular carregado, ok?"

"Vou trabalhar nisso", disse ela, sentando de volta em sua cadeira. "Ótimo", respondi. "Tranque a porta quando eu sair."

Eu não me permiti outra palavra, em vez disso, arrastei meu olhar sobre seu corpo e lhe lancei um sorriso aquecido enquanto saía do depósito. Quando a campainha da porta da frente soou e eu pisei na calçada, meu peito balançou com a realidade de deixá-la.

Eu nunca me senti faminto e saciado ao mesmo tempo.

FRISAR
v. Selar as bordas de duas camadas de massa com um garfo, ferramenta ou ponta dos dedos.

EU NÃO ME deixei pensar em Jackson enquanto eu cozinhava naquela noite. Em vez disso, concentrei-me nas coberturas e recheios de torta enquanto Bake Off passava na TV em segundo plano. Essa combinação acalmou meus sentidos e me embalou em um estado zen onde a implosão da minha vida amorosa não parecia tão ruim. E eu não poderia pensar muito em meu desejo por Jackson quando eu estava ocupada pondo manteiga na massa de pão.

Mas eu não tinha que pensar em Jackson para saber porque eu o tinha afastado quando seus beijos eram o paraíso e seus olhos estavam famintos. Eu o empurrei — *duas vezes* — porque eu não confiava mais em mim mesma.

Eu costumava ser cheia de confiança. Eu sabia o que estava fazendo e para onde estava indo, e o caminho estava livre. Começar algo novo sozinha, abrir esta loja, me empenhar para torná-la um sucesso e ... Owen. A confiança surgiu novamente, me dizendo que eu poderia ter qualquer coisa — e qualquer um — se trabalhasse o bastante pra isso. Nunca parei para perguntar se deveria estar fazendo aquele trabalho. Eu acreditava que o mundo era meu, e com essa arrogância, me agarrei a um homem que nunca pertenceria a mim.

Eu não sabia mais em que acreditar. Eu me permiti acreditar que Owen nutria sentimentos por mim — sentimentos pequenos e rebentos que precisariam de tempo para crescer, mas mesmo assim sentimentos. Mas essa foi uma mentira perpetrada por minha crença ilimitada em mim mesma, uma mentira que conseguiu forçar Owen a uma posição incômoda e a me humilhar.

Era uma crença em mim mesmo, mas também uma consciência lenta e estrondosa de que eu tinha que aceitar qualquer um que pudesse conseguir, independentemente de quão mal nos encaixássemos. Quando me afastei do constrangimento e da humilhação, fui forçada a ver algumas verdades desagradáveis. Owen não foi feito para mim e eu sabia disso. Eu sabia disso há muito tempo, mas me permiti acreditar que havia uma chance para mim, porque eu não o tinha visto namorar ninguém, nunca. Além de ignorar grosseiramente sua preferência, também dizia a mim mesma que só merecia as migalhas. Que eu poderia viver com um amor que veio de eu desgastar alguém ao invés de uma afeição sincera. Que eu não merecia alguém que me quisesse o suficiente para me perseguir.

Eu não tinha certeza de onde tudo isso vinha. Talvez tenha sido minha criação; talvez tenha sido algo que criei. Talvez fossem os dois ou nenhum. Eu havia passado tanto tempo me esforçando para abrir meu caminho e fazer tudo por conta própria que não sabia como aceitar qualquer coisa que viesse sem um esforço combinado. Parecia bom demais para ser verdade.

Agora, eu não podia confiar em minha reação a Jackson. Eu não sabia como abandonar o mundo que construí em torno de

Owen e depois construir um novo em torno de Jackson, e não estava convencida de que deveria. Foi fácil forçá-lo a entrar no espaço que Owen desocupou, mas isso parecia uma receita para o desastre. Como se o desastre não fosse um problema grande o suficiente, eu *não queria* encaixar Jackson no espaço de Owen. Eles não eram engrenagens intercambiáveis, mas criaturas com suas próprias formas e ângulos. Jackson nunca tomaria o lugar de Owen e ele também não caberia se eu tentasse.

Se eu estivesse entrando no trem da verdade e viajando até a estação da revelação, veria que não sabia o que queria ou precisava. Eu sabia que essas tortinhas eram deliciosas e havia uma boa chance de eu estar limpando um pouco de recheio de mirtilo selvagem da boca de Jackson amanhã, mas eu não sabia de nada além disso. Eu não conseguia escolher além do ponto do meu polegar roçando seu lábio. Eu vi todos os caminhos — amizade, amizade colorida, namoro — mas eu estava com medo de que o chão sumisse sob mim se eu desse um passo à frente.

Mas se Jackson desse esse passo, eu sabia que o seguiria por qualquer caminho que ele escolhesse.

Coloquei duas bandejas de mini tortas no forno e ajustei o cronômetro. Mais uma vez, ignorei os pratos, caindo no sofá com meu telefone. Tinha sido carregado, a pedido de Jackson. Não gastava muito tempo no meu telefone. O sinal de celular nesta área era instável e eu odiava notificações com todo o meu ser. Minhas energias para mídia social estavam reservadas para a loja, e eu era uma pessoa preguiçosa para troca de mensagens de texto, muitas vezes me esquecendo de responder às mensagens por horas.

Caso em questão: um caminhão de mensagens da minha amiga Brooke tinham se acumulado nos últimos dois dias. Brooke e eu estudamos juntas, mas mal nos conhecíamos naquela época e não nos tornamos amigas até que ela se mudou para casa em Talbott's Cove, depois de uma década longe. Ela morava na casa que cresceu com seu pai, o juiz Markham. Ele se aposentou do tribunal anos atrás, mas ainda era o juiz Markham por aqui, da mesma forma que muitos de nós davam instruções com base em marcos que não existiam mais. "Vire à direita onde o Zayre costumava ficar" ou "na esquina do mercado antigo, aquele que eles transformaram em loja de artigos esportivos, mas que fechou e agora é o Planet Fitness."

Brooke, ou Brooke-Ashley como era conhecida no colégio, era meu oposto em todos os sentidos. Alta, loira, esguia, super estilosa. Se eu fosse o tipo de mulher que usa a palavra *chique*, eu a usaria para descrever Brooke. Mas, além do básico, ela era ousada e impetuosa onde eu preferia sutilmente subversiva. Ela era maldosa enquanto eu preferia matar com bondade. Ela vivia para os grandes riscos e recompensas maiores ainda, e eu achava que possuir uma pequena empresa era um risco mais do que suficiente.

A única coisa que tínhamos em comum era nosso status de solteira. Na idade avançada de trinta e três anos, alternávamos entre querer nos casar agora e dar o dedo às convenções. Brooke era profissional em impedir as tentativas bem-intencionadas de solução de todos nesta cidade com um filho ou neto elegível. Eu amava a garota por completo.

Eu nunca esperei reivindicar Brooke-Ashley Markham como minha melhor amiga, mas não aceitaria de qualquer outro jeito. Infelizmente para ela, eu era uma péssima parceira de mensagens de texto.

Brooke: Poderia ser mais úmido e miserável por aqui? Este tempo realmente me faz sentir falta dos metrôs de Nova York no verão e aqueles cheiros de mijo e milho tostado.
Brooke: Ok. Tudo bem. Não precisamos falar sobre o tempo.
Brooke: Vamos almoçar juntas neste fim de semana? Poderíamos usar vestidos complementares de Lily Pulitzer, dirigir até Kennebunkport, beber vinho e chamar de almoço. Como queira.

Brooke: Para ser clara, eu quero o vinho. A comida é desnecessária.

Brooke: Com licença, senhora, mas eu acabei de ver você fazendo a caminhada da vergonha ao descer a rua?

Brooke: Eu preciso de uma explicação para isso. Se eu não conseguir uma, vou começar a inventar a minha própria.

Brooke: Nadinha. Não consigo fazer isso. Eu tentei, mas não consigo entender por que a pequena e doce senhorita estaria escapando para casa antes do amanhecer. Esse não é o seu modo de operar.

Brooke: Pergunta séria, sem julgamento: você precisa de algum plano B? Eu fiz um estoque antes de sair de Nova York porque não tinha certeza se a zona rural do Maine tinha sua merda de saúde feminina em ordem.

Brooke: Fiz alguns reconhecimentos leves, mas ninguém tem informações para mim. Nunca vou entender como esta cidade pode alternar entre rumores potentes e cones de silêncio.

Brooke: Quero dizer, eles formariam um cone de silêncio sobre você. Você é como o mascote da cidade.

Brooke: Não, você não é um mascote. Mascotes são estranhos. Você é mais como nossa Bruxa Boa.

Brooke: Ou algo do tipo. Você é simplesmente bonita e feliz e todos amam você.

Brooke: Isso me torna a Bruxa Malvada?

Brooke: Putz.

Brooke: Agora que pensei nisso ... Eu meio que te odeio. Não podemos ser amigas.

Brooke: Mudando de assunto, papai queria bolo de carne para o café da manhã, almoço e jantar, e ele insistiu que eu servisse seu purê de batata com uma colher de sorvete, então vou precisar que você me fale sobre essa caminhada da vergonha antes de eu começar a comer o papel de parede.

Eu pressionei o telefone no meu peito e ri por um minuto.

Annette: Tantas perguntas, mas vamos começar com isso: por que você estava acordada e olhando a rua às 4h30 da manhã?

Brooke: Porque eu sou foda pra caralho?

Annette: Sim, mas também ...?

Brooke: O Mercado de Hong Kong fecha às 4h hora leste. Cingapura às 5.

Annette: Ah, claro. Não entendo como você mantém esses horários.

Brooke: Curioso, porque parece que VOCÊ também mantém essas horas.

Annette: Foi apenas uma vez e não acontecerá novamente.

Brooke: Espera aí. Por que não irá acontecer de novo? Definitivamente deveria acontecer de novo!

Brooke: Também seria maravilhoso saber de alguns detalhes como quem, onde, como era, comprimento e circunferência. Você sabe, o básico.

Annette: Porque eu não estava sendo inteligente. Eu tomei algumas decisões ruins.

Brooke: Foram decisões ruins ruins ou ruins muito boas?

Brooke: Não, não responda. Apenas me conte a maldita história antes que meu olho comece a tremer.

O timer do forno vibrou e eu abandonei meu telefone para pegar minhas tortinhas. Um líquido azul púrpura escuro borbulhou entre as linhas da estrutura da crosta e o cheiro de doçura encheu o ar. Eu preparei um pequeno lote desta vez e eles eram apenas para Jackson.

Depois que os coloquei no suporte de refrigeração, voltei para o sofá e para Brooke.

Annette: Desculpe a demora. Tive que tirar algumas tortas do forno.

Brooke: Como diabos você está cozinhando com este tempo? A casa do papai tem ar condicionado central e ainda estou suando como Whitney Houston no palco. Preciso usar sutiã só para manter o suor do peito sob controle.

Annette: Existe algo chamado muita informação, meu bem.

Annette: Tenho uma brisa vindo do mar. Não é muito, mas ajuda.

Brooke: De volta à história e seja rápida, por favor. Tenho que dormir duas horas em breve.

Annette: Fiquei bêbada no The Galley, o xerife Lau me levou para casa, tirei a roupa na sala dele e fiz coisas desrespeitosas com ele e depois desmaiei em sua cama.

Brooke: VOCÊ FODEU O LAU?!?

Brooke: Bom trabalho. Eu sabia que faríamos de você uma caçadora.

Annette: Eu não transei com ele. Eu estava muito bêbada e muito estúpida, e o beijei. E então eu bati nele.

Brooke: Vou precisar de algum tempo para processar essas informações.

Brooke: Processamento concluído. Me fale sobre seu pau. É enorme, certo? Tem que ser.

Annette: Eu era a única nu, mas com base em certas interações, sim, eu diria que é enorme.

Brooke: Eu sabia!!! Então o que acontece agora? Quando você vai vê-lo de novo? Eu preciso desse tipo de drama ao vivo na minha vida.

Annette: Não sei. Ele é tão educado e respeitoso que faz eu revirar os olhos. Ele não iria me foder enquanto estivesse bêbada, e quando o vi esta noite, ele deixou claro que não iria me foder até que eu tivesse minha cabeça no lugar. E é claro que não está. Então, provavelmente foi uma boa coisa eu não ter transado com ele.

Brooke: Você o viu esta noite?!? Você o viu esta noite. Claro. Vá em frente e viva sua vida sem me informar. Tudo bem. Eu estou bem. Tanto faz. Vou me afogar em rosé e purê de batata. TÁ TUDO BEM.

Annette: Fiz alguns muffins para ele esta manhã para agradecê-lo por... tudo. E ele veio na loja esta noite. Não fui procurá-lo.

Brooke: Mentira.

Annette: O quê?

Brooke: Me perdoe, senhora, mas você é muito mentirosa. Esses muffins foram como uma trilha de migalhas de pão. Você basicamente levantou a saia e disse "venha me pegar".

Annette: Mesmo que eu tenha feito isso, ele disse que quer que sejamos amigos.

Brooke: Pergunta. Ele disse isso com uma cara séria e/ou um pau mole?

Brooke: Não responda ainda. Pergunta mais importante: por que você ficou bêbada no The Galley sem me avisar primeiro?

Annette: Está tarde. Falaremos sobre isso outra hora.

Brooke: Agora você tem que me dizer. Eu não vou conseguir dormir até que você diga.

Annette: Owen passou pela loja ontem.

Annette: Com o namorado dele.

Brooke: Ah. Entendo. Vou extrapolar por um momento.

Brooke: Owen entra em sua loja com o namorado e você se embebeda, logo, devia estar se agarrando aos seus sonhos de Owen + Annette para sempre, apesar das evidências convincentes de que ele não prefere os cromossomos XX. Com o estouro da bolha, você ficou nua e saidinha pra cima do xerife, descarregando parte desse ridículo sobre ele. Sabendo disso, ele não vai tocar em você com sua vara de vinte e cinco centímetros porque, em primeiro lugar, ele é um cara decente que entende das coisas e, em segundo lugar, ele tem medo de pegar a sua loucura.

Annette: Você tem uma pergunta?

Brooke: Você estava realmente esperando por Owen Bartlett?

Annette: Eu pensava que estava dentro do reino das possibilidades, sim. Os reinos podem ser lugares grandes.

Brooke: E você deixou de mencionar isso para mim desde que voltei para a cidade? Talvez porque você sabia que eu arrancaria essa insanidade de você?

Annette: Nunca falamos do assunto.

Brooke: Serenidade agora.

Brooke: Você não está pedindo meu conselho, mas estou dando de qualquer maneira. Aperte os cintos, docinho.

Brooke: Deixa o seu lado safado tomar conta. Pare de se envergonhar das travessuras nuas com o xerife. Estou com ciúmes violentos dessas travessuras e espero relatórios detalhados sobre seu pau. Pare de tentar seguir um plano. Os planos são inúteis, porque a vida sempre vai te dar uma rasteira. Falo com base na minha experiência. Pare de tentar forçar os caras a se adequarem aos seus planos. Os homens são quadrados, e embora tenham tudo a ver com o buraco redondo, nunca deixarão de ser quadrados. Abrace o quadrado ou encontre um novo.

Annette: Você quer que eu transe com o Jackson?

Brooke: Uma das minhas coisas favoritas sobre você é que você faz o que quer e não se desculpa. Você é fofa ao fazer isso, mas ainda assim o faz bem fodona. Então, odeio que você esteja perdendo a cabeça por causa disso agora. Quero que você faça o que quiser e não se preocupe em ser errado. E alguém deveria transar por aqui.

Annette: O problema é que não sei o que quero.

Brooke: Então finja até descobrir.

ÀS VEZES, minhas ideias eram maiores do que minha coragem.

Tudo parecia fantástico na minha cabeça, mas eu não conseguia executar essas ideias. Quando eu estava no colégio, tive a grande ideia de ler cem livros durante o verão. Não cem livros qualquer, mas aqueles que um jornal chique dizia que todos deveriam ler antes de morrer. Para tornar as coisas ainda mais especiais, decidi que também analisaria esses livros da mesma forma que o revisor interno do jornal fez. Eu seria espirituosa, eloquente e excessivamente referencial, e o tráfego sobrecarregaria meu pequeno e desajeitado blog no WordPress.

Não passei de dez livros. Eles eram chatos, pedantes ou distantes de qualquer ponto de criar uma relação, e eu desisti. A única pessoa que leu minhas avaliações foi minha avó, e isso só me lembrou que eu não estava encontrando o alcance que esperava. Além disso, eu estava presa neles, quebrando a cabeça em busca de comentários incisivos e disputando códigos enquanto queria estar na praia com livros que não odiava ler.

Olhando para as tortas que fiz para Jackson, não pude deixar de pensar sobre aquele verão. Ninguém sabia que eu passei a noite tecendo tiras de massa em um padrão perfeito de cesta e persuadindo mirtilos a uma perfeição brilhante.

Eu poderia facilmente entregar essas tortas na casa de Brooke ou deixá-las na barbearia da esquina. Aqueles meninos nunca recusaram comida de graça.

Mas assim como eu sabia que não queria continuar lendo aqueles livros, eu sabia que queria ver Jackson novamente. Eu queria que ele me olhasse como se eu fosse tão deliciosa quanto os pãezinhos de ontem. Eu queria essas coisas, mas não queria que significassem nada. Havia um número limitado de coisas que eu poderia administrar em um determinado dia e as expectativas associadas com querer Jackson não estavam na minha lista. Eu simplesmente não tinha isso em mim. Eu poderia fazer isso, contanto que não o transformasse em um grande projeto como meus cem livros e suas críticas vigorosas.

Se as expectativas não existissem, o risco também não existiria.

Mesmo assim, aquelas tortas me provocaram o dia todo. Elas estavam no depósito, protegidas em um contêiner de vidro, mas me insultavam de lá. Com cada calmaria entre os clientes, eu me encontrava andando pela calçada, para procurar o SUV de Jackson dado pela cidade no estacionamento da estação. Cada vez que o encontrava lá, eu pensava em correr para entregar minhas tortas. Achei melhor deixá-las na recepção e me retirar, insistindo que não poderia deixar a loja sozinha por muito tempo.

Esse era o meu pequeno plano organizado, mas de alguma forma o dia fugiu de mim. Quando terminei com minha última onda de clientes, olhei em direção à estação e encontrei o céu listrado de rosa, roxo e dourado. Não era meu horário normal de fechamento, mas peguei minhas tortas e virei a placa da frente ao sair.

Não parei para arrumar o cabelo ou verificar os dentes em busca de restos de espinafre da salada do almoço. Eu não precisava fazer nada disso porque ia ser uma visita rápida. Sem visitas. Se Jackson quisesse falar sobre torta ou qualquer outra coisa, ele sabia onde me encontrar.

Era apenas mais um dos meus jogos mentais.

Empurrei as portas da estação e acenei para Cindy na recepção. "Olá! Como você es—"

Ela me cortou com um balanço vacilante de sua bengala. "Pode entrar", disse ela, piscando na direção das minhas tortas. "Ele ficará empolgado em te ver, tenho certeza."

Eu parei no caminho, piscando enquanto processava suas palavras. "Não, tudo bem. Eu não quero incomodar, é, ninguém. Vou apenas deixar- "

"Não posso deixar, minha querida," ela gritou, balançando a bengala como uma noiva bêbada com uma varinha de pênis. "Ele me disse para mandar você entrar da próxima vez que você aparecesse." Isso me fez parar rápido. A única razão pela qual ele diria isso era se ele esperava que eu lhe visitasse e isso — isso era o tipo de expectativa que eu estava tentando evitar. "Ele disse *o que?*"

"Ele está esperando por você", respondeu ela ao atender o telefone. "Escritório de Segurança de Talbott Coce, Cindy falando. Como posso ajudá-lo esta noite?" Quando eu não me mexi, ela bateu com a bengala na lateral da mesa e cobriu o receptor com a palma da mão. "Ande. Não fique aí a noite toda. Conhece o caminho."

Eu olhei para a porta do escritório no canto traseiro da estação. Estava entreaberta. "Não gostaria de deixá-lo esperando", murmurei enquanto marchava pela estação. Estava quase deserto, com apenas dois policiais ocupados em seus computadores. Não demorei muito para entrar no escritório de Jackson. "Desde quando estou na sua lista?" Eu perguntei enquanto me encostei na porta.

A cabeça de Jackson levantou dos documentos que estava estudando e seu olhar pousou em mim. Seus olhos se suavizaram um pouco e a linha dura de seus lábios se derreteu em um sorriso. "Desde sempre", respondeu ele.

Sem olhar, ele fechou o arquivo à sua frente e ficou de pé. Suas mãos mergulharam nos bolsos da calça. Outro terno, o casaco abandonado no cabide antigo no canto. Suas mangas estavam enroladas até os cotovelos e o colarinho aberto. Sem gravata hoje.

"É bom ver você de novo, Annette", disse Jackson. "Eu não tinha certeza se iria."

Ele acenou para que eu avançasse. Pelo menos noventa e quatro por cento do meu corpo queria seguir seu comando. Talvez mais. Aquela pequena fortaleza em minha cabeça não permitiria. Em vez de ir até ele, coloquei as tortas em sua mesa e me joguei em uma das cadeiras vazias. Ele olhou para mim por um momento, sua mandíbula trabalhando e suas sobrancelhas levantando enquanto me observava cruzar as pernas. "E ainda assim você disse a Cindy para me deixar entrar. Você deve ter pensado que eu apareceria aqui de novo se você disse isso a ela."

Jackson estendeu a mão para o prato Pyrex e abriu a tampa. "O que foi que eu fiz para merecer isso?" ele murmurou, olhando para dentro.

"Nada em particular," eu disse, tão petulante quanto eu quis. Eu não sei por que, mas este homem trazia meu lado atrevido. Minha cadela interior, se você preferir. Isso, e o desejo de tirar minha calcinha no minuto que ele me nivelou com um daqueles olhares severos. Parecia ridículo, mas um olhar dele e alguma parte antiga de mim estava pronta para entregar minha calcinha e pegar o que ele tinha para dar. "Por que estou na sua lista?"

Ele apontou para mim com uma torta. Parecia minúscula em sua mão grande. "Uma pergunta melhor é por que você não estaria na minha lista?"

Eu acenei entre nós. "Eu sei que isso é muito divertido, nós repetindo perguntas um ao outro por cinco minutos e tudo, mas eu gostaria de uma resposta."

"Eu gosto de você", disse Jackson, "mesmo quando você está ocupada gritando comigo." Ele mordeu a torta, suspirando e murmurando seus elogios enquanto a devorava. "Como você faz isso? Qual é o seu segredo? Eu não poderia fazer uma torta como esta com a ajuda de dez chefs confeiteiros e suas amoras mágicas do beco."

"Responda minha pergunta ou darei o resto aos bombeiros." Peguei o prato, mas Jackson o agarrou. "Eu farei."

"Você não ousaria", respondeu ele, o prato embalado na curva de seu braço como um bebê recém-nascido.

"Ousaria," eu rebati. Tive que trabalhar muito duro para ignorar a pulsação de entusiasmo dos meus ovários com a ideia de Jackson e bebês. *Oof*. "Eu faria e faria você assistir."

Ele estreitou os olhos para mim. "Você é fofa, mas é cruel. Você se esconde atrás daquele sorriso lindo e aqueles tornozelos fodidamente gostosos— "

"Com licença, meus *o que*?"

"—Mas há uma maldade escondida sob esses vestidos. Esses malditos vestidos." Jackson acenou com a cabeça como se tivesse provado um ponto essencial e colocou outra torta na boca. "Você está na minha lista porque eu quero você lá. Se você vier até a estação, não vou deixar você esperando por mim se eu puder evitar."

"Tem que pegar essas tortas e muffins saídos do forno, né", eu disse com uma risada seca.

"Se é isso que você quer acreditar, claro, Annie", respondeu ele. "As guloseimas são boas, mas você é melhor."

Eu não sabia como responder a isso, em vez disso esfreguei a ponta do polegar nas unhas. "Ok", murmurei. "Estou feliz que você tenha gostado. Brinquei com uma nova receita e aquele desenho na crosta. É divertido. Nada de mais, na verdade. Apenas algo que faço à noite. Gosto de experimentar novas receitas e não consigo comer tudo sozinha."

Jackson olhou para o prato por um momento, suas sobrancelhas arqueando enquanto ele estudava o padrão entrelaçado da crosta. "É sim algo grande e estou feliz por você ter vindo aqui", disse ele. "Eu queria ver você, mas parece que você passou a maior parte do dia ocupada."

"Como — quero dizer, o quê?" Gaguejei. "O que quer dizer? Como sabe disso?"

Ele girou sua cadeira para o lado e gesticulou para a janela grande e ampla. "Se eu quiser ver você, só preciso olhar pela janela."

A posição ligeiramente elevada da estação oferecia uma ampla perspectiva da vila e um olhar direto para minha loja. Poderia soar assustador, Jackson me observando do topo desta colina, mas não era. Era extremamente excitante. De todas as coisas vastas e interessantes que ele poderia ter visto — a rua principal, o porto, o Oceano Atlântico estendendo-se no horizonte — ele me observou colocando livros nas prateleiras e concluindo vendas. Como no mundo eu me comparava a um oceano inteiro?

Finalmente, eu disse: "Nunca percebi que você tinha uma vista tão incrível."

Ele me estudou, seu olhar rolando sobre cada centímetro

como se estivesse se lembrando de mim nua. Seus olhos pareceram escurecer e esquentar. Isso era tudo o que precisava. Eu tive que colocar minhas mãos sob minhas costas para não jogar minha calcinha nele.

Seu pomo de Adão subiu e desceu enquanto ele engolia a torta. Eu nunca pensei no ato de engolir como uma ação sexy antes, mas este homem era outra coisa. Quanto mais eu ficava perto ele, mais gostava dele. E absolutamente tudo sobre ele, até mesmo engolir.

"Eu tenho", ele concordou, seu olhar trazendo um rubor às minhas bochechas. "É deslumbrante."

Eu sorri para ele em resposta, olhando para seus lábios. Eu era muito suave. Meu jogo de sedução era perfeito. "Você fica bem com essa torta", eu disse, gesticulando em direção à sua boca.

E era isso. Essa era a extensão do meu jogo. Não era de admirar que eu ainda estivesse solteira.

Jackson sorriu, sábio a meu jogo. "Limpa para mim."

Rufando as pontas dos dedos na borda de sua mesa, eu disse, "você está muito longe."

Ele deu de ombros. "Então você deveria vir aqui." "Não me parece duramente necessário," eu respondi.

"Você está certa," Jackson disse, assentindo. "É duro e necessário."

"Não foi isso que eu disse," eu argumentei, um riso tirando o ferrão das minhas palavras. "Você sabe."

Outro dar de ombros. "Foi o que eu ouvi." Trouxe suas mãos juntas, se livrando das migalhas. "Você está muito longe. Chegue mais perto para que eu possa te olhar direito."

Eu olhei de relance a porta às minhas costas, de repente ciente da privacidade oferecida pelo escritório de Jackson. Eu empurrei da cadeira e dei a volta em sua mesa, meu olhar em qualquer lugar menos em Jackson. Eu necessitei de toda minha atenção para andar sem sofrer um incidente.

Quando eu cheguei a seu lado, eu inclinei-me para trás de encontro à mesa e finalmente o encarei. Suas mãos estavam frouxas nos apoios da cadeira e seus pés escorregaram abrindo suas pernas. Suas calças esticaram firmemente através de suas coxas e eu dediquei um momento longo, bem longo a estudar aquelas coxas e a protuberância inconfundível abaixo de seu cinto. Eu olhei de volta para ele, um sorriso tímido no rosto. Tudo o que me faltava fazer era dar um último passo.

"Onde está sua cabeça hoje?" ele perguntou, sua voz baixa e suave. "Bem aqui", respondi. Era o melhor que podia fazer. Não conseguiria lidar com nada sério. Eu tinha recém saído de um relacionamento de longo prazo, unilateral, principalmente imaginário e eu não poderia entrar nesse jogo de namoro e as besteiras associadas agora. Mas eu poderia estar aqui, com um homem que faz engolir ser sexy, e eu poderia querer ele. Eu não tinha todas as respostas ainda, mas eu poderia querê-lo e poderia ser simples assim.

Eu me inclinei para limpar uma migalha amanteigada do queixo sujo de Jackson, e ele respondeu o gesto com um beijo na parte interna do meu pulso. Uma onda de formigamentos rolou sobre minha pele e um pequeno suspiro passou pelos meus lábios. Eu fiquei lá, parada, enquanto ele pressionou novamente outro beijo no meu pulso. Senti aquele beijo em todos os lugares. Ele raspou a parte de trás do meu pescoço, puxou meus mamilos, e trouxe uma onda de calor entre minhas pernas.

"Jackson," eu suspirei.

"Annette", ele respondeu com um rosnado.

Tome as rédeas. Me tome.

Como se tivesse ouvido meus apelos silenciosos, se levantou e me puxou para perto, envolvendo seus braços em torno de minha cintura e colocando-me em sua mesa. Com uma mão firmemente na parte de trás de meu pescoço, beijou-me duramente. Foi agressivo, e eu gostei. Eu *precisava* disso. Minhas mãos arrastaram pra cima e pra baixo em seu peito, meus dedos fincavam em seu tecido macio em demandas silenciosas para reivindicar mais dele.

Seus dentes rasparam meu lábio inferior enquanto enchia suas palmas com meus peitos. Minha cabeça caiu para trás enquanto eu gemia e decidi que não me importava se eu tivesse todas as respostas. Eu queria este homem e se o pau duro preso sob suas roupas era alguma indicação, ele me queria também. E então ele me beijou novamente, e minhas mãos encontraram seu caminho para o comprimento latejante debaixo de suas calças.

"Annie, eu quero...".

"Eu não sei o que é sobre você", eu sussurrei, alcançando seu cinto.

"Seja o que for, é bem-vindo", respondeu ele com uma risada.

Essa explosão de leviandade se transformou em um atrapalhado frenético para se livrar das camadas entre nós. Saia para cima, calças para baixo, calcinha descartadas, seus dedos no meu clitóris. Sua boca estava no pulso no meu pescoço e seu pau estava na minha mão, e ...

"Espere", ele ofegou. "*Espere.*"

CAPÍTULO SETE

JACKSON

RALAR

***v. Reduzir um alimento em pequenos pedaços esfregando-o
contra os dentes afiados de um ralador.***

EU NÃO PODIA FAZER ISSO. De jeito nenhum eu poderia
tomá-la em minha mesa. Eu não me importava se já era tarde e
a maioria da tripulação tinha ido embora durante o dia, ainda
teríamos que ser quietos. Ela merecia mais do que eu poderia
oferecer a ela aqui.

"Espere," eu disse, gemendo. "Espere. Annie, espere."

Ela se afastou, seus olhos arregalados parando de me tocar.
"O quê? O que eu fiz? Qual é o problema?"

"Isso está indo muito rápido", argumentei. Estávamos na
minha *mesa*, pelo amor de Deus. Eu adoro algo indecente, mas
isso era desnecessário. Eu tinha uma cama perfeitamente boa há
poucos minutos a pé daqui. "Deixe-me fazer isso direito. Deixe-
me tratá-la bem."

Ela franziu os lábios e desviou o olhar para o lado, sem se
impressionar. "Sério? É isso que você quer?" Ela mirou um olhar
para a ereção pesada balançando contra minha barriga. Depois

de um segundo, ela me pegou pela mão, acariciando apenas o suficiente para me manter duro e com apetite. "Eu devo ter mal interpretado isso."

Por que eu estava fazendo isso? Por que não podia seguir meus instintos e transar com ela como sonhei? Por que eu não podia pegar o que ela estava oferecendo sem questionar?

"Eu não tenho camisinha", respondi, meus dedos circulando seu clitóris. Ela estava tão molhada. Tão molhada. Ela havia tirado sua calcinha, mas agora eu me arrependia de não ter feito isso por ela. Eu queria o prazer de despir suas roupas, vendo seu corpo se revelar para mim. Nada disso era *certo*. Não para nossa primeira vez juntos. "Se você realmente quer isso, vai querer em dez minutos, quando eu te colocar na minha cama."

Uma nuvem passou por seus olhos e eu sabia que a tinha empurrado longe demais. Eu a forcei a considerar o que ela realmente queria de novo, ao invés do que parecia bom no momento. E inferno, eu era totalmente a favor da opção de me sentir bem, mas eu poderia esperar até que ela tivesse certeza sobre isso por mais de um minuto.

"Eu não deveria ter —, nós não deveríamos ter feito isso. É melhor eu ir." Ela baixou o queixo e pegou minha calça. Puxou-a para cima e me cobriu. "Talvez nossos caminhos se cruzem em outro momento."

Annette começou a deslizar para fora da mesa, mas eu não estava pronto para deixá-la ir. Inclinei-me para frente, prendendo-a com minhas mãos em cada lado de seus quadris e rocei meus lábios em seu pescoço. "Você ia me deixar te foder nesta mesa dois minutos atrás. Isso requer algo mais forte do que um 'talvez'."

Depois de uma longa pausa, ela ergueu o rosto para mim, um sorriso trêmulo em seus lábios. "Aproveite as tortas, xerife. Te vejo pela cidade."

Ela empurrou da mesa, pegou a calcinha que tinha tirado e marchou para a porta sem olhar para trás.

"Da próxima vez que eu tiver você embaixo de mim", chamei, alto o suficiente para ela ouvir, mas baixo para meus delegados do outro lado da parede não ouvirem, "não será em uma mesa."

Ela pôs a mão na maçaneta da porta e inclinou a cabeça para o lado. "Boa noite, xerife."

CAPÍTULO OITO

MISTURAR
v. O processo de combinar rapidamente farinha e ingredientes secos com gordura, geralmente manteiga.

"ESPERA UM SEGUNDO", Brooke gritou, arrancando os óculos de sol do rosto. "Você *foi embora*? Você tinha um pau em sua mão e *foi embora*? "

"Sim?" Eu respondi, encolhendo-me atrás do meu copo de sangria. Eu não tinha muito mais como cobertura aqui, no deck de bebidas diurnas em Arundel Wharf, em Kennebunkport. Era outro dia quente de julho, com o sol alto e um céu sem nuvens se estendendo por quilômetros. Isso significava que este restaurante à beira do porto estava lotado e todos estavam ouvindo sobre minhas duvidosas habilidades de malabarismo.

"Eu não posso acreditar em você. Quando tem um pau gostoso na sua mão, você fode. É a lei", gritou ela. As pessoas ao nosso redor se viraram para nos encarar, mas Brooke simplesmente acenou para eles. "Ah, por favor. Você estão bem," ela disse por cima do ombro. "Aprendam a escutar de forma menos óbvia."

Cruzei meus braços sobre a mesa e gesticulei para que ela se aproximasse. "Se você continuar gritando sobre pau, não vamos ter permissão para voltar aqui", eu sussurrei. "Abaixe o volume um pouco, ok?"

Revirando os olhos, Brooke recostou-se na cadeira. "Eu simplesmente não posso acreditar que você o deixou naquela —" ela começou, apontando para sua virilha, "*condição*."

"Você consegue se ouvir?" Eu exigi. "Deixo um cara com bolas azuis e é um crime contra a humanidade. Você deixa metade dos homens na cidade de Nova York nas mesmas condições e isso é motivo de orgulho. Por favor, explique-me como as situações são diferentes. "

Brooke acenou com a sangria e deu um grande gole. "Em primeiro lugar, eu sou a vadia mais malvada e bestial que Nova York já conheceu. Eu não posso evitar quando os homens acham isso excitante e correm atrás de mim com seus pequenos paus tristes para fora. Mas o mais importante, eu não me importava com nenhum desses caras. Inferno, eu nem conseguia manter o controle de seus nomes quando estava com eles."

Fiquei olhando para a água e os barcos se movendo no porto. Realmente era o dia de verão perfeito, o tipo de dia que guardava em minhas memórias para me salvar no inverno. "Eu não me importo com Jackson," eu disse.

"Você sabe o que é incrível?" — ela murmurou. "Como você é tão ruim em mentir. Diga isso de novo — sobre como você não se importa com ele. Talvez desta vez você consiga olhar para mim enquanto faz isso. Ah, e mais uma coisa? Tente dizer como se você também acreditasse, e você não está me fazendo uma maldita pergunta."

Eu lancei um olhar penetrante sobre a mesa. "Ok, tudo bem", eu disse. "Eu me importo com Jackson. Ele é meu vizinho e eu o vejo pela cidade, mas— "

"Ai, meu Deus do céu", disse Brooke, gemendo. Ela empurrou os óculos de sol para o topo da cabeça e esfregou a ponta do nariz. "Eu te amo, mas também quero dar um tapa em você. Bem forte. Não um tapa rápido, mas um tapa potente, do tipo que deixa uma marca de mão em seu rosto e tira essa merda da sua cabeça."

"Eu daria um tapa em você de volta", murmurei.

"Eu esperaria que sim," ela respondeu, puxando a blusa de seu vestido de verão sem alças. "Garota, qual é o seu problema? Por que você está evitando aquele pedaço de homem fabuloso?"

"Ah, eu não sei", disse eu, colocando mais sangria em nossos copos. "Talvez seja porque eu mal o conheço e não posso ficar com ele e depois evitá-lo para o resto da minha vida."

Brooke balançou a cabeça, enviando mechas de cabelo loiro claro sobre os ombros. "Você só teria que evitá-lo se você fizer algo imperdoável. Você sabe, como chamar o nome errado ou dar uma joelhada nas bolas dele ou soltar gases enquanto ele te chupa. Você entende isso, certo?" Sem esperar por uma resposta, ela continuou. "E não me cite sobre isso, mas tenho quase certeza de que não tem que anunciar seus momentos sexuais na reunião mensal do conselho municipal. Sei que Talbott's Cove está atrasada, mas não acho mais necessário apresentar planos de namoro para a comunidade. Então, para recapitular, ligue para ele agora e diga que você está pronta para voltar ao seu bom senso. "

"Grande ajuda. Muito obrigada."

Eu engoli minha bebida. Era a única coisa que conseguia fazer. Eu estava sem explicações para Jackson, para Brooke, para mim. Tudo que eu sabia era que minha cabeça tinha me dito para ir embora, meu coração estava em cima do muro e minha vagina tinha gritado para que eu ficasse. E esse era o ponto crucial para mim, essa guerra interna de vontades.

Foi um 'vai fundo' para minhas partes íntimas, é claro. Elas não eram o centro das atenções de outra pessoa há anos. Meu coração ainda estava machucado por Owen e meu mau julgamento, mas também batia um pouco mais forte, um pouco mais rápido quando Jackson estava perto. Mas com cada uma dessas batidas fortes e rápidas, a dor da minha separação semi-imaginária disparava em meu peito. Meu cérebro não estava para brincadeiras. Não gostava da ideia de eu pular nisso com Jackson e estava fazendo uma campanha forte para eu ir devagar, conhecê-lo, manter minha calcinha.

Meus principais órgãos estavam travados em uma competição de quem piscava primeiro. "Por favor, apenas me explique por que você soltou o pau ", disse Brooke. "Na verdade, estou muito curiosa sobre isso e se você não me contar agora, provavelmente irei persegui-la pelo resto de sua vida. Talvez mais. Ouvi dizer que há uma bruxa em Salem, Massachusetts, que se comunica com os mortos. Ela pode ser capaz de me dizer, de uma vez por todas, porque você rejeitou Jackson Lau *depois de* ter colocado suas mãos em suas joias. Então, tudo bem se você não explicar essa baboseira para mim agora. A bruxa vai tirar isso de você depois que você for embora. E isso pode ser muito em breve, porque eu vou estrangulá-la se você continuar pisoteando um homem que está claramente obcecado por você."

Eu olhei para ela, a luz do sol da tarde refletindo em seus cabelos. Seus óculos de sol eram enormes, saídos diretamente da gaveta de acessórios de Jackie O, e o estampado azul-claro e verde-limão de seu vestido fazia sua pele parecer creme de manteiga. Era incrível como alguém tão bonita também podia ser tão implacável.

"Ele não está obcecado por mim", argumentei.

"Aham, claro, ok", Brooke respondeu, balançando a cabeça.

"Ele não está," eu insisti. "Ele é um cara muito legal. Ele está apenas sendo legal."

"Você percebeu que o suco não valia a pena o aperto?" Brooke perguntou. "Ele tem a carne, mas não o movimento?"

"Eu não posso acreditar que você disse isso em voz alta", eu murmurei. "Uma coisa é pensar, mas outra é dizer essas palavras no meio de um restaurante movimentado. Eu não entendo o seu cérebro."

"Poucos entendem", respondeu ela. "Mas você pode me culpar por perguntar? Você não está me ajudando em nada. Você me diz que foi ao seu escritório com torta — que é o equivalente em confeitaria ao salto alto sexy — e as coisas rapidamente esquentaram. Então você largou o pau dele como uma batata quente? Eu não consigo entender isso, garota. Não consigo. Me explique ou alegue insanidade."

Eu puxei meu lábio inferior entre os dentes enquanto considerava isso. As respostas não eram o tipo de verdades que eu conseguiria explicar na primeira tentativa. Eu queria Jackson, não havia mistério aí, mas não era tão simples. Eu não sabia como querê-lo enquanto protegia meus sentimentos e não confiava em mim mesma com esses sentimentos agora.

"Ele disse que queria me levar de volta para sua casa", comecei, escolhendo cada palavra com cuidado, "e que queria fazer as coisas do jeito certo."

Brooke piscou para mim por um minuto sólido. "Você não está se ajudando, fofa," ela disse. "Olha, eu sou totalmente a favor de rápido e superficial sobre a mesa. Eu amo. Mas ele dizendo que quer te levar para casa, fazer isso do jeito certo ... isso é um grande letreiro de néon informando que ele quer ir para o centro e passar um tempo visitando cada bairro."

"O que — do que você está falando agora?" Perguntei. "Honestamente, estou confusa. Eu pensei que sabia onde isso estava indo, mas— "

"Te chupar", ela rugiu.

Isso atraiu vários olhares carrancudos das pessoas ao nosso redor.

"Sinto muito", disse à mesa ao nosso lado, apontando para Brooke. "Ela não está ... ela não está bem. É uma condição."

Ignorando-me, ela continuou: "Se ele apenas quisesse seu

pau molhado, ele teria te fodido na mesa. Eu continuo perplexa com a sua rejeição a esse cara."

"Para ser justa", respondi, "ele disse não antes de eu dizer não." "Ele não disse não", argumentou Brooke. "Ele disse: "Vamos para minha casa para que possamos brincar de Jane e Tarzan.' A diferença é gritante." Ela sinalizou para o garçom por outra jarra de sangria. "Vale a pena notar que temos quantidade suficiente de tempo e bebida para continuar jogando conversa fora, mas adoraria ouvir a história real. Aquela que você está escondendo sob uma montanha de merda."

"Estou com medo", confessei. "Estou com medo de começar as coisas com Jackson e-"

"Odeio te dizer isso, querida", Brooke interrompeu, "mas você já começou."

"Brooke", avisei.

"Annette," ela respondeu, copiando meu tom. "Eu só estou te mostrando a real. É só para isso que sou boa."

Isso não era verdade, mas eu lidaria com seu comentário mais tarde. "Tenho medo de que as coisas progridam com Jackson", comecei, lançando-lhe um olhar penetrante, "e não sei se estou pronta para isso. Eu não sei o que quero. Eu nem o conheço direito. Simplesmente não confio em mim mesma para tomar as decisões certas."

Brooke me encarou por um longo tempo e então disse: "Você está pensando demais. Esqueça Owen Bartlett e os lindos bebês fictícios que você teria com ele. O melhor remédio para esse absurdo é transar. Você está pegando uma situação simples e fazendo uma tempestade em copo d'água. Pare de se preocupar com tudo. Se você não escalar ele como um trepa-trepa nos próximos dias, eu vou escalar."

Bati minha bebida na mesa enquanto uma possessividade incandescente passou por mim mais rápido do que eu poderia compreender. "Você não faria isso."

Dando de ombros, Brooke continuou: "Vou desenterrar os

Louboutins, colocar um dos dois vestidos que me fazem parecer que tenho seios e bunda, e levar para ele um pouco da minha *torta*."

Eu podia ver agora. Sua cintura fina envolta em um mero pedaço de tecido e suas longas pernas tornadas ainda mais longas pelos saltos mais traiçoeiros de seu armário. Ela usaria o lábio vermelho também. Ela sempre soube como fazer isso enquanto eu parecia uma criança brincando com a maquiagem da mamãe.

Mas eu não conseguia ver as mãos de Jackson sobre ela. Por mais que tentasse me atormentar com a visão de Brooke nos braços de Jackson, não conseguia chegar lá. Na tentativa de juntar minha melhor amiga com o cara que eu não conseguia tirar da cabeça, me peguei revirando as memórias de suas mãos em mim. A maneira como ele apertou minha cintura quando me pegou e me colocou em sua mesa. A maneira como ele agarrou minhas coxas quando me jogou por cima do ombro. Como ele era bruto, mas terno.

Apesar do calor do dia, senti um arrepio na pele. Recusei-me a reconhecer o aperto dos meus mamilos. Eles estavam sozinhos nessa.

"Escute, garota. Se você não quer pegar o que ele está oferecendo, outra pessoa o fará", continuou Brooke. "E essa outra pessoa será eu." Ela sorriu para mim, encolhendo os ombros. "Que foi? Isso é um problema para você?"

Eu ainda não conseguia vê-los juntos, mas mesmo o pensamento das mãos de Brooke em Jackson me virou do avesso. Me contendo para manter a mulher das cavernas em mim longe, eu disse: "Ah, sim, é." Eu virei para encará-la. "Mantenha os Louboutins na prateleira e fique longe do batom vermelho cereja."

"Sério? Porque eu pensei que você não estava interessada", disse ela, acenando suas mãos como quem diz *'eu não fazia ideia'* para mim. "Você passou a tarde inteira me dizendo como não daria certo e que você não tem sentimentos por ele. Já que você se afastou e se recusa a considerar uma chance, devo entender que ele está livre para ser pego."

A maioria das pessoas subestimava Brooke. Elas viam o cabelo, o rosto, o corpo primeiro, e presumiram que ela não era nada mais do que uma boneca Barbie da vida real. Cabeça cheia de plástico, certo? Errado. Ela era muito inteligente e trabalhava mais duro do que qualquer pessoa que eu conhecia. E ela tinha um coração gigante. Era enrolado em arame farpado e mantido no gelo, mas mesmo assim enorme.

Bati em seu cotovelo para chamar sua atenção dos homens a algumas mesas de distância. "Vou dizer algo e preciso que você saiba que vem de um lugar de amor."

Brooke acenou com a mão, me incentivando a prosseguir. "Rápido, docinho. Eu preciso voltar a foder esses caras com olhos."

"Às vezes você é uma vadia manipuladora."

Ela jogou a cabeça para trás e soltou uma risada gutural.

"Às vezes? Isso está literalmente nos meus cartões de visita. 'Brooke Markham, vadia manipuladora e gerente de fundos.' "

"É isso o que você faz?" Perguntei.

"Pelo amor de Deus, Annette," ela murmurou. "Primeiro você me diz que eu não posso afundar minhas unhas no seu homem e agora você está dizendo que não conhece os detalhes básicos da minha vida profissional? Estou começando a pensar que não somos amigas, mas sim conhecidas que bebem e reclamam da vida juntas."

"Não há nada de errado em sermos conhecidas que bebem e reclamam", eu disse, erguendo meu copo para encontrar o dela com um *tilintar*. "Conhecidas que dizem coisas uns aos outros que ninguém mais vai dizer, e não se odeiam por causa dessas coisas."

Essa era a verdade direta, mas também complicada. Amizades adultas eram complexas. A nossa certamente era.

"Para com isso. Eu não faço a linha sentimental", ela lamentou. "E não se esqueça — nós somos basicamente as únicas mulheres solteiras de trinta e poucos anos na cidade. Esta é uma amizade nascida da carência."

"Claro," respondi, acenando com a cabeça junto com sua versão confusa da realidade. "Ok, isso exige uma nova lei. Se eu estive com o pênis dele na mão, você não tem permissão para ir atrás dele. Nu, não sobre as roupas."

"Isso permite se roçar?" Quando eu a nivelei com uma carranca, ela perguntou: "O quê? É um esclarecimento importante."

"Estamos muito velhas para nos roçar em alguém", eu disse. "Não temos mais dezessete anos e não nos relacionamos com homens no banco de trás da minivan da mãe de alguém."

"Tudo bem", ela respondeu com um olhar dramático. "Importa-se de legislar mais alguma coisa?"

Eu balancei minha cabeça, rindo. "Isso é tudo por hoje. Eu não posso lidar com muito mais do que Jackson."

Brooke baixou os óculos de sol e olhou para mim por cima das armações. "Mas você *vai lidar* com ele?" ela perguntou, a sugestão tecendo através de suas palavras.

Eu levantei as duas mãos em sinal de rendição. "Eu não sei. Não sei o que vai acontecer. Ele pode não querer que eu lide mais com ele." Quando disse isso, lembrei-me de Jackson me dizendo que da próxima vez não seria em uma mesa. Eu tive que morder meus lábios para não explodir em um sorriso bobo. "Você vai ficar longe dele e eu vou tomar como vier."

"Excelente", disse ela. "Tomar, vir. Todas coisas boas. Você precisa de mais dos dois em sua vida."

"Só eu?"

Brooke me lançou uma carranca de olhos arregalados. "Ah, não. Nós duas precisamos. O mundo seria um lugar mais feliz se estivéssemos fazendo isso regularmente. É por isso que preciso voltar minha atenção para os lanches do outro lado do deck.

Vamos ver se conseguimos fazer com que comprem mais algumas bebidas para nós."

Olhei para o grupo de rapazes, cada um em uma camisa polo em tons pastéis diferentes. Eles eram jovens, provavelmente com vinte e poucos anos. Fofos, mas muito novos para mim. Eu precisava de um homem com mais idade. Alguma experiência, alguma sabedoria. "Começando um harém?"

"Você não sabe que o termo está desatualizado e pejorativo?" Ela retrucou. "É uma poça de amor poliamorosa agora."

"Ah, certo," murmurei. "Sim, você deveria ter um desses. Definitivamente. Mas eu vou ficar só com um pau, se você não se importa."

"É pra isso que eu estava gritando com você", ela gritou, chamando a atenção dos clientes ao redor novamente. Ela olhou ao redor, sorrindo. "Que foi? Eu nem disse *pau* desta vez."

CAPÍTULO NOVE

MACERAR
v. Amolecer ou tornar-se amolecido por imersão em líquido.

TRÊS DIAS PASSARAM sem uma palavra — ou uma migalha — de Annette.

Era estranho, realmente, ter um relacionamento com uma mulher que começou com ela ficando nua, chegou ao ponto máximo comigo me recusando a transar com ela, e então declinou em imaginar se nos veríamos novamente. Era mesmo um relacionamento neste ponto? Tinha que ser. Eu não estava considerando nenhuma designação alternativa.

Pensei em ir atrás dela quando ela saiu de meu escritório. Quem não iria? Mas havia o ligeiro problema de meu pau estar mais duro do que uma ponta de ferro e sua excitação em todos os meus dedos. Eu não estava apto para aparições públicas. Era ruim o suficiente que minha gerente de estação, Cindy, já estava iniciando um registro de casamento e elaborando uma lista de nomes de bebês. Eu não poderia piorar as coisas perseguindo

Annette pela vila enquanto todos assistiam de seus deques e varandas protegidas.

Em vez de ir atrás dela, esperei ... e esperei. Eu tinha esperança de que ela aparecesse com alguns assados apenas para manter o padrão. Nenhuma sorte. Nos últimos dias, eu consegui encaixar voltas de hora em hora pela rua principal em minha rotina.

Sim, eu estava checando ela. Parte de mim esperava que ela me notasse passando por sua loja uma vez ou cinquenta e saísse para gritar comigo.

Felizmente, não tive que esperar muito mais. Eu a avistei apalpando uns pêssegos frescos no mercado local e não tive muito orgulho de admitir que a encarei por um minuto ou dois do outro lado da seção de produtos.

Eu não tinha planejado fazer compras hoje à noite, mas agora eu estava excitado por ficar sem ovos. Seu cabelo escuro caiu sobre um ombro, cobrindo seu rosto enquanto ela estudava os pêssegos. Cheirar, apertar, inspecionar.

Eu invejei aquela merda de fruta.

Depois de dar uma boa olhada nela, fui capaz de me mover novamente. Passos rápidos me tiraram da seção de folhas verdes e me aproximei das frutas da estação. Eu me aproximei dela, meu cotovelo batendo no dela enquanto pegava um pêssego. Ela olhou para mim, seu sorriso automático mudando para uma sobrancelha arqueada.

"Xerife", disse ela, dando-me uma rápida olhada. Seu olhar varreu meus ombros, parecendo fazer uma pausa no emblema de xerife na minha manga. "Engraçado ver você aqui."

"É mesmo? Engraçado?" Eu perguntei, minhas palavras inocentes. "Devo entender que você acredita que eu sobrevivo apenas com seus confeitos? Ou que eu judio de meus novatos, fazendo-os comprar para mim?"

"Claro que não," ela murmurou. "É que eu nunca vi você

aqui. Achei que você usava um desses serviços de entrega porque tem muito serviço nas mãos."

"Minhas mãos não ficaram ocupadas por três dias", respondi baixinho. "Sabe alguma coisa sobre isso?"

"Claro que não", respondeu ela, pegando outro pêssego.

Cheirar, apertar, inspecionar.

"Ok, então," eu disse com um aceno de cabeça. "Eu faço minhas próprias compras. Não tenho certeza de que qualquer um dos mercados locais oferecem entrega, e nenhuma das grandes redes vem até aqui."

Eu estendi um pêssego para ela e quase explodi em chamas quando ela se inclinou para inalar sua fragrância, seus seios roçando meu antebraço no processo.

Seus olhos se fecharam e seu sorriso se transformou em um sorriso alegre. "Hum. Sim. Esse está bom." Assentindo, ela pegou a fruta da minha palma e colocou em seu carrinho.

Que mimo seria agradar a esta mulher tanto quanto um pêssego maduro.

"Então," comecei, limpando minha garganta, "por que tantos pêssegos?"

Annette balançou a cabeça de um lado para o outro enquanto estendeu a mão para outro pêssego. "Estou trabalhando em algumas novas receitas. Bolinhos, tortas, algumas outras coisas. Não tenho conseguido acertá-los, mas acho que é porque as frutas com caroço não estavam na alta temporada quando tentei. Uma vez que todo o mercado cheira a pêssegos maduros, achei que era a hora de tentar novamente."

"Precisa de ajuda?" Perguntei.

Ela olhou para mim, surpresa. "Com o quê?

Cozinhar?"

"Sim," eu disse. "Ou o que você quiser. Coloque minhas mãos para trabalhar."

Ela riu, mas se aproximou para sussurrar: "Suas mãos provavelmente vão encontrar o caminho por baixo da minha saia e longe da massa."

Foi a minha vez de rir. "É assim que funciona, Annette? Eu não sou confiável?" Ela ergueu um ombro em uma vaga concordância enquanto continuava a inspecionar a fruta. "Vou lembrá-la de que nunca tive o prazer de tirar sua calcinha de você. Talvez eu não seja aquele em quem não se pode confiar."

Ela sempre iria me vencer, de uma forma ou de outra. "Acredite em mim", ela murmurou, me olhando de relance. "Eu considerei esse ângulo."

Ela abandonou os pêssegos e eu a segui sem rodeios. Ocorreu-me que seguir Annette pelo mercado da cidade àquela hora certamente chamaria a atenção dos habitantes locais. Eu estava dividido entre diminuir meus passos e renunciar a qualquer preocupação com os boatos. Naquela fração de segundo, decidi pelo melhor de ambos. Eu permiti a ela o espaço para andar sem eu pairando sobre ela, mas aceitei que qualquer um que estivesse assistindo seria capaz de ler minhas intenções a um quilômetros de distância.

"Você não pode sobreviver apenas com bolinhos. Deixe-me preparar o jantar para você", eu disse quando alcancei Annette na seção de laticínios. Ela estava colocando manteiga em seu carrinho. "E então você pode me ensinar sobre panificação."

Ela começou a protestar, seus lábios já franzidos e seus cachos farfalhando contra seus ombros enquanto ela balançava a cabeça, mas então ela se conteve. "Quão grande é o seu forno?" Perguntou.

Eu respondi com o tipo de convicção reservada para cavalos de força e tamanho de pau. "Enorme."

ANNETTE ME ENCONTROU em minha casa e empilhou seus mantimentos e utensílios na bancada da cozinha. Assim que guardei minha arma, fiquei ao lado, minhas mãos cruzadas atrás das costas, e dei-lhe um minuto para desfazer as sacolas e organizar tudo. Pareceu ser um tempo adequado para esperar antes de colocar minhas mãos nela.

Quando seus materiais e ingredientes foram arrumados, eu a peguei pela cintura. "Você vem comigo", eu rosnei, apoiando-a contra a geladeira.

Meus lábios roçaram os dela e toda a tensão que eu carregava dos últimos dias evaporou. *Puff*. Se foi e em seu lugar estava uma nuvem pesada de desejo. Suas mãos agarraram minha camisa do uniforme enquanto eu a beijava, me puxando para mais perto. Empurrei seus pés abertos e me pressionei no vão entre suas pernas. Não havia como negar a reação imediata que tive ao beijo dela, seu corpo, sua presença em minha casa, e ela merecia saber como ela me afetava. Quando finalmente nos separamos para respirar, ela estava sem fôlego e tremendo em meus braços, seus olhos desfocados e seus lábios inchados. Eu não estava muito melhor.

"Pra que foi isso?" ela perguntou, inclinando a cabeça para olhar para mim.

"Eu preciso de um motivo?" Eu perguntei, ainda encostado contra ela. Ela parecia um sonho, mesmo através das roupas.

"Acho que não, mas realmente temos que parar de fazer perguntas um ao outro. Uma hora alguém terá que responder ", disse Annette, deixando cair a cabeça para o lado. Isso ofereceu espaço para saboreá-la ali e não demorou muito para que meus dedos coçassem para sentir sua pele.

Eu puxei sua saia para cima, agarrando o tecido em seus quadris. Eu estava perigosamente perto de sua calcinha. Não era isso que eu tinha em mente. Achei que seria melhor beijá-la e saciar a necessidade do meu corpo de tê-la perto. Mas não era o bastante. Eu tive seus beijos, seus abraços. Queria mais. Isso me levou a uma conclusão óbvia. Eu não iria me mover desta geladeira até que eu arrancasse um orgasmo dela.

Sem tocar na calcinha, sem problema.

"Aqui está uma pergunta que você pode responder", eu disse, gemendo enquanto pressionava em seu calor. Isso não era mais uma simples questão de atrito. Era como se estivesse no cio com ela agora. Estávamos tão próximos, separados apenas por finas camadas de tecido. A calcinha dela, minhas calças. Nada mais. Se era possível, isso era mais indecente do que o momento que compartilhamos em meu escritório. "Está tudo bem? Você quer que eu pare?"

Ela balançou a cabeça e seu cabelo caiu em volta dela, cobrindo seu rosto. "Não pare."

"Mas está tudo bem?"

"Mmhmm" foi sua única resposta. Isso, e ela arrastou as unhas pelas minhas costas e ombros. Minha camisa deveria ter silenciado seu toque, mas assim como tudo entre nós, intensificou as sensações. O tecido provocou minha pele no rastro de seus dedos e uma sensação quente e tonta passou por mim como uma tontura.

"Você é uma coisinha tão pequena", eu sussurrei, acariciando suas coxas enquanto meus quadris se moviam contra seu centro.

"Na verdade, não," ela respondeu, suas palavras baixas e roucas, como se ela tivesse acabado de acordar. "Não estou nem perto de pequena."

"Ah, mas você é minúscula para mim", eu disse, meus lábios na junção entre o pescoço e o ombro. "Eu te disse outra noite, você é frágil."

Ela enganchou sua perna em volta da minha cintura e inclinou seus quadris para me encontrar, desesperada para encontrar o ritmo que ela precisava. "Isso significa que você tem medo de me quebrar?"

Eu balancei minha cabeça, murmurando minha discordância. "Eu sei como lidar com você, Annie."

"Diga-me como você lidaria comigo", disse ela. "Por favor."

"Você não tem que me implorar. Nunca", respondi. Eu envolvi meus braços em torno dela, levantando-a para melhor encaixe e empurrei contra o seu centro. O local quente estava ficando mais úmido a cada minuto. "Eu iria empurrar um dedo dentro de você e depois outro. Eu não teria que excitá-la porque você está sempre excitada por mim. Não está, linda?" Um suspiro quebrado passou por seus lábios quando ela acenou com a cabeça. "E quando eu não pudesse suportar a visão de sua bunda balançando contra minha mão eu tiraria meu pau para fora. E deslizaria pra dentro, até o fim."

"Ai Meu Deus", ela ofegou. "Jackson."

"Sim, Annie?" Eu continuei roçando naquele ponto doce entre as pernas dela, mas nunca me aprofundei além da barreira do algodão. De certa forma, ela não tinha me concedido essa permissão. A castidade ocasional e os limites desiguais que estabelecemos não eram nada menos que ilógicos, mas este não era o momento de renegociar. Ela queria saber como eu transaria com ela e eu pretendia ilustrar isso... sem tocar em sua calcinha.

"Estou perto", ela sussurrou.

"Eu sei, linda", respondi, ganhando velocidade. A geladeira estava balançando junto com a gente agora, rangendo em seus pés e movendo contra os armários adjacentes. "Você vai me dar."

"Diga-me," Annette começou, "o que acontece depois que você... estiver dentro de mim."

Pensei que ficaria chocado. Pensei que mergulharia em alguma incredulidade que Annette, doce e amante de livros ficaria horrorizada com minha intensidade para histórias indecentes. Mas eu não fiquei. Esta era Annette, doce, inteligente, acolhedora, generosa e suja. Para mim, fazia sentido. Eu não iria querer ela de outra maneira.

"Você gritaria por mim", eu disse, rosnando enquanto meu pau flexionava do jeito que fazia quando eu estava no limite. Eu estava pronto. Tão pronto. "Você gritaria quando eu me empurrasse pra dentro e então você gritaria quando eu saísse para então fazer de novo. Você continuaria gritando enquanto eu te segurasse."

"E você não pararia", ela disse entre choramingos. Senti as unhas dela marcando a pele no meu colarinho, aquelas pequenas picadas de dor como chicotes me incitando para a frente. "Não pararia por nada."

Era hora. Eu tinha aguentado o suficiente e o prazer grosseiramente sussurrado em sua voz era demais. Simplesmente demais. "Não, linda, eu não pararia até que eu bombeasse tudo o que eu tivesse em você e você estivesse sem gritos e até que você não pudesse ficar de pé sozinha."

Suas mãos arranharam minhas costas e ombros, desesperadas para encontrar algo para segurar. "Ai Meu Deus, sim", ela ofegou. "Eu quero mais, Jackson. *Mais*."

Quem eu era para recusar? Eu nunca iria. Não, nem mesmo se eu estivesse perigosamente perto de ejacular nas minhas calças. Estávamos entrando de cabeça nesse resultado e pela primeira vez em todos os meus anos de ejaculação, eu não estava procurando uma alternativa. As unhas dela estavam arranhando minhas costas, suas pernas estavam apertadas em torno dos meus quadris, e sua boceta estava encharcando através das minhas calças direto para as minhas cuecas. Eu estava exatamente onde eu queria estar agora.

"Tanto quanto você quiser, pelo tempo que quiser, Annie", eu jurei.

À medida que eu subia mais em seu calor coberto de algodão, meu orgasmo subiu pela minha coluna e se derramou em minha cueca. Por um minuto, eu tinha certeza que meu cérebro tinha se mexido. Minha visão encurtou, meus ouvidos encheram de estática e meus quadris passaram a bombear. Eu não podia parar, mesmo que eu tentasse. Meu corpo estava pronto para dar a ela tudo o que eu tinha e algumas das coisas que eu não tinha, e eu não podia parar até que ela estivesse satisfeita.

"Mas você não teria acabado", disse ela, com a voz alta e me arrastando de volta à consciência. Ela convulsionou contra mim, com as pernas apertando enquanto cavava os calcanhares na minha bunda. Doeu, mas valeu a pena. "Teria?"

Seu corpo pulsava sob meu pau enquanto ela estremeceu e desmoronou. Eu continuava empurrando, mais lento, menos urgente, mas não conseguia parar. Neste momento, eu precisava disso tanto quanto ela.

"Nem pensar. Então eu te levaria para o quarto", eu disse, "e a te foderia através do colchão. Como eu quero te foder através dessa geladeira agora."

Outro espasmo passou por mim, um jorro pra finalizar e eu me acabei. Pela sensação das vibrações que se moveram pelo corpo de Annette, ela estava lá comigo.

Nenhum de nós falou por vários minutos enquanto respirávamos. Esse orgasmo me tirou tudo que tinha. Eu precisava de uma garrafa grande de Gatorade, uma pizza inteira, e uma noite enrolada em torno de Annette. Não nessa ordem, mas tudo de uma vez. Mulher nua, comida, eletrólitos.

Lentamente, o mundo ao nosso redor voltou ao foco. A brisa estava mais fria agora, úmida. O cheiro de pimentas frescas e tomates perfumava o ar da cozinha. Pêssegos também. O ventilador da geladeira se iniciou e, em seguida, desligou. Eu era uma bagunça molhada e pegajosa do meu umbigo até as minhas bolas. Meu aperto na cintura de Annette era feroz e meu rosto estava enterrado em seu cabelo, e a vida era boa.

"Uau", ela sussurrou, afrouxando seu aperto de morte em meus ombros. *"Uau."*

"Eu adoro quando você diz isso." Beijei o pescoço dela, chupando um pouco para tirar outro suspiro de seus lábios. "Bom uau?" Ela riu e o movimento me fez pulsar contra ela novamente. Meus quadris ainda empurraram preguiçosamente, não prontos para abandonar a causa. "Não responda, apenas continue rindo. Seu corpo é incrível."

"Bom uau", ela confirmou. Muito bom."

Afrouxei meu aperto em sua cintura e arrastei meus dedos até as coxas dela. Segui a linha da calcinha, traçando do quadril ao traseiro. Eu queria me livrar delas.

"Ei, Jackson?"

Eu sorri contra o pescoço dela. Eu gostava dessa mulher. Eu gostava muito dela. "Sim, Annette?"

"Você está tocando minha calcinha", ela cantou.

"Sim, estou." Eu ri contra o cabelo dela. "Estou errado em pensar que você está gostando disso?"

"Não está errado", disse ela em um suspiro. "Isso é o que eu gosto de ouvir", eu respondi.

Ela arrastou as unhas para cima e para baixo no meu antebraço. Era divino! "Mas esse não é o problema. Você disse que poderia me tocar sem chegar perto da minha calcinha e acredito que refutei essa teoria."

"Nesse caso, eu estarei errado sempre que você quiser." Eu coloquei o cabelo atrás de sua orelha e plantei um beijo em sua têmpora. Desta vez, fui eu que me afastei primeiro. Dada a minha condição, eu tive que fazer isso. Minha boxer estava mudando rapidamente de agradavelmente molhada para desconfortavelmente encharcada. "Eu já volto", eu disse, abaixando a cabeça para olhar em seus olhos. "Você está bem?" Ela apertou as pontas dos dedos nos lábios, balançando a cabeça. "Ok. Fique aí mesmo. Não mexa um músculo. Entendeu?"

Olhei para ela, esperando uma resposta. Seus cílios escovaram suas bochechas avermelhadas e ela manteve os dedos em seus lábios. Eventualmente, ela inclinou a cabeça para o lado e disse: "Entendi".

Eu me afastei de Annette e a perda de seu calor enviou um arrepio através dos meus ombros. Enquanto eu marchava pelo corredor, eu me livrei das minhas calças e abri minha camisa, pronta para jogar ambos no cesto quando cheguei ao meu quarto.

Não demorou muito para me limpar e vestir um novo par de cuecas e shorts, mas cada minuto parecia uma eternidade. Eu queria estar de volta na cozinha, pressionado contra Annette e sussurrando todas as coisas depravadas que eu já tinha pensado em seu cabelo. Ela cheirava a doçura; baunilha, açúcar, especiarias. Esse cheiro me dava ideias, ideias que voaram em face de tudo o que eu acreditava. Eu a queria na cozinha, usando nada mais do que um avental de babado e seus pés descalços. Eu queria que ela sentasse no meu colo e me alimentasse com torta.

"Estou perdendo a cabeça", murmurei para mim mesmo enquanto fechava meu short.

Quando eu entrei na cozinha eu estava diante de dois fatos.

Primeiro, Annette ainda estava aqui. Dada a nossa história, não estava convencido de que ela ficaria por aqui quando o brilho se desvanecesse. Isso era uma boa notícia.

Segundo ela não seguiu as instruções. Ela estava ocupada cortando um tomate como se fosse dona do lugar. Isso também era uma boa notícia. Eu queria que ela sentisse como se fosse dona do lugar. Eu teria gostado que seguisse algumas ordens, mas eu sobreviveria.

Vestindo uma camiseta, eu perguntei: "Eu não disse para não mover um músculo?"

Ela olhou meu torso por uns segundos, estudando-me como se ela estivesse decidindo se eu cumpria seus critérios. Eu esperava como nunca que sim. "Você disse alguma coisa", ela respondeu, acenando com a faca. "Eu não me lembro dos detalhes."

"Está perdoada desta vez." Peguei duas garrafas de cerveja e tirei as tampas. "Mas só porque a geladeira não é o lugar mais interessante para esperar."

Ela tomou a cerveja oferecida, comentando: "Nem a mais confortável."

Eu alisei suas costas e puxei-a para mais perto. "Eu te machuquei? Foi demais?"

"Estou bem", respondeu ela, olhando para mim com um sorriso apertado. Então ela piscou, e uma parede caiu. Não estávamos discutindo mais a geladeira. "Vamos começar esse jantar, ok? O que poderia fazer? Esses tomates estavam bons demais para perder, então eu comecei com eles." Trabalhamos juntos para preparar a refeição e conversamos sobre nosso dia. Eu me acostumei a viver sozinho e esse vai-e-vem doméstico era como falar uma língua que eu tinha aprendido anos atrás e quase esquecido. Eu gostei dessa linguagem. Eu queria falar sobre meus dias com mais frequência e queria falar com Annette.

"O que é isso?" Annette perguntou, apontando para dentro da geladeira.

Segui seu gesto até a prateleira de pratos envoltos em plástico e levantei um ombro em resposta. "Comida", respondi.

"Sim, claro", respondeu ela, ainda apontando. "Mas por quê? Estes pratos não são seus."

Ela não estava errada. Eu tinha vários pratos e recipientes de plástico para guardar alimentos, nenhum deles meu. "Eles não são", respondi lentamente. "Mas pretendo devolvê-los aos seus legítimos donos."

"Mas...mas do que se trata?" ela perguntou, inspecionando um prato de costeletas de porco e couve-flor. Senhor, eu odiava couve-flor. Eu não tive coragem de dizer isso à Sra. Mulcahey, mas não comia um pedaço de couve-flor desde que era criança. Nem mesmo aquelas estranhas couves-flores roxas e amarelas que minha mãe cultivava em seu jardim. Eu não era idiota. Ser roxo não tornava as coisas melhores. "Há uma história aqui e acho que não posso fechar a geladeira até ouvi-la."

Eu abaixei minha faca soltando um gemido baixo. "As senhoras da vizinhança trazem-me refeições. Pratos com janta, pães de abobrinha, uma panela elétrica com almôndegas. É sempre alguma coisa. Eu não pedi a elas", acrescentei quando as sobrancelhas de Annette se ergueram. "Elas simplesmente aparecem com um ou dois pratos."

E uma história sobre sua filha solteira ou irmã ou amiga ser perfeita para mim.

"É mais do que posso comer", continuei, "mas não quero insultá-las."

Annette trouxe seu olhar para longe das costeletas para me olhar de cima a baixo. "Você parece o tipo de cara que consegue comer um ou dois pratos extras sem reclamar", disse ela. "Você tem aquela aparência de comer ovos crus no café da manhã."

"Vou interpretar isso como um elogio", murmurei, voltando à tábua de cortar.

"Claro." Annette pegou alguns itens da geladeira e os colocou ao meu lado. "Devo esperar que o Refeições Sobre Rodas venha hoje à noite?"

Balancei a cabeça. "Duvido. Elas provavelmente ativaram a árvore do telefone e alertaram a todas para priorizar outros solteiros esta noite."

"Ah, entendi", respondeu ela, balançando a cabeça. "Elas sabem que estou aqui. Achava que as mães corujas ficariam de olho em você, xerife, mas eu não tinha ideia de que elas estavam te alimentando também. Isso está me fazendo repensar os muffins e tortas que enviei para você."

"Não diga isso", murmurei. "Eu amo sua comida, mas é um distante segundo lugar a você."

Ela riu e espalmou as duas mãos na bancada. Isso me lembrou de sua mão no meu pau. Não podia evitar. Nós compartilhamos nada mais do que alguns minutos em meu escritório, mas em minha mente cada segundo se estendeu por horas. Lembrei-me do calor de sua palma, a curva apertada de seus dedos ao redor do meu eixo, a maneira confiante como ela me acariciou. Foi incrível — *ela* foi incrível — e eu pisei no freio.

Ah, como me arrependi dessa decisão. Lamentei quando fui dormir, dolorido e sozinho. Quando acordei dolorosamente duro. Quando eu me masturbei no chuveiro. Quando eu olhei para fora da janela do meu escritório para sua loja. Basicamente, o dia todo e a noite toda.

"Está me escutando?" Annette perguntou, me forçando a sair de minhas memórias.

"Não, me desculpe", eu disse, passando a mão pelo rosto. "O que você disse?"

Ela olhou para mim, seus lábios franzidos como se ela estivesse segurando uma risada. "Eu disse, te incomoda que as pessoas saibam que estou aqui? Que estão tirando suas próprias conclusões e espalhando-as pela costa?"

Balançando a cabeça antes de ela terminar de falar, respondi: "Não. De maneira nenhuma. Te incomoda?"

Só então percebi que não me importava com o olhar constante das pessoas da cidade se isso significasse que eu poderia passar algum tempo com Annette. Apenas alguns dias atrás, eu estava preocupado em manter uma reputação completamente limpa, mas como isso poderia ser errado? Claro, meus pensamentos eram pecados obscuros e indecentes, mas meus vizinhos não precisavam saber disso. Eu também considerei que não poderia cortejar a atenção de Annette sem ficar sério, conforme exigido pela regra "sem xerife mulherengo" por aqui. Mas eu não estava preocupado com isso agora. Eu não tinha uma mulher diferente em minha casa todas as noites e a parte séria não me assustava. Não mais. Pra dizer a verdade, eu ansiava por isso. Ver Annette pela vila ou ocupada em sua loja me deixava louco. Eu podia olhar, mas não podia tocar.

Eu queria o direito de ir até ela, de estar com ela, de chamá-la de minha.

"Isso não me incomoda porque as pessoas falam sobre pessoas o tempo todo. É só o que eles fazem por aqui", disse ela. "Não é diferente de qualquer outro lugar. Todos nós nos conhecemos, então parece que todos estão se intrometendo na vida uns dos outros. Eles não estão. É o mesmo que todos em um círculo de amigos falando uns sobre os outros. Eu não me importo de falarem. Eu entendo. É a natureza humana."

Pisquei, esperando pelo "mas". Porque estava chegando. Seu tom era muito hesitante para qualquer outra palavra seguir.

"Mas" — e aí estava — "não quero dar às pessoas uma ideia errada. Eu sei que não posso controlar as ideias de ninguém, mas não quero que ninguém se empolgue com a noção de que somos, você sabe, um casal."

Abaixei minha faca e a observei. "E isso seria um problema?"

"Talvez não um problema", disse ela, um pouco exasperada. "Mas uma situação."

"E você não está pronta para outra situação?" Perguntei.

Ela balançou a cabeça bruscamente, mas não encontrou meus olhos, em vez disso manteve o foco na tábua de corte. "Não. Não inteiramente", disse ela.

Peguei um pano de prato, precisando de algo para manter minhas mãos ocupadas. "Sem situações então", eu disse. Enrolei o tecido na palma da mão como um torniquete. Era tudo que eu podia fazer para conter a discussão queimando na minha língua. "Isso não é um problema, Annie. Eu também não preciso de situações."

NÓS COMEMOS do lado de fora, no pátio dos fundos, rodeados por velas de citronela para manter os insetos afastados. Annette estava quieta, mais do que eu esperava. Então, novamente, poucas das minhas expectativas funcionaram se tratando dela. Eu queria que ela se aninhasse em meus braços e me deixasse protegê-la de tudo além de nós, mas ela não queria isso. Ainda não.

Annette apontou para um fino feixe de luz ao sul com seu garfo. "Aquele é o antigo farol de Talbott's Cove. Owen Bartlett assumiu o controle quando comprou o terreno onde fica."

"É mesmo?" Perguntei. Discutir o capitão Bartlett — e o relacionamento de Annette com ele — não era meu assunto preferido.

"Sim," ela murmurou, alheia ao meu descontentamento. "No alto da colina, com vista para a cidade, fica a casa de Markham. Você pode ver a linha do telhado daqui e o mastro da bandeira também. Sua propriedade se estende até a floresta. Há um celeiro lá fora, um monte de cabanas velhas, até mesmo um cemitério. A família deles vive naquela terra há séculos. O juiz Markham se aposentou cerca de cinco anos atrás e ele não ficou entusiasmado com isso. É uma situação complicada para ele. A filha dele, Brooke — ela é filha única — mudou-se da cidade de Nova York não muito tempo atrás."

Eu permiti que ela divagasse como se ela estivesse me contando algo novo. Eu tornei da minha conta conhecer cada pedaço de terra e residência nesta cidade, e o suficiente sobre suas idas e vindas para saber quando algo não estava certo.

Eu soube do hóspede bilionário de Bartlett poucas horas depois de ele chegar em Cove. Eu também estava de olho na pousada dos Nevilles. Eu ainda estava reunindo toda a história, mas sabia que eles sobreviveram a um ataque horrível que matou a família imediata de Cleo Neville anos atrás, e um dos perpetradores ainda estava foragido. Eu tenho mantido um controle extremamente rigoroso sobre a propriedade dos Fitzsimmonses. Não havia como dizer quando seu filho sairia da reabilitação e eu queria estar preparado. Eu esperava o melhor e torcia para que o garoto deixasse o vício de uma vez por todas, mas também conhecia a realidade da epidemia de opioides. Eu tinha visto isso em Albany e estava vendo aqui, e não estava melhorando.

"E ali está a foz do riacho de Dickerson, que costumava fazer parte da velha fazenda Dickerson", ela continuou gesticulando em direção à floresta. "Os alunos do ensino médio caminham por lá no verão e bebem cerveja depois que o Rei

Eskimo fecha à noite. No riacho, não na fazenda, quero dizer."

"Obrigado pelo esclarecimento."

"A qualquer hora", ela respondeu, bebendo sua cerveja. "Eu sei que esta é uma cidade pequena, mas há muito mais do que aparenta."

"Você duvida da minha capacidade de lidar com a segurança da cidade?" Eu perguntei com uma risada.

"O quê? Não. Claro que não", respondeu ela. "O que te faz pensar isso?"

Fiz um gesto em sua direção. "Você me ensinou sobre as pessoas e lugares de Talbott's Cove nos últimos dez minutos e devo presumir que você está fazendo isso porque não acredita que eu sei como encontrar o meu caminho."

"Ah, eu-eu," ela começou batendo o dedo indicador contra o lábio. "Às vezes, entro no modo de guia turístico. Foi de grande ajuda quando abri a livraria e turistas vinham me perguntar coisas do tipo, 'O que há de bom por aqui?' e eu apenas dizia a eles tudo que eu conseguisse pensar."

"Eu ouvi isso sobre você."

Annette inclinou-se para trás, me olhando fixamente por um segundo, assentido lentamente a seguir. "É isso que as pessoas dizem sobre mim hoje em dia?"

"Disseram que você é excepcionalmente bonita, inteligente e generosa com seu tempo e conhecimento," disse.

Ela moveu as mãos dispensando minhas palavras. "Você está confuso. Não era eu. Era uma de minhas irmãs. Ou todas elas misturadas," adicionou.

"Desculpe-me, madame, mas eu sou capaz de verificar meu próprio intel," aleguei. "E eu estou aqui, sentado na presença de sua beleza excepcional e conhecimento sem limites. Eu diria que é uma avaliação justa."

"Você está flertando comigo, xerife?"

Eu joguei minhas mãos no ar. "Finalmente, ela percebe", eu

disse para o céu. "Estou lhe dizendo, quando eu cheguei, *todo mundo* me disse que você conhecia os cantos e recantos deste lugar melhor do que ninguém. Se eu quisesse saber o que estava acontecendo, eles disseram que eu deveria obter os dados pertinentes de você."

"Ah, sério?" Perguntou. Assenti. "Por que você nunca passou para pegar esses dados pertinentes?"

"Eu passei," eu disse, rindo. "Várias vezes. Eu descobri que não conseguia falar com você por mais de cinco minutos sem querer tocar em você." deslizei meus dedos pelo seu braço nu, não perdendo o leve suspiro que ela soltou. "Por que você está nervosa agora? Essa é a razão por ter entrado em modo de guia turístico, não é?"

A brisa agitou seu cabelo quando ela deu de ombros. "Sim, parece que sim", respondeu Annette. "Estou nervosa. Nunca estive com alguém sem também ter planos. Não sei o que temos e não sei o que fazer com isso. Mesmo com ficadas aleatórias ou amizade colorida, eu tinha um plano. Eu sabia para onde estava indo e onde não estava."

Ela olhou para mim, seus olhos brilhando na quase escuridão da noite. Deus, ela era linda. O tipo de beleza que se escondia atrás dos sorrisos da rainha do baile e do épico muffin de mirtilo e do simples ato de ser legal com as pessoas. O tipo que a maioria das pessoas deixa passar porque ela os distrai com livros e histórias sobre velhas fazendas e pilhas de fofocas locais.

"Você precisa de um plano?" Perguntei.

Annette ergueu as mãos e as deixou cair em seu colo. "Não confio em mim mesma para fazer planos agora, não depois de tudo o que aconteceu na última semana", respondeu ela.

No início, presumi que ela estava falando sobre nós e tudo mais, desde suas confissões nuas até esta noite. Então percebi que ela estava falando sobre Bartlett. Eu odiava isso. Eu gostava do cara, mas não conseguia lidar com essa besteira de amor não correspondido. Nem por um minuto.

Com os dentes cerrados, perguntei: "O que aconteceu com tudo?"

Ela balançou a cabeça, franzindo a testa. "Não quero falar disso. É complicado."

Inclinei-me para frente para pegar seu olhar encoberto. "Não é complicado. Não de verdade." Ela começou a protestar, mas eu continuei: "Você é uma garota esperta. Como você acabou de ilustrar, você sabe tudo sobre todos nesta cidade. De todas as pessoas em Tabbott's Cove, você saberia sobre Bartlett."

Ela se recostou na cadeira e cruzou os braços sobre o peito. Claramente, eu não estava fazendo o progresso que pretendia esta noite.

"Sim," ela começou, mas—"Não," interrompi.

"Mas", ela continuou, "Bartlett e eu nos conhecemos há muito tempo. Eu o conheço desde sempre e eu não tinha certeza sobre — sobre você sabe. A mãe dele disse que era uma fase e..."

"Nossa, isso é desagradável pra cacete", eu murmurei.

"E ele levou uma das minhas amigas para o baile de-"

"Um milhão de anos atrás", eu disse. "Sabe o que eu não entendo?"

"Ah, ótimo," ela murmurou, esfregando a testa. "Por que você achou que algo com ele era bom o suficiente? Tô falando sério", acrescentei quando a vi revirando os olhos. "Como disse, você é uma garota esperta e tem tornozelos gostosos. Por que você estava disposta a ter um relacionamento com um homem que não estava lutando contra ursos pelo simples prazer da sua companhia?"

"Não há ursos aqui", disse ela, nada impressionada. "Normalmente não. Mas era bom o suficiente para ... "

"Por favor, não termine essa frase", interrompi. "Eu te imploro. Não me diga que você iria esperar por um cara que não está interessado em você."

"Cutuca a ferida", disse ela baixinho.

Isso me fez parar. Eu não estava tentando machucar. "Não estou tentando fazer isso. Só estou tentando entender por que você se anulou assim por Bartlett."

Annette soltou um suspiro e balançou a cabeça lentamente. "Eu não sei, Jackson. Acho que preciso passar algum tempo examinando minha alma. Devo ir embora para fazer isso ou posso terminar minha cerveja?"

Ah. Lá estava. O limite da paciência de Annette.

Até a namoradinha da cidade tinha um. "Olha, eu não deveria ter tocado no assunto. Você não tem que se defender para mim. Esteja você fazendo planos ou não, eu posso aceitar. A escolha é sua e eu entendo seu lado agora."

Annette olhou para mim do jeito que eu provavelmente olharia para alguém que deu várias voltas em uma única conversa. "E quanto a você? Como você se sente com planos?"

Peguei minha garrafa de cerveja, precisando de algo para manter minhas mãos ocupadas. Empurrando um ombro para cima, estudei o rótulo e disse: "Não, nada de planos. Eu deveria ter dito isso outro dia, mas não estou procurando nada sério."

Eu dei um gole na cerveja, uma tentativa fútil de lavar o gosto de minhas mentiras. Se ela tivesse me perguntado há uma semana, teria sido verdade. Não estava procurando nada sério, nada que desviasse minha atenção do trabalho e da reputação que queria construir aqui. Mas agora eu entendia por que ela era a queridinha da cidade, uma instituição como JJ rosnando para clientes e Bartlett pegando lagostas. Ela era única e merecia ser tratada dessa forma.

Por mim.

"Vou beber a isso", respondeu Annette, segurando sua garrafa perto da minha em um brinde. "Agora, vamos fazer os bolinhos."

CAPÍTULO DEZ

ABAFAR
v. Colocar os alimentos em uma panela untada e bem tampada em fogo brando, para que "transpirem", cozinhando em seu próprio líquido.

JACKSON TINHA IDEIAS.

Grandes ideias. Ideias sobre relacionamento. Ele alegou que não, mas era uma baboseira.

Não conseguia distinguir esquerda da direita no momento e tudo o que sentia por ele parecia distorcido, como se estivesse vivenciando minha vida através de espelhos divertidos. Além de meus problemas — e meu desejo constante de dispensar roupas íntimas enquanto em sua presença — ele me queria de uma maneira que eu não compreendia. Eu nunca tinha recebido atenção — *desejo* — assim e não confiava nisso. Parecia demais, muito rápido e muito bom para ser verdade. Sim, ele fazia a minha stripper interior aparecer, aquela que vivia ao lado da minha cadela interior, mas a química sexual não era tudo.

A realidade é que eu sentia coisas por Jackson. Coisas sexuais, coisas emocionais, coisas de conexão. Mas ele foi o primeiro homem a me dar um pouco de atenção em anos, um pouco de carinho. Como já havia aprendido, poderia passar anos com pouco mais do que algumas conversas sobre pedidos de livros especiais. Essa avalanche de emoções nada mais era do que Jackson se sintonizando em mim e me ligando. Isso não significava nada.

Certo?

Certo. Claro. Eu tinha tudo sob controle.

Os bolinhos, porém, nem tanto. Medimos e peneiramos os ingredientes secos — não sem deixar marcas de mãos enfarinhadas um no outro — e a maioria dos ingredientes molhados prontos para adicionar. Levamos apenas duas horas para realizar essas etapas iniciais. O ingrediente operativo aqui, os pêssegos, não estava facilitando as coisas para nós.

"Assim," eu disse, batendo em Jackson com meu cotovelo para chamar sua atenção. "Descasque delicadamente para não machucar a fruta."

"Sem hematomas", ele murmurou, observando enquanto eu removia a casca de um pêssego.

Desta vez, acertei. As duas últimas tentativas não foram tão fáceis. "Agora, você tenta."

Ele segurou a fruta na palma da mão enquanto cortava a casca com uma faca, cortando-a em quadrantes. A partir daí, ele trabalhou as pontas dos dedos grossos, dos quais eu estava intimamente familiarizada, ao longo das linhas da faca. Ele afastou a pele com cuidado e precisão, mesmo quando a ponta fina escorregou de sua mão e rasgou em faixas irregulares.

Mas o problema que descobri com os pêssegos — pêssegos bons, pêssegos maduros — era o suco. Um pêssego na alta temporada iria ensopar suas mãos depois de cortado, e esta safra não foi diferente. Justo quando Jackson estava prestes a puxar o último pedaço de casca ao redor do caule, a fruta voou.

"Filho da mãe", ele murmurou, tentando agarrar o pêssego, mesmo enquanto ele voou pela cozinha e pousou perto da porta dos fundos com uma aterrissagem *molhada*. "Esse filho da mãe de bosta." Balançando a cabeça, ele se virou para mim, com as mãos revestidas de suco de pêssego. "Eu sou o pior ajudante que você já teve, não sou?"

Eu soltei uma risada. Bem feminina, de verdade. "Você é o único ajudante que eu já tive", eu disse enquanto fazia uma missão de resgate. "Você pode estar se atrapalhando com o ingrediente princi-"

"Não se esqueça da confusão entre colheres de chá com colheres de mesa", acrescentou.

"E isso", concordei, "mas não estou reclamando. Ajuda é ajuda, e eu aceito."

Jackson rasgou um punhado de toalhas de papel do rolo e passou para mim. "Você não testa receitas com sua família? Todo mundo me disse que sua mãe é uma ótima cozinheira."

"Não", respondi, o equivalente a uma vida inteira de exclusão compactada em uma palavra. "Nós temos diferentes filosofias na cozinha. Melhor mantê-las separadas do que começar uma guerra santa, sabe?"

"Deixe-me fazer um acordo com você", disse Jackson, segurando aberto a lata de lixo enquanto eu colocava o pêssego fugido e as toalhas de papel necessárias para limpar seu rastro. "Você faz os bolinhos, eu lavo a louça."

Para cada ação, há uma reação igual e contrária.

Eu não sei por que esse pensamento apareceu em minha mente como um anúncio pop-up irritante, mas ele estava lá agora e eu não conseguia afastá-lo.

"Claro," eu disse, voltando-me para a bancada. Eu não conseguia mais olhá-lo. Eu não confiava em mim mesma para encontrar seu olhar sem concordar com suas demandas e essa era uma ponte que eu não poderia cruzar agora. "Isso seria incrível. Eu odeio lavar a louça. Normalmente encho a pia e deixo tudo de molho lá por dias. Só quando preciso de algo e não há alternativas que sou obrigada a lavar qualquer coisa."

Jackson pendurou um pano de prato no ombro enquanto se encostava na bancada. "Temos um acordo", disse ele. "Uma última pergunta para você, Annie."

Ainda concentrada no pêssego em mãos, perguntei: "O quê?"

"Vou voltar para casa com você esta noite? Ou você prefere que eu vá amanhã para"— eu juro pela minha vida, sua voz caiu uma oitava inteira e minha calcinha caiu sozinha — "lavar você?"

"Hmm", comecei, "deixe-me pensar sobre isso."

O pêssego cambaleou no meu aperto, primeiro saltando no ar e depois quicando na parte interna do braço quando tentei pegá-lo de volta. Em vez de conter a fruta, lancei para Jackson. Abençoe seu coração por tentar, mas ele só piorou as coisas quando escapou de suas mãos e me atingiu bem na clavícula. Ele seguiu a linha do meu peito para baixo, rolando até uma parada pegajosa bem entre meus seios.

Jackson e eu olhamos para o pêssego meio careca preso abaixo do decote do meu vestido antes de olharmos um para o outro.

"Você não tem permissão para me distrair enquanto eu descasco os pêssegos", gritei.

Ao mesmo tempo, Jackson disse: "Agora você realmente precisa que eu lhe dê um bom banho."

Eu balancei um dedo para ele e, em seguida, estendi a mão para pegar o pêssego. "Nesse ritmo, não teremos bolinhos antes das três da manhã", disse eu, entregando-lhe a fruta para descarte. "Essa merda nunca aconteceria em *Bake Off Reino Unido: Mão na Massa*."

"Não sei o que é, mas acho que podemos colocar tudo isso na geladeira e tentar novamente amanhã." Jackson encolheu os ombros enquanto jogava o pêssego fora. "É um trabalho difícil, mas vou arregaçar as mangas e lamber o suco de pêssego da sua pele." Ele fez um sinal com o polegar sobre o ombro, em direção ao quarto. "Basta tirar suas roupas que eu farei todo o trabalho."

"Você é muito galante, xerife", eu disse. Eu parecia uma criança de três anos — grudenta, melada e precisando de um cochilo. "Mas é tarde e eu devo ir. Ainda temos tempo até o fim da temporada de pêssego."

Ele acenou com a cabeça como se entendesse, mas eu sabia que não. Para ele, eu estava superando um não relacionamento e sendo ridiculamente cautelosa com meu coração. Minha vagina também, mas principalmente meu coração. Ele não entendia meus jogos mentais, minha ginástica mental, minhas lutas para aceitar uma afeição se não tivesse sido duramente conquistada. Mas ele era um cara legal, um cavalheiro, e respeitava os limites que eu impus. "Vou levá-la para casa", disse Jackson, enfiando as mãos nos bolsos. Era como se ele percebesse que a parte de amassos da noite tinha acabado. "Não pense que você pode discutir isto comigo também. Você provavelmente conhece todos nesta rua e a localização de cada rachadura na calçada, mas isso não significa que eu vou deixar você andar pela cidade sozinha a esta hora. Levarei você em casa, Annie, quer você goste ou não."

Eu assenti em resposta, não confiante na minha capacidade de responder sem estragar meu plano de ir embora. Jackson era complicado assim. Ele parecia o mocinho comum, todo legal e educado com seus "senhoritas", caridoso ao cortar a grama e coletando garotas bêbadas de bares. Mas por baixo disso era um homem que queria manter uma mulher como se fosse sua. Ele era ensopado com o desejo de proteger e servir aquela mulher, mas ele também queria pertencer a ela. Se mostrava através de suas palavras e gestos, seus olhares e toques, e era potente o suficiente para mexer com meus pensamentos. Me fazia acreditar que um homem poderia me querer — apenas eu, assim como eu era — e essa crença alojava um nó de emoção confusa na minha garganta.

Minha cabeça não conseguia manter meu coração em cheque — ou talvez fosse o contrário.

Eu estendi a mão para a tigela com os ovos rachados, mas Jackson foi mais rápido. "Eu cuido disso. Vou comer no café da manhã, já que você diz que eu como ovos crus", disse ele, gesticulando com a tigela em direção à bagunça épica que criamos em sua cozinha. "Sempre que você decidir revisitar a cena do crime, eu vou ter tudo esperando por você, e eu juro que vou ficar fora da zona de respingo até que seja hora de usar as panelas e potes."

Com minhas mãos lavadas e meus utensílios guardados na minha bolsa, eu entrelacei meus dedos com os de Jackson e o deixei me levar para casa. No porto, as velas batiam nos mastros. Um cachorro latia ao longe e os besouros assobiavam para as luzes da rua. O ar da meia-noite estava frio com um toque de brisa marítima úmida, o tipo de ar que as pessoas chamam de "tempo bom para dormir". Foi um alívio abençoado da onda de dias quentes e úmidos do fim de semana passado e noites igualmente desagradáveis.

Esse teria sido o tempo perfeito para dormir com Jackson. Eu sabia que ele seria meu aquecedor pessoal. Meu grande urso pardo. Aposto que ele era um carinhoso compulsivo também. Ele me perseguiria até a beira da cama e me envolveria em seus braços fortes a noite toda.

Eu não sabia se eu era carinhosa ou não. Nunca morei com ninguém além da minha família e colegas de quarto da faculdade, e não me aconcheguei com nenhum deles. Eu nunca tive algum relacionamento sério. Eu sempre fazia os grandes planos, sempre tentando crescer.

Tentar crescer não deixava muito tempo pra aconchegos.

Nós andamos rua abaixo e entramos na vila sem uma palavra, e eu estava grata pelo silêncio. Me ajudou a firmar minha decisão de desacelerar todo esse flerte. Era menos do que isso até, se eu não incluísse a nudez e a vez em seu escritório quando estávamos *pertinho* de transar e depois a vez em que ele disse as coisas mais indecentes que já escutei alguém dizer.

Apenas um flerte. Um que estava saindo do controle através de encoxadas por cima das roupas. *Encoxadas*. Meu pai. Como isso aconteceu? Eu não iria contar a Brooke sobre isso. Ela me sacanearia dizendo que eu parecia uma adolescente no banco de trás de uma minivan.

Quando chegamos ao beco atrás da minha loja, gesticulei em direção ao prédio como se ele não soubesse onde estávamos e disse: "Eu fico aqui".

"Sim", disse Jackson, balançando a cabeça enquanto examinava a área.

"Ok, bem," eu disse, minha voz saindo mais baixa. "Obrigada pela caminhada. E o jantar. E a tentativa de assar bolinhos comigo." Eu subi minha bolsa mais alto no ombro, um movimento que separou minha mão da dele. "É melhor eu ir. Subir. Subir as escadas. Para o apartamento. Onde eu moro."

Rindo da minha incapacidade de produzir frases complexas, Jackson anunciou: "Vou acompanhá-la até a porta."

Eu levantei minhas mãos entrelaçadas aos meus lábios enquanto procurava por palavras para mandar este homem embora. Ele era um dos bons, eu sabia disso. Bom demais.

"Tá tudo bem. Não dá pra me perder em uma única escada," eu disse, um pesar forte em minhas palavras. "Jackson, eu acho" — olhei para o céu, a lua e as estrelas, e a extensão escura do oceano em busca de orientação, mas não encontrei nada — "Acho que devemos parar de nos vermos assim."

Me chocando completamente, Jackson respondeu: "Eu concordo."

"Você concorda?" Eu perguntei instantaneamente. Eu não esperava que ele concordasse tão facilmente. Para ser sincera, esperava um pequeno protesto. Uma mulher precisava ter esperanças, certo?

Ele passou a mão pelo rosto enquanto ria. "Eu não quero te levar para casa à meia-noite."

"Bem, você insistiu, então isso não é problema meu", respondi, apontando para a rua atrás dele. "Eu teria ficado perfeitamente bem sozinha."

Jackson esfregou a testa, rindo. "Não quero ficar me perguntando se vou encontrar com você no mercado", continuou ele. "Quero pegar seu número de telefone com você e não a partir de usos éticos questionáveis de meu escritório. Quero jantar com você e depois passar a noite com você. Eu quero passar muitas noites com você. Quantas você me permitir. Eu quero assistir você cozinhar e depois lavar a louça pra você. Eu quero dar ao povo daqui algo pra falar porque o único segredo sujo que manteremos serão os que mantermos entre quatro paredes, está me entendendo?"

Sem pensar dei um passo em sua direção. Era a direção errada, mas eu não consegui me conter. "Eu quero que você tenha isso", eu disse, "com alguém que também queira."

Olhamos um para o outro pelo minuto mais longo desde que a humanidade começou a medir o tempo. Ele se estendeu continuamente enquanto ele olhava para mim, severo como sempre, e eu fiz tudo ao meu alcance para não pegar sua mão e levá-lo escada acima comigo.

Não era mais sobre eu o querer. Sentimentos e expectativas estavam envolvidos nisso agora, e eu não conseguia lidar com isso.

"Você tem sentimentos intensos e não sei como lidar com isso", eu disse, um pouco sem fôlego. "Meu mundo inteiro desabou na semana passada e você está indo rápido demais com estes, estes *planos*." Jackson piscou lentamente, mas nenhuma outra resposta. "Estou no modo sem planos e você está... inferno, você já está escolhendo novas saias para a cama."

Outra piscada lenta.

"Jackson, diga algo ou vá embora. Encarar as pessoas no escuro é assustador."

As velas continuaram batendo e aquele cachorro ainda latia, e Jackson apenas piscou.

"Não sei o que é uma saia para cama", disse ele. "Eu não acredito que eu tenha escolhido uma."

Corri minha mão pelo cabelo, suspirando. "Estamos em lugares diferentes. Isso é tudo que estou tentando dizer."

"Eu entendo que você não está pronta", respondeu ele. "Mas saiba disso: Não vou a lugar nenhum. Estou bem aqui, esperando por você."

"Falo por experiência própria quando digo que esperar não é uma estratégia vencedora", disse eu, um sorriso triste se espalhando em meus lábios. Não perca seu tempo repetindo meus erros."

Seus olhos enrugaram quando ele olhou para mim. "Não vejo assim."

"Encontre alguém que não te faça esperar, Jackson.

Não vale a pena."

Jackson respirou fundo e desviou o olhar, suas sobrancelhas se erguendo. "Eu tenho que discordar de você", respondeu ele. "Você pode conhecer esta cidade e todos nela, mas você não me conhece. Se o fizesse, não tentaria mudar minha decisão quando já a tomei. Você saberia que eu não sou um policial idiota fixado em algo bonito. Você também saberia que tenho paciência suficiente para esperar pelo que quero e bom senso para saber quando vale a pena esperar."

Ele se inclinou, deslizando a mão pelo meu cabelo e roçou os lábios nos meus. Foi rápido, mas sincero, fazendo promessas que percebi que ele pretendia cumprir.

"Boa noite, Annette", disse Jackson, dando um beijo na minha testa.

O beijo na testa me atingiu com força. De alguma forma, foi mais íntimo do que o beijo direto e me deixou querendo mais. E isso — *isso* bem aí — era a pior parte de tudo. Eu não conseguia acreditar em nada do que sentia. Querendo mais, querendo ir embora, querendo qualquer coisa; tudo isso veio até mim como a primeira subida íngreme em uma montanha-russa. Eu não sabia o que esperava após o pico e não conseguia tirar meus dedos do rosto por tempo suficiente para descobrir.

"Boa noite, Jackson", respondi, levantando meu olhar para ele. "Te vejo pela cidade."

Eu já sabia que ia cozinhar para ele, vê-lo, beijá-lo de novo. Sabia assim como sabia meu próprio nome. Apesar de todas as dúvidas e distorções em minha mente, eu queria Jackson Lau.

E ele me queria também.

Um sorriso afetado apareceu no canto de seus lábios. "Se eu não te ver primeiro."

Brooke: Acabei de ver Jackson te levar para casa. E depois ele voltou para casa.

Brooke: Por que, diga-se de passagem, ele fez isso?

Brooke: É a minha vez com ele? É o que está acontecendo? Vamos compartilhar ele? Tipo "4 Mulheres e um Marido"?

Brooke: Se for esse o caso, é do nosso interesse redigir um acordo agora. Termos, condições, padrões operacionais.

Brooke: Vou começar com os documentos.

Brooke: Ok. Feito. Eu tinha algo semelhante no meu disco rígido e foi fácil alterar os detalhes principais.

Brooke: Suponho que esteja tudo bem pra você com fins de semana alternados porque eu adoro festas intensas nas noites de sábado seguidas por manhãs de domingo preguiçosas e seria uma pena se eu não puder tê-lo por esses dias consecutivos.

Annette: Do que você está falando?

Brooke: Compartilhar o Jackson.

Annette: Meu Deus.

Brooke: Que foi? Faz total sentido.

Annette: Eu o mandei para casa. Ele quer ... muitas coisas.

Brooke: E com isso você quer dizer ... anal?

Annette: AI MEU DEUS. Brooke!

Brooke: Estou certa ou errada? Eu... eu não sei como interpretar essa resposta. Poderia acontecer de qualquer maneira, realmente.

Annette: Ele quer um relacionamento. Ele quer algo sério e oficial e, não sei, a longo prazo.

Brooke: Então ... não é anal?

Annette: Isso não foi um tópico, não.

Brooke: Mas você não pode descartar.

Annette: Mais uma vez — AI MEU DEUS.

Brooke: Ok, acalme-se, docinho.

Brooke: Lembre-me por que você tem problemas com relacionamentos? Porque me lembro claramente de termos bebido mulas de Moscou em Bar Harbor há dois meses e planejado nossos casamentos.

Annette: Parece que essa coisa com Jackson é boa demais para ser verdade.

Brooke: Você está sendo estúpida.

Annette: Obrigada, amor.

Brooke: Sério. Você está deixando essa merda com Owen te pesar. Pare com isso agora.

Annette: Estou trabalhando nisso, sabia? Não estou tentando ser assim de propósito.

Brooke: Mas você vai vê-lo de novo, certo?

Annette: Sim.

Brooke: Ela sabe disso?

Annette: Talvez. Não tenho certeza.

Brooke: Ótimo. É bom manter os homens na dúvida.

Brooke: Mas já que estamos aqui, podemos conversar sobre um acordo de compartilhamento?

Annette: Não fui clara no fim de semana passado? Vou acabar com você se você tocar nele.

Brooke: Tá legal, tudo bem. Não tem problema. Só vou destruir os documentos que preparei.

Brooke: Nós realmente transformamos você em uma caçadora.

CAPÍTULO ONZE

PINCELAR
*v. Usar uma calda de açúcar para passar nos pães na
retirada do forno para dar um brilho ou auxiliar quando
for polvilhar açúcar em cima.*

EU DEI um passo até o balcão no DiLorenzo's Diner e enfiei meus polegares sob meu cinto tático. Antes de chegar a Talbott's Cove, onde o departamento de xerife usava fardas escuras saídas dos anos 1970, eu não havia usado um cinto tático há anos. Depois de escalar algumas patentes na Polícia do Estado de Nova York, troquei o uniforme por ternos, mas a memória muscular sempre me levou de volta aos primeiros dias no trabalho.

Acenando para o homônimo do restaurante, Joe DiLorenzo, eu desliguei o rádio preso no meu ombro. "O que há de bom hoje?" chamei.

"Ei, xerife", disse Joe. "Tudo. Que foi? Você achou que eu serviria para você uma salada de frango passada? Aqui não é Nova York."

Esse era o nosso vaivém. Eu perguntava a ele sobre negócios, ele fazia uma piada sobre Nova York. Se eu tivesse sorte, receberia uma pergunta superficial sobre quando voltaria para lá. Esses moradores, eles não achavam que eu duraria.

"E graças a Deus por isso", respondi.

"Eu terei seu pedido em alguns minutos. Posso pegar algo gelado para você beber enquanto espera?" Ele olhou para os bules de café e bebedouros de refrigerante atrás dele. "Eu tenho uma nova leva de limonada hoje. Um pouco de chá gelado também. O que vai ser?"

"Se não for problema, você poderia misturar o chá com a limonada? Meio a meio?" Perguntei.

"Problema?" murmurou. "Que tipo de bar eu estaria administrando se não pudesse preparar uma bebida? Você acha que aquele picareta do Harniczek é o único nesta cidade com um bom serviço? Por favor."

"Nunca duvidei de você." Sufoquei uma risada quando Joe continuou resmungando sobre o preço de um chá gelado de limão em Nova York. Para ele, tudo fora de Cove era extremamente caro.

Joe deslizou um copo de plástico e um canudo pelo balcão antes de voltar para a cozinha, ainda resmungando. Desta vez, ele estava farto com os impostos. Eu não discordei dele. Sua ausência me deu um momento de silêncio inesperado.

Quando visitava estabelecimentos locais fora do horário oficial — ou seja, almoço — muitas vezes me via bombardeado com fofocas da cidade, questões de segurança e queixas aleatórias.

Hoje foi diferente. O balcão da lanchonete estava quase vazio e o punhado de clientes sentados nas cabines estavam ocupados com sua comida e jornais. Eles prestaram pouca atenção em mim além de um balanço com a cabeça ou aceno rápido, e isso parecia uma espécie de marco. Em vez de me encher de perguntas para garantir que eu estava cuidando das preocupações da cidade, eles me ignoraram. Ou eles estavam famintos demais para deixar seus sanduíches de peru ou confiavam em mim para fazer o trabalho.

"Se você não levar sua bela bunda até a livraria, eu vou foder com você."

Alarmado, girei em busca da voz baixa e enfumaçada e encontrei Brooke Markham. Ela estava atrás de mim, quadril para o lado, braços cruzados sobre o peito, e um olhar forte o suficiente para cortar vidro. Pisquei, rapidamente observando suas calças incrivelmente justas cortadas abaixo do joelho e a camiseta regata folgada que quase exigia que eu pagasse seu almoço.

"Perdão, o quê?"

"Leve sua bunda para a livraria", disse Brooke, mordendo cada palavra. "Não é complicado, cara. Vá até ela. Eu não me importo com as besteiras que ela te disse. Ela está mentindo. Ela quer ver você." Ela descruzou os braços e acenou para mim. "Além disso, ela é uma péssima mentirosa. Estou assumindo que você é pelo menos minimamente competente, o que significa que também estou assumindo que você é capaz de reconhecer quando a docinho Cortassi está mentindo."

"Sinto muito, senhorita", comecei, mas Brooke foi rápida em interromper.

"Guarde seu *senhorita* para alguém que aprecia essa merda," ela retrucou. "Talvez na livraria."

Foi a minha vez de cruzar os braços e nivelar os olhares. "*A livraria* também não é fã disso", respondi.

"A livraria não sabe do que está falando", disse Brooke, entrando no meu espaço. "Eu sei que a livraria está te afastando. A livraria acha que ela precisa de tempo para resolver alguns problemas." Suas narinas dilataram quando ela soltou um suspiro impaciente. "A livraria precisa de um empurrão na direção certa porque a livraria não acredita que ela merece uma carne de primeira como você."

"Carne de primeira?" Eu repeti, não conseguindo conter

uma risada. "Ah, cale a boca", disse Brooke, fazendo uma careta. "Você sabe que é gostoso pra caralho. Você tem um metro e noventa, cem quilos de músculos e seu bronzeado é um maldito comercial da Coppertone. Além de tudo isso, você tem algemas e diz coisas como, 'pode e será usado contra você."

Fiz um gesto em direção a ela, rindo abertamente agora. "Continue. Eu prospero com feedback positivo."

Ela revirou os olhos, mas o movimento não foi isolado em seu rosto. Pareceu ondular por todo seu corpo. Cada centímetro dela zumbia de aborrecimento.

"Se você não der a volta e for direto para a livraria, vou foder com você", disse Brooke, inclinando-se mais perto para cutucar o dedo contra meu peito.

"Ai," gritei, esfregando meu plexo solar. "Isso foi um dedo ou uma garra, Wolverine?"

"Eu te chamaria de mocinha, mas elas podem levar uma surra e continuar lutando. Você precisa ir até a livraria. Hoje. Agora. Corra muito rápido, inverta o tempo e me salve dessa maldita conversa. Do contrário, direi a todos que você não gosta de marisco. Eles vão expulsar você da cidade com forquilhas e fogo." Ela notou minha sobrancelha arqueada e continuou, "Experimente. Quando se trata de proteger meu povo e lançar campanhas de desinformação, sou seu pior pesadelo."

"Você joga sujo", eu disse, com cuidado para manter minha voz baixa.

Essa conversa precisava ficar entre nós.

"Se você acha que isso é sujo, não vou abusar de sua mente terna com detalhes de minhas táticas mais eficazes. Mas se você quiser saber o que realmente aconteceu ao banco de investimento Sheppard Stevenson antes do estouro da bolha do mercado imobiliário, eu sei onde os corpos estão enterrados e mantenho a pá por perto."

Eu a estudei por um momento, observando seu rabo de cavalo loiro platinado e seus brincos de diamantes. "As coisas que você diz, Srta. Markham, me fazem pensar se devo pedir um mandado de busca e apreensão."

Ela enfiou a mão na blusa e pegou o celular. Eu não sabia se os sutiãs agora vinham com bolsos e não parecia o momento certo para perguntar.

"Faça o que foi mandado, xerife", ela murmurou, ocupada digitando e deslizando.

Eu a encarei por um momento, sem ter certeza de ter entendido algo que ouvi nos últimos cinco minutos. "O que você é? Ex-CIA que se tornou mafiosa de uma cidade pequena ou algo assim?"

"Pior", Brooke disse, seus olhos se arregalando enquanto ela sorria para mim. "Ex-presidente de fraternidade que se tornou gerente de fundos." Ela me olhou enquanto eu pegava meu pedido com Joe. "Vá até ela. Eu não vou falar de novo."

"Obrigado pelo conselho, senhorita", eu disse. "Vou levar isso em consideração."

Ela estreitou os olhos e voltou as mãos aos quadris. "Essa conversa nunca existiu."

A meio caminho da porta, perguntei: "Que conversa?"

Ela virou a cabeça, apenas o suficiente para me encarar com o canto dos olhos. "Muito bom. Vamos te manter. Agora vai. Eu tenho salada de ovo para pegar."

CAPÍTULO DOZE

JACKSON

DISSOLVER

v. Misturar um alimento sólido e um alimento líquido para formar uma mistura na qual nenhum dos sólidos permaneça.

AO CONTRÁRIO das ordens de Brooke, dei espaço a Annette.

Ela precisava de mais tempo para colocar a cabeça no lugar e eu permiti.

Hoje, porém, era uma história diferente.

Em vez de me esquivar da estação e dos rituais matinais de Annette, virei o jogo contra ela. Armado com café e donuts, fui para sua loja alguns minutos antes de ela normalmente chegar. Eu precisava desse tempo para me endireitar. Eu precisava me recompor e me fortalecer se pretendia ter uma conversa com a bela amante de livros.

Eu passei as últimas noites revivendo cada momento com Annette contra a geladeira. Puta merda, eu precisava colocá-la em uma cama. Os eletrodomésticos eram a superfície errada para adorar mulheres peculiares.

Eu não estava acostumado a querer uma mulher assim. Não

me interpretem mal, as mulheres eram incríveis e deliciosas, e eu desejei várias ao longo dos anos, mas isso não era nada comparado ao desejo que sentia de correr através de uma parede para alcançar Annette. Esta era uma atração diferente de qualquer outra, que não era totalmente compreensível. Eu não entendia como ela poderia me atrair para ela, de corpo e alma, como se ela fosse meu verdadeiro norte.

Na realidade, eu mal conhecia Annette e ela definitivamente não me conhecia. Parecia que havíamos pulado essas etapas, e talvez esse fosse o problema em jogo. Estávamos operando com conhecimento inadequado. Precisávamos conversar ... e ficar longe de geladeiras.

Quando as luzes se acenderam dentro da loja, parei perto da porta para chamar sua atenção. Mas ela me viu muito antes de chegar à porta, parando no meio da área de vendas. O vestido de verão de hoje era longo e branco com listras pretas finas em volta da barra da saia. Sem tornozelos à vista, mas era angelical e sexy como o inferno, tudo de uma vez.

Ela balançou a cabeça para mim, mas não conseguiu resistir a um sorriso.

Eu poderia trabalhar com isso — um pouco exasperada, mas geralmente satisfeita em me ver.

Batendo meus dedos contra o vidro, eu chamei, "Abra. Eu trouxe o café da manhã." Eu levantei o porta-copos e a caixa rosa da padaria como evidência. "Não posso comer tudo isso sozinho. É um estereótipo ruim esperando para acontecer."

Com isso, ela começou a ir na minha direção. Assim que as luzes da janela da loja se acenderam, a fechadura destrancou e a placa virou, ela abriu a porta. Os sinos tilintaram no alto e eu apertei meu controle nos copos e na caixa do café da manhã. Era isso ou arriscar deixá-los cair enquanto eu a arrastava em meus braços, porque esses últimos dias e noites sem ela foram uma marca especial de agonia.

"Bom dia", disse ela, dando um passo para o lado para me deixar entrar. "Isso é uma surpresa."

"Uma boa surpresa", disse eu, movendo-me em direção a ela. "Certo?"

"Bom, sim", disse ela. Parecia uma concessão.

"Também é uma surpresa estranha."

"Como assim?" Perguntei. Eu não me intimidei. Nada do que ela tinha a dizer iria me deter.

"Venha comigo", ela ordenou.

"Com prazer." Eu segui Annette, cativado pelo balanço de seus quadris. Eu era um escravo dessa mulher e ela nem sabia disso. Não computou que eu a segui até o depósito até que ela arrancou o café da minha mão.

"Obrigada por isso", ela murmurou, tomando um gole da bebida gelada.

Corri minha mão por suas costas, faminto por senti-la. "Eu não tinha certeza de como você gostava do seu café", confessei. "Mas eu perguntei por aí. Descobri que você gosta dele frio e doce."

Annette olhou para mim, seus olhos do mesmo tom da bebida em sua mão. "Você perguntou por aí?"

"Perguntei," eu disse, balançando minha cabeça enquanto acariciava suas costas. Eu não queria parar de tocá-la. Nem hoje, nem nunca. "Descobri que você também gosta de donuts à moda antiga. De chocolate."

"Saia de cama," ela murmurou.

"Sem saia de cama", eu insisti. "Você deve pensar que sou péssimo no meu trabalho se não posso consultar um comerciante local sem criar boatos."

Annette tomou um gole de seu café, sua sobrancelha arqueada especialmente para mim. "Não, não penso assim", disse ela. "Você pode conhecer seu trabalho de detetive, mas eu conheço esta cidade, e sei que todos e suas tias estarão aqui esta tarde procurando por fofocas."

"Para sua sorte, comprei café e donuts para a maioria dos lojistas da rua principal. Todos e suas tias terão várias paradas na excursão por fofocas hoje." Ela revirou os olhos, mas sorriu ao fazê-lo. "Só estou fazendo minha parte para manter a economia local funcionando, senhorita."

"Agradecida." Annette largou o café e se virou em direção à pequena geladeira enfiada no canto traseiro. "Parece que ambos colocamos muito esforço em donuts."

Ela voltou, entregando-me outro de seus recipientes Pirex. Abri a tampa e olhei para os pãezinhos açucarados. "E estes são...?"

"Meus donuts desajeitados", respondeu ela, beliscando um entre seus dedos. Geleia de framboesa escorreu. Algum canto muito primitivo de minha mente achou isso excitante. Eu não queria pensar nisso agora. "Minha cozinha é muito pequena para uma operação de rosquinhas em escala real, então optei pelas bolinhas. Eu poderia fazer donuts regulares, mas teria que fritá-los um por um e isso levaria horas. É uma massa nova para mim, um brioche doce. Espero que tenham ficado bons."

Annette segurou a bolinha não muito redonda na frente dos meus lábios e eu aceitei, segurando seu pulso para lamber seus dedos no processo, limpando-os. "Delicioso", murmurei. "Mas eu tenho uma pergunta para você."

Ela observou enquanto eu chupava seu dedo indicador, seus olhos semicerrados, lábios entreabertos. "Qualquer coisa", ela sussurrou.

"Isso é estranho porque nós dois trouxemos Donuts ou porque você os fez para mim e eu estraguei tudo aparecendo aqui com os seus favoritos?"

Ela piscou enquanto suas bochechas ficaram rosadas. "Eu estava trabalhando para fazer um bom brioche", disse ela, com um toque defensivo em seu tom. Eu chupei mais forte. "E eu, eu pensei que você gostaria deles. Eu sabia que você gostaria deles."

"Isso mesmo, linda. Você sabe do que eu gosto", respondi. "Outra pergunta."

"Eu só concordei com uma", argumentou Annette.

"Vou perguntar de qualquer maneira," eu disse, passando um braço em volta da cintura dela. Deus, ela cheirava bem. "Se eu não tivesse vindo aqui esta manhã, você iria até a estação?"

"Talvez," ela respondeu com uma respiração instável. "Eu poderia ter alimentado os bombeiros ao invés."

"Mulher má," eu sussurrei. Peguei o prato da mão dela e coloquei na superfície mais próxima. "Você não faria isso, nem mesmo para me irritar."

"Você não sabe disso", disse ela, encolhendo os ombros. "Pelo que você sabe, eu gosto de fazer você sofrer."

"Ah, eu estou bem ciente desse fato, linda." Com as duas mãos em sua cintura, eu a peguei e a coloquei sobre a mesa. "O que você acha que eu tenho feito nas últimas duas noites?"

"Lendo aquele livro que você tem na mesa de cabeceira há meses?" Ela brincou.

Eu afastei suas pernas e me coloquei entre elas. "Sim, exatamente isso", respondi. "Infelizmente, tem sido uma distração inútil."

As mãos de Annette deslizaram pelo meu peito e sobre meus ombros. "Parece que você precisa mergulhar em páginas diferentes."

Inclinei-me pra frente, meus lábios a uma respiração dos dela. "Parece que eu preciso ter alguns tornozelos fodidamente gostosos entre meus lençóis."

"Só os tornozelos?" ela perguntou, me lançando um olhar penetrante. "Tem certeza de que não é algum tipo de assassino em série se passando por um xerife de cidade pequena? Parece um bom disfarce."

"Não é um disfarce. Não sou um assassino em série. E não apenas os tornozelos", eu disse, beijando o canto de sua boca entre cada afirmação. "Eu quero o pacote inteiro e o pêssego escorrendo pelo seu vestido também. Que droga, Annie, eu quero tanto. Eu só preciso que você queira também."

"Eu fiz bolinhos de Donut para você." Ela se aproximou, mordiscando meu lábio inferior. "Isso tem que contar para alguma coisa."

Cobri seus lábios com os meus, suspirando dentro dela enquanto ela se abria para mim. Minha língua acariciou a dela, provando café e doçura. Eu tinha planejado um café e uma conversa, mas Annette aniquilou minhas melhores intenções. Ela sempre fazia isso, e eu era o idiota que ainda não tinha aprendido minha lição.

"Conta sim," eu disse contra seus lábios. "Contaria mais se você admitisse que estava levando sua bela bunda para a estação e me alimentando com esses bolinhos na privacidade do meu escritório."

Annette parou por um momento, piscando contra o meu pescoço.

Então, ela disse, "Sim, eu estava levando até lá."

Eu podia vê-la, sentada na minha mesa com as pernas abertas enquanto ela me alimentava com suas melhores criações. Então eu a colocaria de costas na superfície dura e provaria sua doçura até que ela estivesse tremendo e se contorcendo. Eu a tomaria ali mesmo na minha mesa e a deixaria gritar pelas paredes. Ninguém duvidaria do que estaria acontecendo e ninguém duvidaria que ela era minha.

"Agora, admita que você usou este vestido porque é a peça de roupa mais profana do seu armário e você gosta de me fazer gozar nas minhas calças."

Sua palma deslizou para minha virilha e ela me acariciou sobre as calças. Poderíamos conversar mais tarde. Nós tínhamos todo o tempo do mundo, desde que ela continuasse me tocando. Eu não era muito de conversar antes do meio-dia de qualquer maneira. Eu me empurrei contra sua mão, cada centímetro do meu corpo apertando enquanto minha cabeça caiu para trás em meus ombros e eu soltei um grunhido muito animalesco para ser humano.

Eu não era o tipo de homem que perdia o controle. Não perdia a paciência nem me via no fim da linha com muita frequência. Trabalhava muito para manter a cabeça fria. Mas alguns minutos com Annette cancelaram tudo. Eu estava pronto para uma confusão se isso significasse colocar minhas mãos nela.

"Eu sabia que você gostaria", ela ronronou. "Você adora quando eu visto branco. Por isso e porque ninguém notaria o açúcar de confeiteiro em cima de mim."

"A última vez que você vestiu branco, você não me deixou admirá-la por muito tempo", eu disse. "Não que eu me importasse com você nua na minha casa. Se você se lembra, eu estou sempre te convidando para fazer isso de novo."

"Ah, sim", disse ela, suspirando. "Você deveria saber que eu tive algumas noites difíceis também. Tive muito em que pensar."

"Eu quero ouvir tudo sobre isso." Rosnei em seu pescoço, ainda balançando no céu que era a mão dela no meu pau.

Ela riu disso, as vibrações se movendo através de seu corpo e para o meu como um choque elétrico. "Ah, mas algumas coisas são melhores não ditas."

Havia tantos motivos para recuar, me endireitar e voltar ao plano. Além do fato de que estávamos em um armário glorificado, tinha vindo aqui para falar com Annette. Eu queria construir uma conexão além de nosso histórico de interações complicadas. Eu queria fazer funcionar com ela.

Mas meu pau era um mestre obstinado e o berço de suas coxas parecia o único lugar que eu realmente pertencia.

"Annie," eu disse, grunhindo enquanto pressionava em seu calor. "Sim, Jackson?"

Eu empurrei sua saia até a cintura e para fora do meu caminho, e então arrastei minhas mãos por suas coxas. Com meus dedos entrelaçados em cada lado de sua calcinha, perguntei: "Você está comigo, linda?"

O aceno veio primeiro, depois as palavras. "Sim. Sim. Estou," ela sussurrou, seus olhos escuros e famintos.

"Até o fim?" Continuei. "Vamos mesmo fazer isso, eu e você? Você não vai me dizer que precisa de tempo para pensar nas coisas e me mostrar a porta quando terminarmos?"

Seu ombro se ergueu. "Isso depende de quão bem você terminar."

"Você não tem nada com que se preocupar nesse sentido", murmurei, jogando sua calcinha no chão e envolvendo um braço sob seu traseiro. Suas mãos foram para o meu cinto enquanto eu puxava o topo de seu vestido para baixo para revelar seus seios. "Tenho pensado em lamber esses peitos há tempos. Eles são como cupcakes perfeitos com cerejas por cima. Aposto que eles têm gosto de baunilha também."

"Você é ridículo", disse Annette, rindo. "Completamente," eu concordei. Maldita. Esta mulher era

tão *divertida*. "Já que tenho que me concentrar em seus seios, eu vou precisar que você tire essas calças de mim antes que cause outro acidente."

"Não foi culpa minha", disse ela. "Não completamente."

Ela empurrou minhas calças para baixo e enrolou os dedos em volta do meu pau enquanto eu lambia seus mamilos. Ela tinha o gosto de todas as coisas que eu amava nela. Não era um sabor, era uma sensação.

Dei beijos em cada um de seus seios antes de voltar para seus lábios. "Há um preservativo na minha carteira. Pegue para mim, linda."

Ela enfiou a mão no bolso de trás e tirou a carteira. Em vez de pegar a camisinha e jogar tudo de lado, ela tirou um momento para estudar minha carteira de motorista e olhar para os cartões dentro. Tudo isso enquanto sua outra mão me acariciava até ficar com uma polegada de sanidade.

"Há quanto tempo tem isso?" Annette perguntou, apertando a camisinha entre dois dedos. "Eu tenho um DIU, mas gosto de cobrir todas as bases."

"É nova. Você pode verificar a data de validade," eu disse, as palavras se transformando em gemidos enquanto seu aperto aumentava. "Com exceção da semana passada, estou sempre preparado."

"Você é sempre um escoteiro?" ela brincou, rasgando o pacote com os dentes.

"Coloque a maldita camisinha em mim", eu ordenei, minha mandíbula cerrada. Eu não aguentaria mais um minuto de sua mão em mim ou de seus comentários espertinhos. A combinação era letal. "Agora, Annie." Seus olhos se arregalaram, brilhando como se ela gostasse do meu tom áspero. Se era esse o caso, eu tinha muito mais de onde esse veio. "Agora, ou eu vou te foder sem ela."

Ela manteve seu olhar fixo em mim enquanto rolava a camisinha. Uma vez que estava no lugar, nós olhamos um para o outro, nossos lábios não mais do que separados por um suspiro. Ela me deu o mais ínfimo dos acenos e eu empurrei dentro dela.

O primeiro momento foi o paraíso. Annette gritou, eu suprimi um gemido que virou rosnado em seu pescoço. Ela se moveu contra mim e eu quase estraguei tudo bem ali. Era tão bom, terrivelmente bom. Bom porque ela parecia a perfeição absoluta, mas aterrorizante porque eu sabia que era um caso perdido se tratando dessa garota. Eu estava perdido quando comecei a cobiçar seus tornozelos, mas isso era alguma merda de alma gêmea cósmica de nível superior.

"Fique parada, linda", eu rosnei, minha mão espalmada em suas costas.

"Não quero", respondeu ela, seus tornozelos travando na base da minha espinha enquanto seu corpo rolava contra o meu. "Não pode me obrigar."

Puxei o máximo de oxigênio que pude, mas não era suficiente. Meu corpo estava desviando todos os recursos para me mover dentro de Annette e enquanto eu pudesse fazer isso, nada mais era necessário.

"Sim, eu posso, porra." Eu rebati, deslizando meus dedos pelo vão de sua bunda.

Ela cravou as unhas nas minhas costas, contidas pela minha camisa. Eu odiava aquela camisa por existir. Eu só queria ela fora. Eu queria eu e Annette, uma cama e todo o tempo do mundo, e eu queria que todo o resto sumisse.

Pressionei dois dedos em sua bunda. Seu corpo inteiro estremeceu contra mim. "Está vendo? Eu fiz você fazer isso."

Eu empurrei contra ela como se estivesse tentando provar um ponto. Talvez eu estivesse. Talvez eu quisesse que ela soubesse que éramos melhores juntos do que qualquer um de nós poderia ter imaginado.

"Bem aí, bem aí, bem aí", ela engasgou.

"Se você parasse de se contorcer por um segundo, eu te levaria aonde quer chegar", eu disse, apertando as bochechas de sua bunda com força.

"Você ama minhas contorções", ela argumentou.

Ela estava certa. Eu amava a maneira como seu corpo compacto se encaixava no meu e como seus quadris combinavam com meu ritmo sem vacilar. E agora, com suas coxas apertadas em torno de mim e suas mãos em meu cabelo, eu amava a maneira como ela se agarrava a mim enquanto eu a fodia sem pensar. Eu estava desmoronando pedaço por pedaço, estilhaçando com cada sussurro e súplica dela.

"Jackson!" Annette gritou. *"Jackson!"*

Seus lábios encontraram meu pescoço e ficaram lá enquanto eu empurrava para dentro dela, consumido demais por essas sensações para responder com mais do que os instintos do meu corpo. Ah, isso doía. Tudo doía, direto até os ossos. Meu corpo estava febril, meu sangue corria forte em minhas veias. Meus músculos estavam bombeando com força, empurrando, empurrando e empurrando. Apertando enquanto eu me segurava, espasmando enquanto eu me rendia à dor. Não consegui aguentar mais um minuto sem partir ao meio.

A campainha da porta da frente soou no mesmo momento que eu explodi dentro da camisinha, atirando com força suficiente para que eu me perguntasse como ela poderia permanecer intacta. Annette pressionou sua palma na minha boca, abafando meu rugido. Eu fiquei rígido, cada centímetro de mim, enquanto me esvaziava nela. Foi como uma represa rompendo.

"Eu já sairei pra te atender", ela chamou, passando as duas mãos pelo meu cabelo. "Me dê um minuto. Ou cinco."

O cliente respondeu com algum comentário que não pude ouvir por causa do ruído difuso em meus ouvidos.

Quando o último jorro pulsou em mim, coloquei Annette de volta na mesa, encostei minha cabeça entre seus seios e fechei os olhos. Eu precisava lidar com a camisinha, mas estava farto de sono e não achava que poderia me retirar deste paraíso por nada. Não quando eu ainda estava meio duro dentro dela e pensando em maneiras de fazer essa mesa funcionar para nós mais uma vez.

Eu poderia fazer isso. Curvá-la sobre a mesa, levantar sua saia, dar um tapa na sua bunda e segurá-la assim do jeito que ela gostava. Sim, isso seria perfeito.

"O que são esses pequenos rosnados?" Annette perguntou, seus dedos fazendo mágica no meu couro cabeludo.

"Pensando em foder você nesta mesa", eu murmurei.

"Acabamos de fazer isso", disse ela. "Hum. Quero fazer de novo."

Ela traçou os tendões na parte de trás do meu pescoço, dissolvendo cada grama de tensão armazenada lá. "Eu gosto dessa ideia."

Quando reuni meus sentidos, me apoiei em um cotovelo e dei um beijo em seus lábios. "Por favor, diga que temos tempo para isso. Além disso, preciso que você me diga que imaginei alguém entrando na loja."

"Não, isso realmente aconteceu", respondeu ela.

Eu balancei minha cabeça contra seu peito. "Não era isso que eu tinha em mente quando vim aqui esta manhã," eu disse, olhando para ela.

"Tem certeza disso?" Annette perguntou, seus lábios franzidos no melhor beicinho de todos os tempos. Amava aquele beicinho.

"Na verdade, sim", respondi. "Mas então eu vi você com este vestido branco e você tinha pequenos Donuts para mim, e eu sou impotente quando se trata de você e seus doces."

A sobrancelha dela se arqueou. "Eu cozinhar não é motivo para te excitar."

Eu dei a ela uma sacudida rápida de minha cabeça. "Nem seus tornozelos, linda. Você simplesmente não pode evitar."

CAPÍTULO TREZE

ANNETTE

DESCANSAR
***v. O período de tempo que a massa deve descansar depois
de dividida e arredondada.***

Brooke: Eu estava na varanda da frente agora mesmo, olhando
para o oceano e me perguntando como minha vida conseguiu
desmoronar como os últimos dias de Roma, e quem eu vejo
escapando pela porta dos fundos de sua loja senão o xerife Lau.
Brooke: Devo presumir que ele estava saindo depois de uma
rápida travessura matinal e estou impressionada.
Brooke: Eu tenho uma infinidade de perguntas, mas ainda
estou impressionada.
Annette: Obrigada.
Annette: E sua vida não desmoronou. Você está indo
muito bem.
Brooke: Não me distraia do assunto em questão, mas você está
errada, minha vida é uma tragédia de Shakespeare e sempre
estou a menos de cinco minutos de flutuar em um maldito
riacho como Ophelia.
Annette: Por que não falamos disso por um segundo?

Brooke: Não. Não. Prefiro ouvir sobre sua rapidinha, por favor. A emoção da sua vida é a única coisa que me faz continuar.

Annette: Ainda estou processando, mas aqui está o que tenho certeza. Não pareceu rápido.

Brooke: Ahhhhhh esse é o melhor tipo.

Annette: Foi incrível. Eu nunca fiz sexo assim antes. Estou sorrindo como uma lunática e minha barriga parece algodão doce.

Brooke: Isso significa que você excluiu completamente a possibilidade de uma relação à três? Se houvesse duas mulheres que pudessem fazer funcionar, seríamos nós.

Annette: Eu te amo, mas se você disser isso de novo, arrancarei seus olhos.

Brooke: Pois bem.

Brooke: Quando você vai vê-lo de novo?

Annette: Eu não sei. Ele recebeu um telefonema e teve que verificar algo perto da pousada dos Nevilles.

Brooke: Esse lugar é assombrado pra caralho.

Annette: Nenhuma discordância aqui.

Brooke: Vocês não discutiram os próximos passos? Não estabeleceram expectativas daqui para frente? Ele apenas se vestiu e saiu?

Annette: Eu mal conseguia falar quando ele me deu um beijo de despedida. Não estava em condições de formular planos de ação.

Brooke: Ele realmente sabe o que está fazendo, hein?

Annette: Minha cabeça está efervescente como água com gás, meu queixo ainda está tremendo e não consigo sentir meus lábios. Além de sexo no depósito, ele me trouxe uma bebida gelada e donuts de chocolate à moda antiga e disse coisas realmente doces. Quase disse que o amava.

Brooke: Eu não a culparia. Eu o amo por você.

CONFIANÇA ERA UMA COISA COMPLICADA.

Por anos, eu acreditei que minhas grandes aspirações para minha livraria minúscula estariam ao meu alcance se eu trabalhasse bastante. Se eu fizesse as coisas certas e dedicasse tempo, as pessoas viriam. Mesmo quando vendia apenas um punhado de livros por dia, continuei acreditando que meu trabalho traria resultados.

Essa confiança me moveu quando eu mal estava cobrindo minhas despesas e minha família queria que eu desistisse por uma renda confiável. Isso me tirou da minha decepção quando não pude trazer autores de renome para uma visita à loja durante suas turnês de publicidade de livros. Isso me pegou quando eu não conseguia convencer os locais a entrarem para um clube do livro, a menos que eu estivesse oferecendo comida e vinho de graça.

E foi essa confiança que me fez balançar a cabeça em concordância presunçosa quando acordei esta manhã e descobri minha doce lojinha listada como uma das melhores livrarias independentes do país.

Do país.

A princípio pensei que dizia *condado* e isso parecia plausível. Mas então percebi que a próxima livraria da lista era em Culver City, na Califórnia, e percebi que essa lista não tinha nada a ver com meu município. Várias menções a trabalhos de artistas locais, fotógrafos e diversos autores que armazenei aqui me fez pensar em Cole, o namorado de Owen. Ele falou sobre um dos meus livros de fotografia do Maine. Comprou várias cópias também. Com seu elegante cartão preto, o tipo reservado para atletas profissionais e estrelas de cinema e outras pessoas especiais. Quando segui os tópicos do artigo de volta ao início, descobri que ele havia sido postado pela primeira vez em um pequeno site há duas semanas. Poucos dias depois de Owen, Cole e toda a vodka de Talbott's Cove.

Mas eu tirei essa coincidência da cabeça. A loja estava lotada de clientes hoje e eu queria me concentrar nisso, e não na estranha sequência de eventos que levaram minha loja a ficar cheia. Pessoas vinham de Bar Harbor, Kittery e até de Portsmouth, todas falando do artigo online que agora estava em alta em todos os sites de notícias locais.

Minha loja nunca tinha visto tantas pessoas assim. Tive de chamar minhas vendedoras de meio período, Jane e Yosefina, apenas para acompanhar a loucura. Eu mal tive um minuto para fazer xixi, mas encontrei alguns momentos para me perguntar se Jackson estava me observando de seu escritório. Eu esperava que ele estivesse assistindo. Eu esperava que ele ainda estivesse pensando em mim e em nós e ontem de manhã. Eu queria mesmo quando querer me deixava tremendo de medo por isso.

Essa confiança, com certeza, era complicada.

Por volta do meio-dia, recebi um telefonema de alguém em uma empresa de internet querendo me ajudar a desenvolver uma vitrine online. Eu nunca havia considerado tal coisa. Veio na hora perfeita, já que passei a manhã fazendo malabarismos com os clientes na loja e atendendo ligações solicitando muitos dos livros locais e presentes que tinha aqui.

Às quatro horas, o jornal de Portland ligou para agendar uma entrevista. Eles estavam trabalhando em uma série sobre empresas administradas por mulheres e queriam ir até Talbott's Cove para uma visita.

Pouco antes da hora de fechar, Jackson apareceu na minha loja, sua altura e peso sugando o oxigênio ao seu redor. Meu olhar percorreu as longas linhas de seu corpo sem pensamento consciente. Ele estava vestido com o traje de xerife hoje. Não conseguia decidir que look preferia, o terno ou o uniforme. Ele parecia mais confortável em ternos, mas mais autoritário no uniforme.

Enquanto eu o observava examinando a loja, seu olhar passando por cada cliente antes de pousar em mim com um sorriso fácil, percebi que ansiava tanto por seu conforto quanto por sua autoridade. Mesmo quando eu não sabia em que acreditar ou onde depositar minha confiança, Jackson me envolveu em sua força constante. Eu gostava daquilo. Não entendia nem sabia a maneira certa de abraçar isso, mas gostava.

Ele ergueu os dedos até a cabeça, inclinando um chapéu invisível para mim. "O que está acontecendo aqui?" ele murmurou do outro lado da sala.

Eu levantei minhas mãos e as deixei cair no balcão.

Quando registrei um puxão em minhas bochechas, percebi que estava sorrindo para ele como uma louca.

Fui despertada do meu concurso de encarar quando uma cliente se aproximou do balcão com uma pilha de livros do comprimento de seu braço. "Você tem o próximo livro desta série?" ela perguntou, segurando um livro. "Não consegui encontrar, mas não tinha certeza se você tinha um suprimento especial guardado."

"Posso verificar. Me dê um minuto." Eu olhei para Jackson sobre sua cabeça. Ele piscou, como se soubesse que eu estava pensando na manhã de ontem. Nunca mais olharia para a velha mesa da cozinha da minha avó da mesma maneira.

Assim que fiquei sozinha no depósito, pressionei minha mão contra o peito e me rendi a respirações trêmulas. De todas as coisas que estavam acontecendo hoje, bastou o xerife Lau dar uma piscada para mim para fazer meu coração martelar contra minhas costelas e meus pulmões implorarem por oxigênio. Sem mencionar o calor entre minhas pernas e o desejo sempre presente de deixar cair minhas calcinhas. Eu fiquei lá por um momento, catalogando a reação do meu corpo a este homem.

Um aceno com a cabeça, um sorriso, uma piscada. Isso era tudo o que precisava.

Depois de pegar alguns livros, voltei ao balcão e terminei a venda. Jackson estava no canto de não-ficção com um novo livro sobre política. Eu o observei enquanto ele folheava o livro, parando a cada poucas páginas para folhear o texto. E eu não era a única olhando para ele. Quase todos os clientes lançaram olhares em sua direção, observando seus ombros largos e a altura que obrigava todos a esticar o pescoço.

Fiz sinal para Yosefina assumir o balcão de vendas e, em seguida, fui até Jackson. Quando cheguei ao seu lado, toquei na capa do livro. "Se enfiando em algumas páginas novas?"

Ele se mexeu, virando as costas para a loja enquanto estudava as prateleiras. Do outro lado da loja, tinha certeza de que parecia que estávamos mantendo uma conversa tranquila, mas centrada no livro.

"Não pensei em nada além de me enfiar entre suas páginas desde que saí daqui ontem de manhã", disse ele, sua voz baixa e áspera. "Me desculpe por ter tido de sair correndo assim. Tenho estado de olho em uma situação e acabei lidando com ela o dia todo, e..."

"Sem desculpas," interrompi. "Eu tinha clientes e eram nove horas da manhã e simplesmente não era a hora."

Jackson desviou o olhar das prateleiras, seu olhar pousando em meus lábios e deslizando pelo decote em V do meu vestido azul. "Espero que chegue a hora logo", disse ele. "Eu não consegui pensar em nada além de curvar você sobre aquele balcão desde que entrei."

Arrastei minha língua sobre meus lábios ressecados. "Você deveria me falar sobre isso. Para retirá-lo de sua mente."

Um interruptor clicou em Jackson, desligando seu modo xerife frio e calmo e ligando o homem faminto e sexual que eu estava começando a adorar. Sua mandíbula travou, seus lábios se contraíram em um sorriso malicioso, suas narinas dilataram. Ele estava quase bufando como um touro e eu não pude deixar de me aproximar dele.

Jackson deu uma olhada pela loja. "Desligar todas as luzes.

Trancar as portas. Levar você para atrás do balcão", disse ele, cada declaração saindo rapidamente em um bufo. "Saia para cima, calcinha para baixo. Enrolar seus dedos ao redor da borda do balcão, porque você vai precisar se segurar em alguma coisa." Ele arrastou o nó do dedo da base da minha garganta até o vale entre meus seios. "Tirar meu pau para fora e deslizar dentro de você, te foder, perder minha maldita cabeça em você."

Um soluço sufocado escapou de meus lábios e não tentei disfarçar. Não tinha porquê. Meus mamilos estavam abrindo caminho através do tecido do meu sutiã e vestido, minhas bochechas estavam vermelhas e meu peito arfava com respirações irregulares e agitadas.

Virei minha cabeça em direção a Jackson, mas não encontrei seu olhar. Não conseguia. Se eu desse uma olhada em seus olhos ardentes e famintos, eu iria escalá-lo como um trepa-trepa e exigir que ele me tomasse contra os livros enfadonhos de manifesto político.

"Este lugar ficará vazio em dez, talvez quinze minutos", eu disse.

"E ainda assim poderíamos estar lá em cima em seu apartamento em três", respondeu ele. "Decisões, decisões."

"Meu apartamento é pequeno", adverti.

Não sei por que disse isso sobre meu apartamento do tamanho de um cubo de açúcar. Parecia que eu deveria avisá-lo que eu e minha existência éramos menos do que ele esperava. Mesmo se eu o tivesse impressionado com muffins e tortas e uma rapidinha contra a mesa, eu não queria aumentar suas expectativas. Eu não queria desapontá-lo.

"Mas tem uma cama?" Ele se moveu, fazendo com que seu cotovelo roçasse meu braço, e um pequeno ronronar retumbou em minha garganta.

"Sim," eu respondi.

"Isso é tudo de que precisamos", disse ele. "Estou querendo levar você para a cama há meses."

"Tá mais para semanas", disse eu, roubando olhares por cima do ombro para os clientes restantes.

"Meses," Jackson repetiu, pressionando a mão na minha barriga. "Acredite em mim, Annie, tem meses."

Seus dedos se estenderam da parte inferior da barra do meu sutiã até a borda superior da minha calcinha. Ele me acariciou em pequenos círculos e acendeu uma linha de calor pelo meu torso. Eu estava ansiando por ele, meu núcleo latejando e apertando enquanto meus ombros estavam mais tensos do que nunca. O menor toque poderia me partir ao meio e me deixar em cacos no chão.

A campainha da porta soou e eu lancei outro olhar por cima do ombro. A loja estava quase vazia, apenas dois clientes ainda examinando as prateleiras. Em qualquer outra noite, eu estaria lá, batendo papo com eles e ficando aberto por muito tempo depois da hora oficial. Esta noite, depois de mergulhar no fundo da publicidade loucamente boa, eu iria fechar este lugar.

"Tudo bem, esse é o plano", disse a Jackson. "Vá lá para cima. A porta está aberta e eu te encontro lá em cinco minutos."

"A porta está aberta? Por que está aberta?" ele perguntou, tirando sua mão quente da minha barriga.

"Porque eu deixei aberta", eu disse. "Eu queimei alguns rolinhos de brioche de laranja na noite passada e precisava arejar o lugar."

Jackson balançou a cabeça enquanto se afastava de mim. "Falaremos sobre isso mais tarde", ele prometeu. "Os rolinhos queimados *e* as portas destrancadas. E o spray de pimenta que eu quero que você mantenha na sua bolsa."

"Mais tarde," eu disse, levantando minhas mãos em sinal de rendição. "Vamos conversar sobre tudo."

EU CONSEGUI APRESSAR OS RETARDATÁRIOS, guardar o dinheiro, mandar Jane e Yosefina para casa e fechar a loja em três minutos. Movimentei-me com o propósito singular de subir as escadas e ter meu corpo embaixo do de Jackson. Não importava se estava carregado de complicações ou pesado com todas as minhas dúvidas e problemas. Agora mesmo — esta noite — eu estava deixando tudo de lado. Eu poderia querer Jackson e tê-lo sem me perder no meio.

Se eu continuasse dizendo isso a mim mesma, seria verdade.

Subi as escadas e empurrei a porta de tela para encontrar Jackson de pé no meio do meu apartamento e seu cinto de xerife pendurado nas costas de uma cadeira da cozinha. Ele parecia muito grande para minha casa aconchegante, muito masculino para minha decoração de flamingos e abacaxis rosa. Mas ele apontou o dedo para mim e eu fui até ele, deixando cair meu telefone, bolsa e chaves no chão.

Muito grande, muito masculino, muito certo.

"Foram seis minutos", disse ele, traçando a linha do decote em V do meu vestido.

"Eu sei, eu sei", respondi com um suspiro. Meus dedos foram para a camisa do uniforme de mangas curtas, atacando os botões enquanto eu resmungava sobre minha vendedora mais falante. "Jane geralmente trabalha algumas horas no fim de semana para mim e pôde vir hoje porque, você sabe, um milhão de pessoas passaram pela loja. Yosefina também, mas ela é antisocial, isso é bom. Mas Jane queria falar sobre aqueles milhões de pessoas e não percebeu que eu estava tentando, é, quero dizer ... "

"Ir para casa e ser fodida?"

Parei de desabotoar, espalmei minhas mãos em seu peito duro e olhei para cima. "É. Sim. Isso. Ela não entendia isso e eu não estava preparada para explicar a ela."

"Ela não precisava de uma explicação. Somos os únicos que precisamos saber." Jackson pegou o laço na minha cintura, afrouxando-a com um dedo. Quando caiu, ele afrouxou o laço interno. Meu vestido estava aberto, revelando minha calcinha e sutiã incompatíveis. Ele correu os nós dos dedos sobre a elevação dos meus seios e desceu pela minha barriga. "*Annette*", ele murmurou.

Voltei a trabalhar em seus botões e a abrir suas calças, meu olhar fixo na parede de músculos mal coberta na minha frente. Depois de tudo que tínhamos compartilhado, esta foi a primeira vez que coloquei minhas mãos em seu corpo nu. A expectativa zumbia em minhas veias, eletrificando cada toque e respiração.

"Hum."

"Posso tocar em sua calcinha esta noite?" ele perguntou. "Porque eu quero. Eu quero girá-la em torno do meu punho e rasgá-la."

Eu empurrei sua camisa sobre os ombros, deixando-a cair no chão. Uma camiseta branca de algodão me separava de seu peito e eu a empurrei para cima, impulsionada pela minha necessidade de tocá-lo. Todo ele.

"Annette," ele solicitou.

"O quê?" Murmurei, ocupada puxando a camiseta sobre sua cabeça. Quando estava livre, eu alisei minhas mãos nas cristas duras de seu abdômen e em seu peito. Havia uma camada de cabelo dourado lá, apenas escuro o suficiente para se destacar contra sua pele. Mas eu adorei a sensação daqueles fios grossos sob minhas palmas. "Ah, isso é bom."

"Tudo bem, já chega", disse ele, se abaixando e me içando por cima do ombro. Ele marchou pelo meu apartamento e para o quarto, arrancando minha calcinha enquanto caminhava. "Não vai precisar disso."

Com mais cuidado do que eu esperava dele agora, ele me colocou na cama e tirou o vestido dos meus ombros.

Jackson apontou para o meu sutiã enquanto ele tirava os sapatos e as meias. "Livre-se disso", ele ordenou.

Ele abaixou as calças e tirou-as. Apenas sua boxer permaneceu, e a ereção enorme esfaqueando o tecido.

"Annette", disse ele, arrastando meu olhar para longe de sua virilha. "O sutiã. Tire."

Ele colocou o joelho na cama e minhas pernas se abriram. Trouxe a mão nas costas para abrir o fecho, em seguida, joguei meu sutiã de lado. Eu estava nua e esperando, meus lugares mais íntimos revelados a ele. Mas não foi constrangimento (alô, frio na barriga) ou dúvida (e se eu não fosse boa de cama?) que fez com que uma manada de búfalos saíssem do meu estômago. Era que eu sabia que poderia amá-lo e talvez já o amasse.

E isso não era histérico? Depois de tudo que vivenciei nas últimas semanas e de todas as minhas tentativas de reduzir minha atração por Jackson, eu estava encontrando um lugar para ele em meu coração. Eu já sabia que era uma caverna profunda e escancarada, um espaço que ele cresceria ao longo dos anos. Sim, era absolutamente histérico porque, mesmo enquanto continuava abrindo espaço para ele, não confiava em mim mesma para lhe dar as chaves. Pertenciam a ele, mas eu não podia deixá-lo assumir a propriedade.

Ainda não. Não até que eu nos entendesse melhor, soubesse que era real. Afinal, eu era a rainha dos jogos mentais. Eu tinha cavado espaço para um homem antes. Eu havia entregado a ele as chaves também. Eu não daria tanto desta vez. Não era como se estivéssemos com pressa. Não, sem pressa. Tínhamos todo o tempo do mundo.

"Jackson," eu disse, estendendo minha mão. A maneira como ele olhou para mim, fiquei surpresa que a cama não estivesse pegando fogo.

Ele tirou sua boxer e rastejou em minha direção, seu pau pesado e quente balançando entre nós. Eu o alcancei, precisando de uma âncora. "Você se sente tão bem", ele murmurou, empurrando em meu punho. "Você é deslumbrante. Você sabe disso? Olhando para você agora, eu não posso acreditar no quão bonita você é."

"Não é como se esta é a primeira vez que você me vê nua", eu disse, rindo.

"É sim," ele respondeu. "É a primeira vez que me deixo prestar atenção."

Uma respiração estremeceu fora de mim quando Jackson pressionou seus lábios nos meus. Foi um beijo doce, lento e generoso, mas a necessidade vibrando entre nós foi o suficiente para registrar na escala Richter. Ele sabia disso também e puxou minha mão de seu pau.

"Chega. Não mais, linda. Eu não quero gozar em sua barriga. Não desta vez," ele sussurrou contra meu queixo. "Deixe-me pegar uma camisinha."

"Não precisamos dela", eu disse, envolvendo meus braços em volta de sua cintura para mantê-lo no lugar. "Fui testada e tenho um DIU e se você quiser-"

"Merda! Sim. Sim, eu quero," ele rugiu, seus dedos encontrando meu clitóris. Ele me circulou lá, sem pressa no início, depois mais rápido. Muito mais rápido. "Não sei o que fazer com você agora, Annie. Eu quero tudo. Eu quero lamber você por horas. Chupar seus mamilos e te foder com meus dedos. Alimentar você com meu pau. Provocar você e descobrir do que você gosta. Virar você, te foder por trás enquanto eu agarro essa sua bunda redonda. Virar você de volta, envolver suas pernas em volta da minha cintura e te foder devagar. Quero tudo e não sei por onde começar."

Inclinei meus quadris e tranquei minhas pernas em torno dele. "Vamos começar no final dessa lista e ver aonde ela nos leva."

Jackson pegou essa recomendação e correu com ela, deslizando dentro de mim com um impulso magnífico. Ele ficou lá, seu corpo rígido e sua respiração saindo em ofegos irregulares. Então, depois de colocar sua testa no meu ombro, ele começou a se mover. Seus quadris bombearam em golpes rápidos, dentro e fora, dentro e fora. Eu cavei meus calcanhares em suas costas, incitando-o a ir mais fundo. Eu queria tragadas mais longas, estocadas mais fortes.

"Assim?" ele perguntou, puxando para fora e depois se esfregando em mim.

"Sim," eu disse, forçando aquela única palavra em trinta sílabas. "Você se sente tão bem, Jackson. É *tão* bom. Eu estou tão cheia. Não pare."

"Que engraçado", disse ele, rindo contra meu ombro. "Você faz parecer que eu deixaria voluntariamente a sua boceta paradisíaca."

"É assim que vamos chamar?"

Jackson acenou com a cabeça, grunhindo quando ele balançou dentro de mim novamente. Ele forçou seus braços sob minhas costas, me segurando com força. "Eu não estou tentando ser um daqueles caras que diz que é melhor sem a camisinha, mas merda, você está fodidamente perfeita agora. Eu não quero que isso acabe."

"Não precisa," eu sussurrei, meus dedos arranhando suas costas, desesperada para segurá-lo enquanto meu corpo se dissolvia como açúcar em fogo alto. Algo sobre seu controle sobre mim, a maneira como ele me abraçava como se eu fosse frágil, mas me fodia como se eu fosse inquebrável, me fez tropeçar na zona do orgasmo imediato.

"Vamos lá, linda", ele murmurou quando a primeira onda de espasmos passou por mim. Senti seus dentes no meu pescoço, meu ombro. Beijos em todos os lugares. Seu pau se movendo em mim, meus músculos ondulando ao redor dele. Agarrando-se a ele. Seu corpo ficou rígido quando ele afundou em mim novamente, seu pau se contraindo e sacudindo enquanto ele se esvaziava em mim. "Tudo bem. Apenas deixe ir."

E ele deixou. Ele tinha a mim e a caverna em meu coração também.

CAPÍTULO CATORZE

JACKSON

MIOLO

s.m. A parte interna macia de um pão ou bolo.

"COMO VOCÊ COZINHA AQUI?" Perguntei. Vestindo apenas minha boxer e o sorriso preguiçoso de um cara que fez sexo incrível, eu estiquei meus braços, quase certo de que seria capaz de tocar duas paredes do centro do apartamento de Annette. Não pude, mas não estava longe disso. "É ... é minúsculo."

A casa de Annette era exatamente como ela: pequena, rosa e com alguns ângulos do teto estranhos. E havia flamingos por toda parte. Bordado em almofadinhas, estampado em canecas, pintado em aquarela. No robe curto e sedoso que ela usava. "Não é tão ruim", ela argumentou, prendendo o cabelo em um coque. "Funciona pra mim."

A cozinha e a sala de estar eram separadas por nada mais do que um grande passo, e a sala de jantar era um canto. Sua cama Queen-size foi colocada em uma alcova para criar a ilusão de privacidade. Por mais que eu gostasse dela, não era grande o suficiente para nós dois. Ou, mais especificamente, não era grande o suficiente para mim. Isso e eu continuava batendo minha cabeça no teto inclinado.

"Seu fogão é minúsculo. O forno também." Fiz um gesto em direção aos eletrodomésticos em miniatura, os que eu esperava encontrar em uma casa de brincar de criança. "Como você cozinha aqui?" Você deve ter levado horas para assar todos aqueles muffins."

"Na verdade, não." Ela deu de ombros e foi em direção à geladeira. Também em tamanho infantil. "Que tal ... hum. Vamos ver o que temos aqui."

Ela abriu a porta e olhou para dentro enquanto acariciava a parte de trás da panturrilha com a ponta do pé. Este movimento comum era sensual e íntimo, e me fez cruzar a sala em duas etapas para envolver meus braços em volta de sua cintura.

"Oi pra você também." Ela arrastou as unhas para cima e para baixo no meu antebraço. Amava essa sensação. "Você simplesmente não consegue me deixar sozinha perto de geladeiras, não é?"

Beijando seu pescoço, murmurei: "E daí?"

"Apenas uma observação", Annette respondeu com uma risada. Ela se curvou na cintura, forçando seu traseiro contra meu pau. Inconscientemente, minhas mãos foram para sua cintura e meus quadris empurraram para frente. "Geladeiras realmente te excitam, hein?"

"Não tem nada a ver com os eletrodomésticos", eu disse, um rosnado baixo retumbando na minha garganta. "Tem tudo a ver com você."

Ela não disse nada por um longo momento e eu me forcei a ficar quieto, mesmo enquanto desejava sua fricção. Então, "Eu tenho queijo, pão de centeio também. Eu fiz na outra noite, então não está tão fresco, mas está bom. Eu sei que não deveria mantê-lo frio, mas tem estado tão quente recentemente. Teria ficado rançoso e mofado em um minuto se eu não o refrigerasse. Eu também tenho um pudim de Sussex com maçãs, mas essa receita não saiu nada como eu esperava."

Eu não sabia o que era pudim de Sussex e não ia perguntar. "Pão de centeio, então," eu disse.

"Eu também tenho cerveja", disse ela ofereceu. "Pegue algumas, ok?"

Com os braços carregados de pão, seus acompanhamentos e cerveja, voltamos ao quarto dela. Os cobertores e travesseiros estavam amontoados no chão e o lençol de cima agarrava-se a um único canto, mas nós nos acomodamos com nossos lanches, sem nos importarmos com a roupa de cama.

Annette me entregou uma fatia de pão coberta com um pedaço de queijo cheddar e uma porção de mostarda doce e picante. Parecia arte. Tudo o que ela fazia era lindo, cuidadosamente preciso. Pela primeira vez na minha vida, eu queria parar o que estava fazendo e fotografar a comida que estava prestes a comer porque compartilhar isso com todos parecia necessário. Eu queria dizer: "Minha mulher fez isso. Ela fez isso do zero. Ela não é incrível?"

E não passou despercebido que ela me serviu antes de preparar sua própria fatia. Esse era o jeito de Annette.

"Está bom?" ela perguntou, apontando para o pão. O pão que eu estava olhando por um minuto sólido enquanto fantasiava sobre as legendas no Instagram. "Posso fazer uma fatia sem mostarda para você."

Inclinei-me e beijei sua testa. "Está ótimo", eu disse. "É o pedaço de pão mais bonito que eu já vi."

"Obrigada por isso, mas não é particularmente bonito", disse ela. "Não sovei a massa corretamente e o assado ficou um pouco irregular. Acho que o pão era muito grande para o meu forno, então o calor não distribuiu efetivamente. "

"Você sabe que meu forno é enorme," eu disse, trabalhando duro para acertar aquela insinuação. "Você é bem-vinda a ele a qualquer momento."

"Seu forno é incrível", disse ela com um suspiro ofegante. Meu pau estava interpretando aquele suspiro como um ponto a seu favor e eu não tive problema com isso. "Mas, você sabe, isso é — é muito gentil da sua parte oferecer."

"Mas?" Eu perguntei.

Ela estava ocupada montando sua própria fatia. "Mas me dou bem com o meu", disse ela. "Eu não quero incomodar você."

"O que me preocupa é você deixar sua casa aberta para qualquer pessoa entrar", eu disse.

"Ah, pare com isso", disse ela, afastando minha preocupação. "Nada disso acontece aqui na Enseada."

Eu tracei a linha de sua mandíbula com meu dedo indicador, puxando-a para mim. "Isso é o que todo mundo diz até algo acontecer. Não deixe a porta da frente aberta o dia todo, Annette. Não deixe a porta dos fundos da loja aberta também."

"Jackson, eu vivi aqui minha vida inteira. Eu conheço essa cidade por dentro e por fora. Você poderia me vendar e me deixar na floresta à meia-noite, e eu encontraria meu caminho para casa sem um arranhão. Inferno, posso identificar a maioria dos residentes pela maneira como eles tilintam moedas em seus bolsos." Ela me prendeu com um olhar penetrante. "Eu conheço esta cidade."

Meu dedo ainda em seu queixo, eu disse: "Não tenho dúvidas disso. Não duvido de você, linda. Mas eu sei algumas coisas também, e esta cidade não é tão segura quanto você pensa."

Ela piscou e acenou com a cabeça. Um flash de surpresa passou por seus olhos. "Ok. Vou trabalhar nisso."

"E eu vou te dar uma lata de spray de pimenta. Você vai mantê-la com você." Eu a beijei então, principalmente porque eu não conseguia o suficiente de seus lábios, mas também para evitar sua discordância.

Quando nos separamos, Annette pegou as garrafas de

cerveja no parapeito da janela. Ela passou um para mim antes de tomar um longo gole da dela.

"O que fez você vir aqui?" Ela passou as costas da colher sobre a fatia de pão, distribuindo a mostarda em todos os cantos. Havia um erotismo em suas ministrações, algo cativante na maneira competente como suas mãos se moviam. "O que sobre Talbott's Cove que o atraiu?"

Senti meu pau se alongando, endurecendo enquanto a observava derramar mais mostarda sobre o pedaço de queijo cheddar. Porquê passar mostarda era sexy? O que havia no modo como ela girava a colher no pão e no queijo que me fazia pensar no tipo de sexo que resultava em molas quebradas e costas arranhadas? Me esforcei muito para responder a sua pergunta enquanto queria forçar suas pernas abertas e provar sua doçura.

"Eu respondo muito essa pergunta," eu consegui dizer.

"Sinto muito", disse ela, mordendo sua fatia. "Não quis me intrometer."

"Não, tudo bem. Eu gosto quando você se intromete. Talbott's Cove não é o tipo de cidade que atrai muitos recém-chegados e as pessoas ficam curiosas", disse eu. Experimentei meu pão — o paraíso. Eu ainda queria me esbaldar em Annette, mas isso me faria esquecer enquanto conversávamos. "Costumo dizer às pessoas que gostaria de trabalhar em uma cidade onde conheceria todos os residentes."

"Mas isso não é verdade?" Ela lambeu um pouco de mostarda em seu polegar e eu não pude conter meu rosnado. "Ou não toda a verdade?"

"Sim, não toda a verdade", eu admiti, olhando para a minha cerveja. A cerveja não estava lambendo seu polegar ou sentada de pernas cruzadas em um robe curto, com nada além de pele por baixo. A cerveja era segura. "Toda a verdade não causa uma boa impressão para um xerife."

"Tenho certeza de que é uma boa impressão para o homem com quem estou dormindo", disse ela.

"É isso que eu sou?" Eu apertei os olhos para ela, sem entendê-la. "Isso é tudo?"

Suas palavras doeram um pouco. Eu não queria que doessem, mas doíam. Eu não sabia o que queria que ela dissesse, mas eu queria ser mais do que o homem com quem ela estava dormindo. E eu seria. Só iria levar algum tempo.

"Conte-me sua história," Annette insistiu, dando um tapinha no meu joelho. "Vamos guardar os julgamentos para mais tarde. Eles combinam melhor com o café da manhã. Vou fazer alguns rolinhos de canela com molho de caramelo fresco."

"Porra, sim", eu disse, colocando as duas mãos sobre a minha barriga. "Tudo bem, bem, já que rolinhos de canela estão em jogo, é melhor eu continuar com isso." Enrolei meus dedos em torno da garrafa e olhei para o teto, em silêncio por um longo momento enquanto reunia as palavras. "Houve um caso de pessoa desaparecida alguns anos atrás. Um menino desapareceu e as circunstâncias eram altamente suspeitas. Histórias conflitantes dos pais, evidências físicas que não podiam ser explicadas. Algo sobre aquele caso ficou comigo. Eu não conseguia deixar de lado. Mesmo quando as evidências secaram e a trilha esfriou, não consegui parar de pensar naquele garoto e na sensação de que alguém que o conhecia fez algo terrível com ele. Isso me mantinha acordado à noite, interferia nos meus casos, me deixava quase louco."

"Isso é horrível", ela murmurou. "Eu sinto muito, Jackson."

Eu engoli um gole de cerveja, tentando tirar as imagens da cena do crime da minha mente. Tentei e falhei. Este trabalho tinha uma maneira de mudar as pessoas, e aquele caso mudou a mim.

"Fiquei muito surpreso quando seu corpo foi descoberto. Mais ainda quando a evidência forense apontava para o pai", eu disse.

Eu nunca esquecerei a raiva que passou por mim como uma explosão após encontrar os restos mortais do menino. A raiva permaneceu comigo também. Me seguiu por semanas, meses. Sempre aceitei que alguma violência não fazia sentido, mas não podia aceitar isso. Por um tempo, duvidei se queria viver em um mundo com o tipo de selvageria que matou aquele menino.

"Isso me atingiu com mais força do que qualquer outra investigação de assassinato. Eu tive algum tempo afastado logo depois disso. Se eu fosse inteligente, teria conversado com o conselheiro do departamento e endireitado minha cabeça, mas não o fiz. Pulei na minha caminhonete e dirigi para o leste até chegar ao oceano. Então, eu fui para o norte. Foi uma viagem de carro involuntariamente cênica por Rhode Island, Massachusetts, New Hampshire. Parei em pequenas cidades ao longo da costa e, quando cruzei a fronteira com o Maine, sabia que precisava sair da cidade para sempre. Parte disso foi o caso. A outra parte foi perceber que eu queria trabalhar em uma cidade onde conhecia todos os residentes."

"Um pequeno passo para salvar a próxima criança?" Perguntou.

Eu soltei um suspiro, mas não respondi até que Annette correu as pontas dos dedos pelo meu braço. "Sei que não posso evitar todos os crimes, mas em uma cidade como esta, posso ficar de olho nos sinais." Virei para o lado, olhando para Annette. "O que te faz ficar aqui?"

Uma risada profunda retumbou de sua barriga. "Quando não estou perseguindo homens indisponíveis e ficando bêbada desleixada e geralmente me envergonhando pra caramba, eu gosto daqui. Gosto das pessoas, da comunidade, da forma como este lugar muda lentamente, mas com segurança."

"Por que você ainda está se culpando por isso?" Perguntei. Deixei cair minha mão em sua coxa, precisando de alguma conexão física com ela.

Ela evitou meu olhar enquanto trabalhava em outra rodada de extravagâncias com o pão de centeio. "Porque provavelmente fui banida do The Galley para sempre e agi como uma garota bêbada emocionalmente instável, e ambas as coisas são embaraçosas."

"Não é disso que estou falando", disse eu. "Eu acho que você sabe disso."

Annette se virou para mim, uma fatia de pão em sua mão estendida. "Porque eu não sou tão diferente da cidade, Jackson. Eu mudo lentamente, mas com segurança."

CAPÍTULO QUINZE

ANNETTE

BATER O CREME
v. Bater o açúcar e a manteiga amolecida para formar uma mistura mais leve e aerada.

PÊSSEGOS DE AGOSTO eram os melhores pêssegos

Este era o primeiro verão em que prestava atenção à qualidade do pêssego, mas sabia que a safra deste mês estava tão boa quanto podia. Os pêssegos do mês passado — aquele que acabou caindo no meu vestido — não se comparam às belezas que estão saindo agora. Como eram tão bons, não conseguia parar de testar novas receitas. Minha cozinha estava cheia até as vigas com tortas de frutas, crumbles, crostatas e bolos. E isso não incluía os doces que havia distribuído pela cidade.

Eu tinha enviado uma torta de pêssego e amêndoa para a casa de Brooke na segunda-feira e um bolo de iogurte de pêssego e framboesa para os Fitzsimmonses na terça-feira. Jackson levou uma cesta de tortas de pêssego com canela para a delegacia na quarta-feira e minha vendedora Jane comprou um pudim de pão de pêssego e mirtilo na quinta-feira.

Era difícil acreditar que tinha feito tantas guloseimas em

uma semana. Ajudou o fato de ter Jackson carregando grandes sacos de açúcar e farinha para mim e lavando os pratos enquanto minhas criações estavam no forno.

Por mais que adorasse a cozinha da casa dele, nunca conseguia trazer todas as coisas que precisava. Ou era a boa peneira ou a tábua que sempre perdia, ou a faca de que eu gostava mais do que as outras. Sempre tinha algo faltando.

Essa era parte da razão pela qual acabava de volta ao meu apartamento depois de cozinhar na casa de Jackson. A outra parte era meu próprio jogo mental maluco, onde me recusava a aceitar que estava me apaixonando por ele, mas inventando um mundo de sentimentos baseado em bom sexo e pratos bem lavados. Esse jogo louco da mente era legal com o sexo e os pratos, mas tudo chegava a uma parada brusca com a ideia de passar a noite na casa de Jackson. Esse era o limite rígido, o terceiro trilho.

Não fazia sentido, mas nem minha fantasia de relacionamento com Owen tinha feito.

Eu me permiti acreditar que não precisava fazer sentido. O amor não fazia sentido. Inferno, a vida não fazia sentido. Por que meus pensamentos tinham que seguir uma sequência lógica? Eles não tinham e não valia a pena meu tempo em pensar demais sobre as contradições em minha cabeça. Não quando eu poderia aproveitar o tempo que passávamos juntos e esperar que tudo corresse bem.

Eu não tinha planejado cozinhar esta tarde, mas uma tempestade veio e cancelou meus planos de praia. Não tirava muitos dias de folga da loja, mas gostava de reservar algumas sextas e sábados durante o verão. Nem sempre o dia inteiro, mas mesmo algumas horas de distância valiam a pena. Bom para meu bronzeado, melhor ainda para minha alma.

Lavei a cobertura de meus dedos e sequei minhas mãos em uma toalha enquanto inspecionava minha última criação, cupcakes de pêssego de manteiga marrom. Eles estavam em filas e colunas organizadas em minhas prateleiras de refrigeração, rosetas perfeitas de glacê de cream cheese com essência de pêssego.

Eu os estudei por um momento, minhas mãos ainda enroladas em torno do pano de prato, então olhei para o relógio. Jackson ainda estava na estação. Ele ficaria lá um pouco mais. Aproximei-me da janela e olhei para o céu.

Restavam apenas garoa e poças do tamanho de um lago. O pior da tempestade estava indo para o norte.

Parecia ser a hora certa para fazer um lanche.

EU BATI na porta do escritório de Jackson e balancei o recipiente de vidro cheio de cupcakes quando enfiei a cabeça para olhar.

Pai do céu, ele era uma visão. Pernas abertas como se ele estivesse dando uma aula magistral de como se sentar, calças do uniforme bege esticadas sobre as coxas tipo tronco de árvore. O telefone enfiado entre a orelha e o ombro, uma caneta presa em uma das mãos e a outra enrolada na nuca. Com o braço dobrado atrás da cabeça e aquela camisa de manga curta do departamento de xerife, parecia que seu bíceps eram esculpidos em pedra. E agora que eu chamei sua atenção, seu olhar escuro viajou sobre mim, sua sobrancelha arqueada.

Jackson acenou para mim enquanto fechava a porta atrás de mim. Ele geralmente mantinha a porta entreaberta, mas se a história servisse de guia, nós a quereríamos fechada. A estação estava quase vazia, mas Cindy estava lá fora e eu não queria correr nenhum risco.

"Você tem certeza?" Eu sussurrei, apontando para os cubículos atrás de mim. "Eu posso voltar mais tarde."

"Não se atreva a sair", disse ele, com a mão sobre o telefone. Sua língua apareceu, traçando seu lábio enquanto estudava meu vestido de verão branco estampado com folhas verdes de palmeira. "Fique. Deixe-me terminar esta teleconferência, mas fique."

Eu me movi em direção às cadeiras na frente da mesa, mas ele balançou a cabeça e fez sinal para que eu contornasse a lateral de sua mesa. Ele repetiu o gesto quando eu fiquei lá, olhando para ele.

"Por que eu deveria ir aí?" Perguntei. "Porque eu quero você aqui", ele murmurou.

Com um sorriso atrevido, dei a volta na mesa de Jackson e entreguei-lhe os cupcakes. "Achei que você pudesse precisar de uma guloseima." Eu cruzei meus braços sobre meu peito e encostei-me na mesa, esperando sua reação.

Ele não abriu o recipiente. Em vez disso, ele o deixou de lado e bateu com a palma da mão na superfície de madeira da mesa. "Sente-se", ele ordenou. Eu dei a ele um *está falando sério?* ao inclinar a cabeça, mas ele bateu na mesa novamente. "Sente-se."

Com um olhar exagerado, eu me lancei na superfície. Jackson respondeu me agarrando pelos quadris e me deixando ficar bem na frente dele. Ele se recostou na cadeira, sua mandíbula apertada e seus olhos semicerrados enquanto ele me olhava de cima a baixo. Parecia uma avaliação. Então ele acenou com a cabeça, trouxe sua mão livre para meu tornozelo. Seu polegar acariciou meias luas em minha pele.

"Coma," eu disse, meus dedos tamborilando na tampa.

Jackson olhou para o contêiner, mas respondeu com um breve aceno de cabeça. Eu amava sua vibração de xerife . Ele era um ursinho de pelúcia tão macio e doce sob os olhares e balanços de cabeça e isso me fez amar a seriedade ainda mais. Eu assisti enquanto ele ouvia a chamada, suas sobrancelhas deslizando juntas ou subindo em sua testa em reação. A cada poucos minutos, ele entrava na conversa com um comentário ou pegava sua caneta e rabiscava no bloco ao meu lado. Em um ponto, ele fez uma careta para o telefone, revirou os olhos e então jogou a cabeça para trás contra a cadeira.

Definitivamente, é hora de um deleite.

Eu abri o recipiente e tirei um pouco de glacê da tampa. Eu estendi meu dedo para ele, nem um pouco surpresa quando ele enrolou a mão em meu pulso, me puxou para frente e lambeu cada gota de glacê. Seus dentes arranharam a ponta do meu dedo, enviando eletricidade pela minha espinha e pelos meus membros.

"Você estava na cozinha sem mim", ele sussurrou, pressionando um beijo no interior do meu pulso.

"Não se preocupe", respondi. "Deixei toda a louça na pia."

Jackson abaixou o queixo quando seu olhar escuro pousou em mim. "Boa menina", ele murmurou.

Era de se admirar que eu não pudesse manter minha calcinha no lugar em torno desse homem?

Ele pegou sua caneta, pronto para escrever algo, mas então a deixou cair no bloco. "Obrigado. Agradeço qualquer insight que o Bureau possa oferecer nesse assunto", disse ele ao telefone. "Era só isso. Entraremos em contato se o assunto continuar a evoluir. Obrigado mais uma vez."

Jackson bateu o telefone, levantou-se e passou os dedos pelo meu cabelo.

"Olhe para você. Entrando em meu escritório em seu lindo vestidinho com toda sua doçura. Sentada na minha mesa como um anjo esperando permissão para pecar. Basta olhar para você."

Seus lábios pairaram sobre os meus enquanto ele me observava, esperando por uma reação.

"Achei que você precisava de uma pausa", eu disse, meu olhar mudando de seus olhos para sua boca. "E eu sei que você gosta de cobertura de cream cheese."

"Não me venha com essa", disse Jackson. "Você poderia

entrar aqui com um saco de batatas vazio e eu ainda gostaria de ver você, linda."

Inclinei minha cabeça para encontrar sua boca, mal roçando meus lábios nos dele. Um grunhido soou no fundo de sua garganta e suas mãos se moveram sobre meus ombros, pelas minhas costas, subindo pelos meus flancos. Ele me beijou rápido, quase agressivamente. A mesa estava dura sob minhas costas e eu ouvi o estalo de um raio à distância, mas nada distraiu da maneira como sua língua rolava sobre a minha e ele me marcava com seu beijo.

Mas então Jackson se deixou cair em sua cadeira e passou as costas da mão sobre a boca. Eu estava com os olhos arregalados e ofegante como uma mula de carga quando ele apontou para o meu vestido e simplesmente disse: "Levante".

"O quê?" Eu perguntei, minhas mãos pressionadas no meu peito para impedir que meu coração explodisse.

"O vestido", disse ele, apontando. "Eu quero ele pra cima."

Abaixei-me, agarrando a bainha da saia. Eu levantei passando dos joelhos, mas parei aí. "Por quê?"

Jackson empurrou o tecido até minha cintura, mas fez uma pausa, seus olhos se estreitando enquanto ele olhava entre as minhas pernas. Por fim, ele ergueu os olhos e disse: "Você me trouxe uma guloseima e agora vou comê-la".

Eu ri ofegante quando ele puxou minha calcinha para baixo e a enfiou em seu bolso. *Nossa.* Eu não iria me recuperar do brilho em seus olhos quando ele embolsou aquela calcinha. Era confiante, mas também um pouco arrogante, como se ele soubesse o que estava fazendo e soubesse que eu também queria.

Jackson levou as mãos às minhas coxas, afastando-as enquanto ele se aproximava. Seu queixo barbado raspou a pele macia da parte interna das minhas coxas e eu gritei. Foi um barulho estranho, algo entre um grito e um gemido, mas também um pouco de "*Ah, mais, por favor, sim*".

Jackson olhou para mim, seus olhos escuros como a noite e seu sorriso selvagem, e ele disse: "Você vai conseguir o que precisa, linda, mas apenas se você ficar quieta. Pode fazer isso para mim?"

Eu balancei a cabeça como um daqueles bonecos que ficam balançando a cabeça.

Ele pressionou a palma da mão no meu peito, forçando-me a apoiar-me nos cotovelos, e então sua cabeça desapareceu entre minhas pernas. Esperei pelo que pareceram dezenove horas antes de sentir dois dedos se arrastando sobre mim. Foi o toque mais leve, mas a antecipação fez meus ombros subirem até as orelhas e minha cabeça cair para trás. Aqueles dois dedos continuaram me traçando do clitóris ao centro enquanto ele cobria minhas coxas com beijos e pequenas mordidas.

Cada vez que seus dentes se fechavam em volta da minha pele, eu tinha certeza de que iria derreter em uma poça e deslizar para fora da mesa. Mas então ele me soltou e mil fogos de artifício minúsculos explodiramexatamente no mesmo local. Foi uma onda de calor, desejo e explosão.

Isso estava me deixando louca.

Eu estava pronta para dizer a Jackson que não aguentaria muito mais dessa provocação, mas então aqueles dedos me separaram e ele disse: "Você está fodidamente deliciosa."

Sua língua passou por mim e meus cotovelos cederam. Bem ali, era isso. Eu estava acabada. Espete um garfo em mim.

Pronta.

"Jackson," eu sussurrei, descendo uma das mãos para segurar seu cabelo. Havia algo que eu queria dizer a ele mas eu não conseguia produzir palavras quando ele estava chupando meu clitóris. Eu simplesmente não conseguia.

Ele empurrou dois dedos dentro de mim e eu tive que cobrir minha boca com as duas mãos para não gemer. Seus dedos se moveram em mim, provocando aquele local perfeito novamente e novamente. E sua língua no meu clitóris e sua barba nas minhas coxas. *Ah, inferno*. Não havia como ficar quieta. Aquilo era demais. Muito mesmo.

Desesperada por um momento sem sua língua e dedos e barba me atormentando, eu torci meus dedos em torno de seu cabelo sedoso. Ele não estava aceitando. Ele balançou a cabeça enquanto murmurava sua dissidência.

"Jackson, você está me matando", eu assobiei.

Seus dedos pararam. Ele se virou, beijando minha coxa.

Sem mordidas desta vez. "Boa matança? Ou matança ruim?"

"B-boa", gaguejei. "Boa matança. Grande matança. Do tipo vou perder a cabeça matança."

Jackson mordiscou minha coxa, provocando outra pequena explosão antes de retornar sua língua ao meu clitóris. Mas ele não voltou ao normal. Não, ele redobrou seus esforços. Deixando pequenas mordidas em minhas pernas, meu centro. Chupando meu clitóris como se quisesse uma marca dele em sua língua. Curvando seus dedos dentro de mim até que eu ficasse vesga.

Ele fez coisas maravilhosas, mas me torturou enquanto fazia isso. Recuando quando meus quadris começaram a balançar em um ritmo com seus dedos. Lambendo meu clitóris quando eu queria mais movimentos circulares ou de sucção. Deixando beijos nas minhas dobras em vez dos pequenos fogos de artifício que eu estava desejando.

Era possível que eu pudesse desencadear uma tempestade com nada mais do que a eletricidade correndo por meu corpo. Tudo era incrível, mas o tipo de incrível que era quase horrível. Este *doeu*. Meu núcleo apertou em torno de seus dedos. Meu abdômen teve espasmos como se eu estivesse completando minha centésima série de abdominais. Eu estava em nós e vibrando, meu corpo muito além do ponto de desespero. Eu estava convencida de que iria quebrar ao meio se não gozasse logo.

Justo quando eu estava pronta para rasgar as calças dele e

afundar em seu pau, seu polegar pressionou contra o meu canal traseiro e eu explodi. Um interruptor foi acionado e um rugido de calor soprou pelo meu corpo. Continuou e continuou, um pulso brilhante e ardente após o outro.

"Isso mesmo", disse ele, seus dedos ainda se movendo enquanto as ondas passavam por mim. "Isso é o que você precisava. Não era, linda?"

Ele me pegou em seus braços e me levantou da mesa, me colocando em seu colo. Seu pau estava duro contra mim. Duro e impossivelmente grosso. Embora eu não acreditasse que meu corpo estava pronto para sexo selvagem na cadeira, eu amava o jeito que ele me queria. Eu balancei contra ele, puxando um rosnado dele.

"Eu não posso ter você do jeito que preciso agora, Annie", ele sussurrou, seus lábios pressionados na pele macia abaixo da minha orelha. "Mas quando eu chegar em casa esta noite, é assim que vou tomar você. Entendeu?"

Eu balancei a cabeça, sem certeza se poderia fazer muito mais. Este era o tipo de sexo que exigia um banho quente, um cobertor pesado e uma garrafa de vinho depois. Provavelmente não me qualificava para nenhuma dessas coisas, já que não era tecnicamente sexo, não no sentido tradicional. Mas, droga, eu iria beber aquele vinho. E por um momento me esparramar no sofá com o braço sobre os olhos também.

"Senti sua falta hoje", disse ele.

Suspirei com isso. Ninguém nunca tinha sentido minha falta antes. "É por isso que assei cupcakes para você", eu disse, como se isso explicasse tudo.

"Porque senti saudades de você?" Jackson perguntou.

Balancei a cabeça. "Não", respondi com outro suspiro. "Porque também senti saudades de você." Virei-me para olhar para ele. "Mas também porque eu tinha todos esses pêssegos e tinha que fazer algo com eles."

"Totalmente razoável", disse ele, rindo. "Por que você não

passa a noite? Dessa forma, você não terá que sentir minha falta amanhã de manhã."

Minhas coxas queimaram contra o tecido de suas calças, cada uma daquelas mordidas latejando enquanto as endorfinas diminuíam.

"Não esta noite," eu disse com um aceno decisivo. Quando ele olhou para mim, suas sobrancelhas franzidas e seus lábios curvados em uma carranca, eu continuei, "Dê-me esta noite para sentir sua falta e imagine as coisas novas que vou preparar para você. Eu prometo, vai valer a pena."

Jackson arrastou seu dedo pela linha do meu queixo e disse: "Você sabe que não precisa assar nada para mim. Certo? Eu não peço para passar tempo com você para que você me alimente."

"Eu sei," eu disse, passando meus dentes no meu lábio inferior. Eu sabia disso. E acreditava nisso. Eu não estava usando doces com Jackson da mesma forma que usei livros de pedidos especiais com Owen. Levei as últimas semanas para chegar a este ponto, mas eu acreditava agora.

"Mas talvez", acrescentei, interrompendo-me antes que pudesse terminar. "Talvez na próxima semana. Talvez eu possa passar a noite então. Ou na semana seguinte, ou algo assim."

Era disso que eu precisava. Uma data limite. Um cronograma para encerrar este jogo mental maluco. Eu poderia descobrir se eu estava me apaixonando por ele ou por mais das minhas velhas merdas.

"Se é disso que você precisa, Annie, é o que você vai ter", disse Jackson, dando um tapinha no meu traseiro.

Maldito. Eu queria que isso fosse real. Eu queria isso mais do que tudo.

CAPÍTULO DEZESSEIS

BATER

v. O processo de combinar completamente os ingredientes e incorporar ar para fazer bolos leves e fofos.

EU ESTAVA BEBENDO café na minha cozinha, meus pés descalços e a camisa pendurada nas costas de uma cadeira quando meu telefone vibrou na bancada. Mesmo que Talbott's Cove fosse uma cidade acostumada às primeiras horas da manhã, apenas algumas pessoas me ligavam a esta hora. Ou havia tido uma emergência ou minha mãe queria bater um papo.

Uma rápida olhada na tela me informou que não havia emergência.

"Oi, mãe", eu disse entre goles. "Acordada com as galinhas, como sempre?"

"Vou dormir quando morrer", respondeu ela. "Não há por quê ser preguiçoso. Não consigo entender o que as pessoas *fazem* na cama a manhã toda. Eu não posso ficar lá enquanto o sol brilha."

"E eu não sei," murmurei. "Já que o está brilhando há" —

olhei para o relógio — "vinte minutos, que tipo de problema você encontrou para si mesma hoje?"

"Eu não encontro problemas, Jackson", disse ela, imediatamente impaciente comigo. "O problema me encontra."

"E eu não sei," eu repeti.

Minha mãe nasceu com a energia de dez coelhos, a ética de trabalho de cinco cavalos e a força de dois bois. Parecia hiperbólico, mas era a pura verdade. Bonnie Lau era incapaz de relaxar. Ela mantinha uma horta que a maioria considerava uma pequena fazenda, trabalhava como assistente de enfermagem certificada em uma casa de repouso fora de Albany e regularmente se apresentava como voluntária para uma dúzia de organizações de caridade. Refeições para internados, passeios para veteranos, gorros de tricô para prematuros — ela fazia de tudo.

"Bom, acabei de falar com sua irmã", mamãe anunciou, uma pitada de propósito em sua voz. Ela estava em modo de atualização familiar. Isso era preferível ao modo de interrogatório. "Rachel decidiu estender sua estadia em Belize até o ano novo e se juntará à Teach For America no próximo verão."

"Temos certeza de que ela está no Corpo da Paz e não apenas relaxando em uma praia em Belize?" Eu provoquei. "Se eu estivesse em Belize, estaria na praia."

"Ela está envolvida em importantes programas comunitários de saúde", respondeu minha mãe.

"Claro," eu continuei, ainda zombando dela sobre a visita de um ano de Rachel à América Central. Minha irmã mais nova compartilhava da energia ilimitada de minha mãe e do desejo de fazer o bem, mas também tinha um toque de desejo por viagens. "E aproveitando um pouco de tempo na praia. Quem não iria?"

"É uma coisa boa você ser meu filho favorito", disse ela. "Eu não toleraria essa baboseira se você não fosse."

"Filho único, mãe", respondi. "Eu sou seu único filho."

Tomei outro gole do meu café enquanto vasculhava a geladeira procurando algo para comer. Se ao menos eu tivesse alguns bolinhos ou rosquinhas ... e uma mulher igualmente deliciosa para dividi-los. Infelizmente, aquela mulher não gostou de passar a noite aqui. O que não queria dizer que ela não visitava. Não, ela estava aqui quase todas as noites. Ela chegava e eu a tomava em qualquer superfície sólida que pudéssemos encontrar, e então fazíamos o jantar juntos e ela assava. Mas ela sempre ia embora no final da noite.

Ela era imune a todos os esforços de persuasão, mesmo aqueles que me incluíam de joelhos com a cabeça sob a saia. Ela não aceitava e eu aceitei isso como mais um de seus limites escarpados que eu não deveria cruzar. Mesmo que estivéssemos seguindo a rotina de jantar e sexo sem dormir juntos depois, por mais de um mês, era mais importante para mim manter Annette na minha vida do que romper esse limite. Ela iria mudar na hora certa, eu tinha certeza disso.

"Como eu disse," mamãe rebateu. "Faremos uma festa para Rachel quando ela voltar para casa na próxima primavera. Espero que você possa fugir do Maine por alguns dias, mas entenderei se não puder."

Eu me decidi por uma banana e resolvi levar o almoço para Annette esta tarde. Dadas algumas das minhas reuniões no condado e teleconferências tardias, seria um almoço tardio, se eu pudesse chamá-lo assim. Então, eu a levaria para casa comigo e me afogaria de novo naqueles bolinhos de pêssego.

"Assim que você me der um prazo mais limitado do que 'próxima primavera', vou colocá-lo no meu calendário. Não deve ser um problema."

Hesitei, querendo acrescentar que levaria uma acompanhante para a festa de Rachel. Mas isso era uma aposta que eu não tinha certeza se queria fazer. Eu era totalmente confiante, mas sabia meus limites. Mesmo que Annette e eu encontrássemos um ritmo que funcionasse para nós, isso não significava que ela iria querer dirigir até Nova York e conhecer minha família inteira.

"É melhor falar de uma vez," mamãe disse. "Eu posso ouvir você hesitando e pensando há quinhentos quilômetros de distância."

"Eu conheci", comecei, incerto, "conheci alguém." Mamãe parou por um momento, respirando fundo como se fosse falar, mas depois parou e cantarolou para si mesma. "O quê? É tão intangível assim?"

"Não, não *intangível*", disse ela lentamente. "Surpreendente. A última vez que conversamos, você disse que não estava procurando."

Eu ri disso. "Eu *não* estava procurando", concordei. "Mas alguém entrou na minha vida e eu não consegui desviar o olhar."

Mais uma vez parei. "Se der certo e o momento for bom para a agenda dela, eu gostaria de trazê-la para casa comigo quando Rachel voltar."

Eu ouvi páginas virando e gavetas fechando do outro lado da linha, mas ainda sem resposta.

"Você está me deixando complexado com todos os murmúrios e pausas, mãe."

"Você vai trabalhar neste fim de semana?" minha mãe chamou, suas palavras faladas longe do telefone. "Não consigo encontrar o seu horário de aula em lugar nenhum. Deve ter brotado pernas e saído andando porque eu o mantenho bem aqui e não está bem aqui. "

Meu pai ensinava em uma faculdade técnica fora de Albany. Teria sido um trabalho típico de segunda a sexta-feira se ele não se inscrevesse para ensinar durante cada sessão extra que a faculdade oferecia a seus alunos.

Quando eu era adolescente, pensei que ele fizesse esses cursos adicionais porque meus pais estavam sofrendo por dinheiro. Por volta do meu décimo quarto aniversário, tive uma conversa de homem para homem com ele e prometi arranjar um emprego para poder ajudar. Ele riu de mim. Uma boa e longa risada completa com lágrimas rolando pelo rosto. Ele explicou que mais dinheiro era sempre bom, mas ele dava esses cursos porque gostava muito de seus alunos.

"Está bem ali", gritou meu pai ao longe. "Coloque seus óculos, Bonnie Marie. Ele está bem na sua frente."

"Apenas me diga se você está dando aula", ela gritou de volta. "Abra os olhos, mulher", respondeu ele. "Eu não estou dando aulas, mas meu horário vai pular e te morder no nariz."

"Está tudo bem aí?" Perguntei. "Tudo está perfeito, Jackson. Não se preocupe,"

ela disse. "Eu estava verificando meus horários para ver se eu poderia reorganizar algumas coisas e parece que posso. Não é ótimo?"

"Reorganizar o quê? O que está acontecendo?" Eu perguntei com a boca cheia de banana.

"Podemos visitá-lo neste fim de semana", disse minha mãe. "Seu pai não está trabalhando e eu posso trocar de turno com Mary Louisa Thompson porque ela me deve vários favores. Não temos que esperar até a próxima primavera para conhecer essa mulher, aquela que você está saindo. Podemos conhecê-la neste fim de semana e esse é o momento perfeito, porque vamos para a casa do lago dos Macias no próximo fim de semana e depois há o casamento da filha de sei lá quem, aquela com a infeliz alergia a abacate. Não terá guacamole nesse casamento, suponho. Mas este é o melhor momento e mal posso esperar para conhecer essa sua mulher de sorte. Como é que se chama? Quer saber, por que não me dá o número dela. Vou ligar para ela e me apresentar. Vamos nos dar muito bem, eu sei disso."

"Eu vou precisar que você diminua a velocidade, Bonnie," eu ordenei. "Diminua muito. Estes são planos de alta voltagem. Eu entendo que esse é o seu modo de operação, mas vou precisar que você diminua vários níveis. As coisas com essa mulher-"

"Pelo menos me diga o nome dela", implorou mamãe.

"Annette", respondi. "As coisas com Annette são novas. Eu

preciso de algum tempo antes de liberar toda a força de Bonnie sobre ela."

Ela fungou, mas eu sabia que ela não estava ofendida. Ela não era uma pessoa que ficava ofendida por qualquer coisa. "Jackson, você se ouviu? Você disse que ela entrou na sua vida e você não conseguiu desviar o olhar." Ela suspirou. "Posso apreciar que você queira que eu diminua o ritmo, mesmo que não pareça que esteja seguindo esse conselho. Quero falar com ela por telefone, bater um papo. Quero saber tudo sobre ela, seu trabalho, sua família. Tantas perguntas. E eu gostaria de saber quantos netos ela vai me dar."

Inclinei minha testa contra a geladeira enquanto gemia. *O que foi que eu fiz?*

"Nós adoraríamos conhecê-la, Jackson. Você não acha que seria ótimo se fossemos te visitar?" Perguntou. "Iremos com calma, eu juro. É que você nunca disse nada assim antes e eu quero conhecer a mulher que chamou sua atenção."

"Este fim de semana pode ser um pouco cedo demais. Não tenho certeza de onde isso vai dar ou se vai durar. Dê-me um mês", eu disse, mas rapidamente pensei melhor. "Ou dois."

"Você é um pragmático", disse ela, um pouco exasperada. "Alguém tem que ser", murmurei.

"Tem certeza que não posso ligar para ela?" Mamãe pressionou. "Apenas uma rápida conversa para que ela saiba o quanto estou animada para conhecê-la. Quando tiver permissão. Em um ou dois meses."

"Para de tentar me fazer sentir culpado", disse eu. "Quando chegar a hora certa, vou me certificar de que você passe bastante tempo com Annette."

"É como se você nem confiasse em mim para fazer uma ligação", disse ela. "Você deve gostar dela se não quer que eu te envergonhe com histórias sobre você ter sido o bebê mais gordo do interior do estado de Nova York."

"Embora eu tenha certeza de que ela adoraria uma história

sobre a minha pancinha de bebê, ela está muito ocupada", eu disse, evitando. "Ela tem seu próprio negócio e tem aprendido a cozinhar sozinha, e estou tentando tirar o máximo de seu tempo livre que ela possa..."

"Ai meu Deus, eu já a amo", mamãe disse com um grito. "Jackson, estou tão feliz por você. Esta é a primeira mulher que você mencionou em anos e eu só quero dar-lhe o maior abraço porque sei que ela é especial para você."

"Sim, ela é", eu concordei, sorrindo para mim mesmo. "Eu odeio interromper isso, mas eu tenho que ir para as ruas e fazer as rondas na minha cidade, mãe."

"Bem, estou feliz por ter conseguido falar com você esta manhã", disse ela. "Vou me certificar de ligar novamente no mesmo horário."

"Ah, maravilhoso", murmurei.

"Diga a Annette que mal podemos esperar para conhecê-la e que já a adoramos", ela continuou. "Espero que você esteja comendo vegetais frescos e mantendo seu talão de cheques equilibrado."

"Como sempre", eu disse, vestindo a camisa. "Fique longe de problemas."

"Por que eu deveria começar agora?" ela respondeu com uma piada.

"MINHA MÃE QUER CONHE CER VOCÊ", eu disse enquanto descansávamos na cama, nossa respiração ainda irregular e os lençóis emaranhados em torno de nossos pés. Rolei para o lado e dei um beijo no ombro de Annette. "Ela quer vir com meu pai para um fim de semana no próximo mês."

Ela se afastou de onde estava deitada de lado, a palma da mão roçando minha perna. "Vamos conhecer os pais?"

Focado em provar todo o seu ombro, afastei seu cabelo

ondulado do meu caminho e beijei ao redor. "Se você quiser", respondi, o mais evasivo possível.

Eu estava desenvolvendo sentimentos.

Não era uma coisa nova. Eu os tinha desde o início. Mas esses sentimentos eram maiores agora, mais pesados. Eles passaram direto pela atração e desejo e orbitaram ao redor do amor.

Amor. Eu estava me *apaixonando* por essa mulher.

"Eu não me importaria," Annette respondeu enquanto arrastava as unhas ao longo da minha coxa. Era incrível, como um milhão de pequenos arrepios aparecendo no rastro de seu toque. "E o que é que lhes disse? Sobre mim. Acho que estou supondo que você disse a eles alguma coisa. Talvez você não tenha. O que também está ok."

Arrastei meus dentes sobre a curva de seu ombro, mordiscando sua pele apenas o suficiente para tirar um pequeno grito de seus lábios. "Eu disse a minha mãe que conheci alguém", disse simplesmente. "Tudo bem?"

"Sim, claro", respondeu ela. "Espero que não seja um problema, mas não disse nada à minha família. Temos uma relação instável. Não ofereço muitos detalhes. Eles acham que tudo que eu faço é problemático de qualquer maneira, então tento manter distância. É mais fácil para todos assim."

Meu cérebro ainda estava agitado do último orgasmo, mas meu pau não se importava. Não, estava se aquecendo na glória dos dedos de Annette na minha coxa — tão perto, mas também tão longe — e latejando de volta à vida. Com cada passagem de suas unhas, meu corpo escorregava no velho ritmo de empurrar em direção a sua suavidade, seu calor. Logo eu estava rígido novamente, meu pau doendo pelo alívio que só ela poderia oferecer.

"Não é um problema," eu disse através de um grunhido. "Temos muito tempo. Não vou a lugar algum."

Não fazia sentido que alguém tão dedicada e generosa como

Annette tivesse uma vida familiar tensa. Eu deveria ter pedido detalhes sobre a situação da família dela, mas não conseguia ver através dessa espessa névoa de desejo. Deveria tê-la pressionado a explicar como uma família poderia se sustentar com um membro principal mantendo distância e racionando notícias de sua vida. Em vez disso, deixei de lado com um voto mental de revisitá-lo mais tarde.

"Ótimo", ela murmurou, sua palma deslizando sobre a minha bunda. "Eu gosto de você bem aqui."

Enrolei meu braço por baixo dela, achatando minha mão em sua barriga. *Ah, merda.* Eu queria tê-la assim, nossos corpos lado a lado e o suor quase seco da nossa última rodada. Eu queria ver meu pau deslizando para dentro dela e, em seguida, puxando de volta, seus músculos internos agarrando-se a mim enquanto eu recuava. Eu queria ver seus seios saltando e balançando enquanto empurrava dentro dela e sentir as vibrações de seus gemidos e apelos. E então eu queria envolver meus braços em torno de seu corpo exausto e dormir com ela.

"Eu quero você", eu disse, minhas palavras faladas contra sua pele. "Agora. Bem assim."

Eu a senti assentir antes de ouvir sua resposta. "Eu nunca vou fazer aqueles bolos de kouign-amann (bolo francês da região da Bretanha), vou?"

"Talvez não esta noite." Eu puxei sua perna para trás para descansar em cima da minha. "Mas sempre temos o amanhã."

Corri meus dedos sobre sua fenda, gemendo com a onda de umidade esperando por mim. Suas unhas cravaram na minha bunda, arranhando enquanto circulava seu clitóris. "Já se passaram cinco amanhãs", ela murmurou. "Mas eu não estou reclamando."

Ela me puxou para mais perto, suas unhas arranhando minha bunda como a riscada de um fósforo. Meu pau se contraiu contra a parte inferior de suas costas. Minha pele estava esticada sobre meu eixo, inchada e necessitada da raiz às pontas.

"Venha aqui, Jackson", disse ela, dando um tapinha na minha coxa. "Venha me foder."

Inclinando meus quadris, eu entrei nela com um impulso áspero. Este ângulo era glorioso. Era o suficiente para trazer essas três pequenas palavras à ponta da minha língua e eu só fui capaz de sufocá-las quando fechei meus dentes em torno de sua pele, marcando-a do mesmo jeito.

"Bem assim", disse ela, suas palavras saindo com cada impulso.

Eu tranquei os dois braços ao redor de seu torso, segurando-a perto e imóvel enquanto empurrava nela. No minuto em que ela sentiu meu controle sobre seu corpo, uma onda de excitação quente e escorregadia percorreu meu pau. Ela queria que eu fosse áspero e possessivo, mas ela queria que eu a valorizasse enquanto fazia isso.

"Assim? É disso que você precisa, Annie?" Arrastei minha palma por sua barriga e segurei seu seio, apertando-o, circulando seu mamilo.

Sua resposta veio na forma de um ronronar, seu corpo estremecendo sob minhas mãos. Suas paredes internas vibraram em torno de mim como as asas de milhares de borboletas e levou todo último resquício de força para conter meu orgasmo por mais um segundo. Isso era tudo que eu precisava, uma porra de segundo para bombear nela antes de soltar.

"Eu preciso de você", ela sussurrou. "Você é tudo o que eu preciso. Tudo o que eu quero."

Suas palavras dispararam um gatilho dentro de mim, um lugar distante e primitivo. Empurrei dentro dela uma última vez, já sem cérebro e a caminho de me sentir sem ossos quando os primeiros jorros explodiram de mim. Caramba, eu nunca queria sair desta cama. O mundo poderia queimar ao nosso redor e eu ficaria aqui, enterrado em Annette. Eu não queria que o mundo pegasse fogo, mas estava muito interessado em ficar aqui com minha mulher.

"Não posso acreditar que nunca perguntei isso a você, mas," Annette começou, sua voz sonhadora, "por que você entrou para a polícia?"

Pressionei minha testa em seu ombro. "Annie, querida", eu disse. "Posso ouvir minha pulsação agora. Não consigo ver direito. Não me entenda mal, estou feliz por isso. Mas estou trabalhando para não babar em cima de você. Não tenho certeza se consigo ter uma conversa significativa agora." Eu apertei seu traseiro. "Não a menos que você esteja me dizendo como eu abalei o seu mundo."

"Ah, você o fez", respondeu ela. "Você abalou tão forte que estou pendurada na beirada da cama e olhando para sua foto de formatura na academia de polícia."

"Pelo amor de Deus, Annie," murmurei, voltando para o meio e puxando-a comigo. "Você deveria ter dito algo. Você estava quase no chão."

"Eu disse." Agora mesmo", disse ela, rindo. "Eu acho que nós teríamos ido juntos então teria ficado tudo bem."

"Claro, tudo bem", eu resmunguei. "Tudo que você precisava é que eu te fodesse fora da cama e depois caísse em cima de você." Annette rolou para longe de mim e sufocou uma risada em um travesseiro. "Tudo bem, eu vou te contar, mas você precisa trazer seu doce traseiro de volta aqui." Eu dei um tapinha no colchão.

"Eu sabia que você gostava de ficar de conchinha", disse ela, chegando mais perto.

Eu tinha uma resposta espertinha pronta, mas descartei quando pensei melhor. "Nem sempre fui assim", disse eu. "Isso é algo novo."

Annette aninhou sua cabeça sob meu queixo e eu enrolei meu braço em volta de seu ombro. "Ok. É essa a sua maneira de me dizer que quer falar sobre amores passados ou é mais uma questão de aprender a se manter aquecido agora que você é um Maine-iac?"

Beijei o topo de sua cabeça, mas não respondi por um minuto. Em minha mente, não havia ninguém antes de Annette e ninguém depois. Eu esperava como nunca que fosse da mesma forma para ela. "Nenhum dos dois?"

"Isso é um alívio porque eu tenho que te dizer, eu não sei se posso ouvir seus maiores sucessos no momento. Não depois..." ela girou o dedo entre nós

— "de tudo. Você pode estar na cama comigo, mas isso não significa que eu queira ouvir sobre todas as outras mulheres que vieram antes de mim. Literalmente."

Beijei sua cabeça novamente, um largo sorriso esticado em meu rosto. "Eu também não."

Após vários minutos de silêncio, Annette se apoiou em um cotovelo para olhar o relógio. "Eu deveria ir para casa. Está ficando tarde."

Pisquei algumas vezes, silenciosamente desejando por mais uma hora com ela. Não era sobre sexo, embora ajudasse o fato de termos checado essa caixa mais de uma vez esta noite. Queria estar com ela, conversar com ela enquanto adormecíamos, vê-la logo de manhã.

"Claro. Eu vou te acompanhar até em casa." Annette ergueu a mão para protestar, mas eu a afastei. "Não", eu avisei. "Eu posso lidar com você indo embora, mas não posso lidar com você andando pelas ruas sozinha à noite. Diga o que quiser sobre esmagar o patriarcado e minha masculinidade tóxica, mas por Deus, eu vou te acompanhar até em casa."

Annette puxou o vestido pela cabeça, sem sutiã. Só essa visão me deixou meio duro de novo e pronto para jogá-la de volta na cama. Em vez disso, coloquei minhas mãos atrás da cabeça e a observei cuidar de seu cabelo no meu espelho. Ela era linda nas melhores maneiras. Não era o tipo óbvio de beleza que alguém pudesse perceber a cinquenta passos. Era um sorriso fácil e uma amabilidade mais fácil ainda. Era um cabelo que não conseguia decidir se enrolava ou ondulava e fazia um pouco dos dois. Eram coxas grossas e deliciosas que se abriam como as páginas de um livro, se abrindo para meu capítulo favorito. Era a maneira silenciosamente devastadora que ela me tomou em seu corpo e transformou meu pau em seu escravo.

"Tudo bem", disse ela, encontrando meu olhar no espelho. "Acho que não vou reclamar do patriarcado esta noite."

"Obrigado", eu disse, me levantando da cama. Meu pênis bateu contra minha barriga, ainda úmido dela, ainda zumbindo de prazer. "Tem certeza que não posso te convencer a ficar mais um pouco?"

Além do choque que apertava o peito em perceber que eu tinha 37 anos e estava me apaixonando depois de menos de dois meses com Annette, eu estava bem. Eu nunca tive experiências sexuais mais satisfatórias desde ... sempre. Minha barriga estava cheia de doces, meu corpo e minha alma eram bem cuidados e a vida só poderia melhorar se uma certa morena amante de livros ficasse em minha cama muito tempo depois que os lençóis esfriassem.

Seus olhos caíram sobre meu pau, queimando quando ela percebeu que eu estava preparado para ela. "De novo?" ela arfou.

"Bom, você não está usando sutiã", eu disse, levantando minhas mãos e deixando-as cair na minha cintura. "E você é incrível pra caralho, então é isso."

Annette apontou para a janela, na direção da vila e seu apartamento. "Mas eu, hum, eu ia ..." Sua voz falhou enquanto ela olhava entre minha ereção e a janela.

"Você poderia ficar," sugeri, minhas palavras tão neutras quanto podia controlar. Fazia quase uma semana desde a última vez em que abordei esse assunto, mas não estava tentando apressar as coisas. No que me dizia respeito, eu tinha Annette de uma maneira que ninguém mais tinha e isso era o bastante para mim. Eu não exigia declarações ou qualquer coisa grandiosa, não quando eu sabia que ela estava saindo de uma situação ruim com relacionamentos anteriores. Eu a tinha agora e o resto viria depois. "Você já ficou aqui antes. Não foi tão ruim."

Ela soltou uma risada e cobriu o rosto com as mãos. "Essa foi uma situação muito diferente, Jackson."

Enrolei meus dedos em volta do meu pau e dei um leve puxão. "Não foi diferente", respondi. "Isso," inclinei meu queixo para baixo no comprimento do meu torso, "foi exatamente igual. Doeu tanto naquela noite, Annie. Tanto. Você tem ideia de como fiquei duro por você? Quanto eu queria subir nesta cama com você e alimentar você com meu pau? Quanto eu queria te provar? Quanto eu queria te tocar e abraçar você?"

Ela olhou para mim, sem piscar, enquanto eu acariciava. Sua língua saiu para molhar os lábios uma, duas vezes. Então um novo propósito brilhou em seus olhos e ela caminhou em minha direção. Ela cobriu minha mão com a dela, aprendendo meu aperto e ritmo.

"Minha vez," ela sussurrou, empurrando meus dedos de lado enquanto ela caía de joelhos.

Eu queria isso — merda, sim, eu queria isso — mas também não queria. Eu não iria gozar em sua boca e depois levá-la para casa. Eu iria mantê-la na minha cama, cheia de orgasmos e abraçada durante a noite. Exatamente do jeito que ela precisava.

Enganchei minhas mãos sob seus braços e puxei-a para cima. "Não, eu não quero isso. Não esta noite" eu esclareci.

"Achei que boquetes fossem sempre uma boa ideia. Mais ou menos como bacon." Afligida, Annette se afastou de mim. "Sinto muito."

Fechando a distância entre nós, peguei a bainha de seu vestido, mas ela empurrou minha mão. "Sem desculpas, Annie. Apenas fique. Por favor. Eu não fiz um trabalho decente se você pode sair daqui com as pernas firmes."

Seu olhar saltou para o teto, o relógio, as janelas. Qualquer lugar menos eu. Eu não sabia o que seria necessário para ela confiar em seus instintos. Eles estavam lá, espreitando bem abaixo da superfície, esperando para substituir essa dúvida por ação.

"Eu nunca disse que minhas pernas estavam firmes", ela sussurrou. "Você fez um trabalho completamente decente. Você nunca me deixou com as pernas firmes."

Eu cruzei meus braços sobre meu peito acenando. "Tudo bem. Eu aceito isso. Mas nunca a fodi a ponto de dormir depois. Isso é uma lástima."

Annette segurou a saia nas mãos, levantando-a lentamente e passando pela cabeça. "Então talvez seja hora de tentarmos isso."

Quando seu vestido caiu no chão, eu me lancei sobre ela, caindo na cama com ela em cima de mim. Eu a rolei, me ajeitando no espaço entre suas pernas. Meu pau, aquele servo estúpido, flexionou em direção ao seu calor quando me inclinei para encontrar seus lábios, dando um silencioso "Eu acho que te amo" em cada beijo.

CAPÍTULO DEZESSETE

ANNETTE

POLVILHAR
v. Polvilhar levemente um ingrediente seco, como farinha ou açúcar de confeiteiro, sobre um produto assado ou outra superfície.

Brooke: Onde posso conseguir um jantar de Ação de Graças completo em meados de agosto?

Brooke: Não me refiro aos ingredientes. Estou falando sobre a refeição totalmente cozida. Especialmente o maldito purê de batatas. Quero encomendar para entregar em casa. Provavelmente poderia mandar alguém buscar, mas prefiro que seja entregue.

Annette: A Harris Farms pode fazer isso por você em novembro, mas não tenho certeza se eles estão recebendo pedidos agora.

Annette: Por quê?

Brooke: Você não acreditaria em mim se eu dissesse, então não vou contar.

Annette: Ok. Claro. Não há nada de estranho nisso.

Annette: Você quer se encontrar hoje à noite? Poderíamos ir a algum lugar fora da cidade onde as pessoas não nos conheçam e não façam perguntas pessoais enquanto anotam nossos pedidos.

Brooke: Adoraria, mas não posso.

Brooke: Diga a Jackson para levá-la a um encontro de verdade. Vocês dois passam muito tempo fodendo os miolos um do outro na casa dele.

Brooke: Não acredito que acabei de dizer isso.

Annette: Eu também não.

Brooke: Você não pode acreditar porque acha que digo a primeira coisa que vêm à minha mente. Eu não posso acreditar porque agora estou percebendo que acho que duas pessoas podem passar muito tempo fazendo sexo.

Annette: Jackson está em uma reunião do conselho municipal esta noite.

Brooke: Entediante. Se eu não estivesse presa aqui, definitivamente jantaria com você esta noite.

Brooke: Você deveria ir. Vai ser divertido.

Annette: Você acabou de dizer que as reuniões do conselho municipal são chatas.

Brooke: Você sabe como se divertir com elas. Traga um frasco, faça um jogo com ele.

Brooke: Melhor ainda, faça disso um jogo sexy. Vista algo fofo e cruze muito as pernas. Você não será capaz de andar direito quando Jackson terminar com você.

Annette: Eu tenho alguns bolinhos de limão aqui...

Brooke: Não sei como isso se encaixa na minha recomendação, mas vá em frente, querida.

Annette: Eu estava testando receitas ontem à noite.

Brooke: Isso é algo pervertido? Porque podemos ser amigas e falar sobre sexo, mas vou precisar que você me avise se estivermos deixando de lado a baunilha e discutindo todos os sabores.

Annette: Não, querida, não é pervertido. Fiz coalhadas de limão, laranja e lima e depois fiz doces diferentes com cada um.

Fiquei com um monte de fatias cítricas variadas sobrando quando eu terminei. Jackson levou as de laranja para a delegacia esta manhã e eu deixei as de lima na casa dos Mulcahey, mas agora tenho sobras de fatias das de limão na minha cozinha. Provavelmente poderia levá-las para a reunião do conselho municipal.

Brooke: Espero que esses idiotas apreciem você e suas fatias.

Annette: Eles apreciam.

Brooke: Ok então. Vista algo bonito. Embrulhe suas fatias. Vá distrair aquele homem.

Brooke: E conte-me todos os detalhes amanhã.

Annette: Eu sempre conto.

Brooke: Eu sei. É a única coisa que me mantém sã neste momento.

Brooke: Isso e o sangue de dragão que bebo no café da manhã todas as manhãs.

Annette: É suco de beterraba, querida.

EU SENTEI em uma cadeira vazia na última fileira, minhas fatias no colo e minha bolsa ainda pendurada no ombro, e examinei a sala de reuniões da estação. Esta era a parte mais antiga da estação em centenas de anos e já servira como tribunal da cidade. O amplo piso de tábuas rangia, grossas vigas cortavam o teto ao meio e dizia-se que esses bancos eram mais antigos que o estado do Maine.

A sala não comportava mais de vinte e cinco ou trinta pessoas e quase todas estavam reunidas em pequenos grupos ou curvadas sobre seus telefones ou jornais. Owen Bartlett e os outros membros do conselho municipal estavam amontoados ao lado de uma longa mesa na frente da sala. Eu sabia por experiência própria que eles estavam revisando a agenda desta noite e a lista de residentes que se inscreveram para falar durante a parte de comentários públicos da reunião.

Do corredor, ouvi a voz de Jackson. "Há algo acontecendo lá fora. Não sei o que é, mas não gosto."

"Te entendo, xerife", alguém respondeu. "Mas podemos estar lutando contra o vento. A cerca caindo, os ruídos. Provavelmente nada mais do que algumas brisas fortes que estão ouvindo agora porque as janelas estão abertas. Eles são pessoas ansiosas, sabe?"

Eu me inclinei contra o banco, virando minha cabeça na direção do corredor para pegar mais da conversa deles.

"Não é o vento", argumentou Jackson, seu tom firme. "Eles têm todos os motivos para estarem ansiosos. Algo não está certo na pousada e eu quero olhos naquela propriedade a cada hora até que eu diga o contrário."

"Entendido, senhor", disse o outro homem.

"Eu tenho que entrar nesta reunião agora", disse Jackson. "Me atualize em uma hora."

Ainda olhando na direção do corredor, sorri quando Jackson entrou pela porta, com as mãos em punhos em sua cintura e uma carranca no rosto. "Estou aqui e trouxe fatias de bolo de limão", sussurrei, segurando o recipiente.

"Você é incrível", respondeu ele, sentando ao meu lado no banco. Ele fez sinal para que eu levantasse a tampa. "Você não me disse que estava vindo. Eu teria te acompanhado se soubesse."

Jackson se serviu de uma fatia de limão enquanto eu encolhi os ombros. "Só me decidi agora," eu disse. "Está tudo bem? Eu ouvi você no corredor."

Ele lambeu a coalhada de limão dos dedos, a cabeça balançando de um lado para o outro. "Apenas observando algumas coisas", respondeu ele. "Você trancou as portas quando saiu?" Assenti. "Isso é o que eu gosto de ouvir."

Eu cruzei minhas pernas. Seu olhar acompanhou o movimento. "Você não deveria sentar na frente?"

"Mesmo se eu devesse", ele começou, sua atenção nas minhas sandálias de tiras, "Eu vou ficar aqui." Ele se inclinou para frente, colocando um cacho sobre minha orelha. "Você sabe que estamos dando a eles algo para falar. Certo?"

"Uhum." Eu dei uma olhada rápida ao meu redor, prestando atenção. JJ Harniczek estava na primeira fila, com o chapéu virado para trás e os braços cruzados. Os Fitzsimmonses estavam na extrema esquerda, os Lincoln a algumas fileiras de distância. Nenhuma família falou com mais ninguém. Os DiLorenzos estavam mostrando fotos de seu novo neto. Fiquei surpresa por não encontrar o namorado de Owen, Cole, entre as pessoas reunidas para esta reunião. Talvez eles reservassem seu aconchego público para livrarias. "Eles não pararam de olhar desde que você se sentou e enfiou a mão no meu recipiente."

Seus ombros roçaram os meus enquanto ele riu. "Você adora quando eu faço isso", ele murmurou.

"Você está certo", eu disse, sorrindo. "Eu adoro."

Jackson inclinou a cabeça em direção às pessoas sentadas na nossa frente. "Você está bem com isso?" ele perguntou. "Você está ok com todo mundo e a tia deles aparecendo na sua loja amanhã, procurando por fofocas?"

Ainda sorrindo, eu balancei a cabeça. Eles viriam. Eu sorriria, mas não diria nada substancial. A enseada se iluminaria com especulações. Seria muita conversa, mas ficaria tudo bem. "Estou ótima. E quanto a você?"

"Eu sou um homem simples, Annie. Eu tenho você e eu tenho fatias de limão. Não há muito mais que eu possa querer." Jackson se recostou, seu joelho batendo no meu enquanto ele abria as pernas. "Mas há uma outra coisa que notei", disse ele baixinho, seu olhar direto para a frente enquanto os membros do conselho tomavam seus assentos. "Seus peitos estão praticamente saltando desse vestido."

Eu segui o conselho de Brooke e coloquei um vestido de verão amarelo estampado com abacaxis azuis, com decote em V profundo. "Ah, você notou?" Perguntei.

Um grunhido soou na garganta de Jackson quando ele cruzou os braços sobre o peito. "Esta será uma reunião bem longa."

A SR. Ball subiu ao pódio. Havia uma Sra. Ball em cada cidade, eu tinha certeza disso. Ela se intrometia nos negócios de todos, não encontrava prazer em nada e não parecia envelhecer. Ela era idosa quando eu era criança — quando ela dava pipoca como bala de Halloween — e agora era idosa, mas não parecia nem um minuto mais velha do que há trinta anos.

"Há uma necessidade urgente de um semáforo na minha rua", anunciou ela, acenando com um caderno espiral enquanto falava.

"Um semáforo," Owen repetiu.

"É necessário," ela continuou. "Eu tenho observado o sinal de pare no final da minha rua durante o mês passado e anotei os números das placas de cada carro que não conseguiu parar completamente. Trinta e quatro placas. São quantos carros eu vi passando pelo sinal de pare em *um mês*."

Owen olhou para ela por um momento e disse: "Um semáforo envolveria a contratação de um topógrafo para coletar dados no cruzamento e, supondo que o topógrafo concordasse com sua avaliação, o departamento de obras públicas escavaria a rua Willis Point e a avenida Long Cove para instalar a parte elétrica e os postes adequados. Estou falando de semanas de construção em que o acesso à sua rua seria limitado. Uma vez terminado, você teria o brilho de um semáforo entrando em suas janelas noite e dia. É isso que você quer? É assim que você gostaria que abordássemos um cruzamento que é seguro?"

A Sra. Ball folheou seu caderno por um momento. "Então eu gostaria de saber como a cidade planeja lidar com a ilegalidade em Long Cove", disse ela com um bufo. "Está claramente fora de controle."

Owen mudou seu olhar da Sra. Ball para Jackson. "Tenho certeza de que o xrife despenderá os recursos apropriados no problema", disse ele. Jackson acenou com a cabeça em concordância. "Mais alguma coisa, Sra. Ball?"

"Não esta noite", respondeu ela. "Mas estarei de volta no próximo mês."

"Eu não esperaria nada menos", disse Owen. Ele olhou para o relógio e fez uma anotação em seu bloco. Reunião encerrada.

Com isso, Denise Primiani se virou para nos enfrentar do banco ao lado. Seu olhar oscilou entre mim e Jackson, umas duas vezes, um sorriso conhecedor preso em seus lábios.

Como a maioria das pessoas nesta reunião, eu conhecia a Sra. Primiani minha vida inteira. Eu tinha sido amiga íntima de suas filhas quando éramos mais jovens, antes de elas se mudarem. Ela amava histórias de crimes verdadeiras. Não conseguia obter o suficiente delas.

Como a maioria das pessoas nesta reunião, a Sra. Primiani interpretou onde Jackson decidiu se sentar. A única diferença entre ela e todos os outros era que ela era professora no mesmo ginásio onde minha mãe e minhas irmãs ensinavam.

"Como estão seus pais, Annette?" Perguntou. "Eu não vi sua mãe desde o fim do semestre. Ela está tendo um bom verão?"

Droga, que merda. Agora eu teria que contar à minha família sobre Jackson.

"Ah, você sabe," eu disse, balançando a cabeça desnecessariamente. Ela está bem. Aproveitando a folga."

Eu estava sorrindo, mas um poço de pavor se abriu no meu estômago com a ideia de anunciar meu relacionamento com Jackson para minha família. Isso exigiria uma sequência incômoda de eventos em que contaria à Jackson sobre minha família muito maluca e judiciosa, depois contaria à minha família sobre Jackson e também tentaria evitar apresentá-lo na mesa de jantar de domingo de minha mãe para inspeção e interrogatório.

Esses jantares eram ridículos. Não havia nenhuma razão singular para eles atingirem o nível de insanidade que chegavam, mas era isso que acontecia quando minha mãe e minhas irmãs estavam juntas. Eles eram barulhentos, um pouco mesquinhos e se alimentavam um dos outros, cada opinião mais ousada e mais forte do que a anterior.

Quando criança, eu passava a maior parte da refeição ignorando as discussões animadas que eles travavam, focando em vez disso no livro que havia pegado e escondido embaixo da mesa. Eles preferiam assim. Eu sempre fui muito jovem para entender ou eu não sabia bem o suficiente sobre as pessoas ou tópicos discutidos para comentar. Eles garantiam que eu soubesse disso. Eles faziam questão que eu soubesse do meu lugar.

Agora que minhas irmãs eram casadas e tinham filhos pequenos e adolescentes, os jantares eram diferentes. Ainda animado e ainda ridículo, mas maior e de alguma forma mais alto. Ainda um pouco malvados. Desde que abri a loja, eu fazia questão de ficar aberta aos domingos *e* cuidar do balcão com o único propósito de evitar esses jantares.

"E o que você tem feito neste verão?" Sra. Primiani perguntou, atirando outro olhar proposital para Jackson.

"Jackson Lau", disse ele, estendendo a mão. "Eu acredito que não fomos devidamente apresentados."

Cacete . Eu tentei o meu melhor para lutar contra um sorriso, mas perdi a batalha, sorrindo para baixo para minhas fatias de limão. Claro que ele pegaria essa brecha.

"Jackson, esta é Denise Primiani. Ela mora em Old Sheepscot Point", eu disse gesticulando entre eles. "Senhora Primiani, conheça Jackson Lau, nosso novo xerife."

Eu não o culpava. Estávamos sentados aqui na frente de

todos os nossos vizinhos, tão oficial como uma atualização de status de relacionamento do Facebook. Ele não tinha como saber a conexão entre a Sra. Primiani e minha mãe e irmãs, ou que eu era extremamente reservada sobre as informações que compartilhava com minha família.

"Parece que este xerife gosta de doces", Sra. Primiani disse, sorrindo para o meu prato quase vazio de fatias de bolo de limão.

"Quando se trata dos doces de Annette, eu certamente gosto", respondeu ele. "Você deveria experimentar um."

Ela balançou a cabeça, enrugando o nariz. "Ah, eu não poderia. Eu desisti do açúcar."

"Sinto muito por sua perda", eu disse.

Ela bateu na parte de trás do banco e soltou uma risada profunda. "Essa é boa", disse ela. "Eu tive um período de luto, mas estou emagrecendo para um cruzeiro neste inverno. Valerá a pena."

"Tenho certeza que sim", eu menti. Eu não podia suportar a ideia de desistir do açúcar. "Envie o meu melhor para suas meninas. Espero que elas estejam bem."

"Farei", respondeu ela, deslizando para fora do banco. "E diga olá para sua mãe por mim. Mal posso esperar para conversar com ela."

Isso era código local para "Nós vamos falar sobre esta nova fofoca suculenta!"

"Direi", eu disse, forçando meu entusiasmo. "Tenha uma boa noite."

Jackson esticou o braço na parte de trás do banco, com os dedos descansando perto do meu ombro. Depois de um momento, ele disse: "Você não acha que me torturou o suficiente por uma noite? Não acha que é hora de me deixar levá-la para casa?"

Virei-me para ele, minha mente ainda em Denise Primiani e o poço de pavor no meu estômago. Mas quando encontrei seus olhos escuros, esqueci da preocupação com meus pais ou minhas irmãs. Eu não precisava descobrir como eu contaria a eles sobre meu relacionamento ou me cercaria contra seus comentários cortantes.

Havia algo sobre Jackson. Sempre esteve lá, mas parecia maior agora, mais brilhante. E não era só o desejo de ficar nua. Era muito mais do que isso.

Era como se ele se deparasse comigo e fizesse um balanço de mim e minhas partes agregadas, e dissesse: "Isso é bom, sua calma existência, mas não seria melhor se a virássemos do avesso?"

Era exatamente o que ele estava fazendo e eu não queria que ele parasse por nada.

COZER A MASSA
v. O processo de assar parcial ou totalmente uma massa,
como uma crosta de torta, sem recheio.

ERA um grande dia para desastres.

Eu não deixei minhas opiniões sobre o assunto serem conhecidas, mas eu estava convencido de que a chegada da lua cheia trouxe uma onda de calamidade. A maioria das pessoas ignorava esse tipo de pensamento como contos de pessoas mais velhas ou outras bobagens, mas eu era um crente. Havia uma inquietação no ar quando a lua estava madura, uma que eu estava sentindo hoje.

Primeiro, os estaleiros, Cleo e Rhys Neville, relataram mais atividades suspeitas em suas terras. Seus cães tinham passado a noite latindo para nada, suas cabras e galinhas estavam assustados, e uma seção de suas cercas traseiras continuavam caindo. Mais uma vez, não encontrei nenhuma evidência de invasores, mas isso não aliviou suas mentes.

Caminhamos juntos pela propriedade deles, acertamos a cerca, e ajustamos as luzes de inundação sensíveis ao movimento. Prometi manter um delegado patrulhando a rua pelos próximos dias e fiz outra chamada com meu contato no FBI. Mesmo que ela não soubesse de nada, mantinha o caso dos Nevilles fresco em sua mente. Não era muito, mas a não ser procurar pela floresta atrás da pousada e plantar um atirador no telhado, não havia mais nada que eu pudesse fazer.

Pouco depois de deixar os Nevilles, um cachorro caiu em um poço desativado na floresta no extremo da cidade. O poço era bem fora da trilha de caminhada e exigiu o uso de veículos de estrada para trazer o equipamento adequado. Levaram várias horas, mas o filhote fora resgatado e enviado para o hospital local de animais para inspecionar seus ferimentos.

Então eu recebi uma chamada sobre um grupo de adolescentes armando uma barcaça de fogos de artifício. Encontrei-os reunidos em torno de uma balsa rudimentar e explosivos suficientes para explodir uma cratera na praia. Como de praxe, eles estavam planejando uma grande despedida para seus amigos indo para a faculdade na próxima semana. Eu tinha certeza que eles tinham um esconderijo de cerveja com eles, mas não fui procurar. Em vez disso, passei o problema para os bombeiros.

No caminho de volta para a estação, eu vi um idoso andando ao longo da estrada costeira. Este era o lugar errado para um passeio da tarde. A estrada era colada à uma margem rochosa, não deixando espaço para calçadas ou acostamentos. Os motoristas achavam o limite de velocidade irritantemente baixo, mas com uma faixa única e quilômetros de curvas e curvas à frente, era necessário.

Acelerei e parei no lugar menos perigoso, e corri de volta em direção ao homem. Eu não o reconheci até estar a poucos metros de distância. "Juiz Markham", eu chamei. "Dando uma caminhada hoje, senhor?"

"Não há tempo para gentilezas", respondeu ele, com os braços bombeando para os lados. Ele estava indo devagar, mas estava indo. "Abra caminho, oficial. Estou atrasado."

O juiz estava vestido com calças de pijama, uma camiseta branca e um roupão marrom escuro. Sapatos brilhantes batiam no asfalto enquanto ele caminhava. Comecei a andar no seu passo. "Aonde estamos indo, senhor?"

Parando, então, ele encontrou meus olhos com um olhar impaciente. "Ao tribunal", respondeu ele. "Estou presidindo um julgamento importante hoje, oficial. Deveria saber disso."

"Sim, é claro", eu respondi, balançando a cabeça enquanto eu olhava para ele. O juiz Markham não deixava os terrenos de sua propriedade com frequência. Disseram-me que ele preferia ficar sozinho e trabalhar no seu jardim. Mas isso não era reclusão. Isso não estava bem. "Permita-me levá-lo para o tribunal. Vamos chegar lá mais rápido."

Eu gesticulei para o meu SUV lá na frente e ele me deu um aceno rápido. "Sim, muito bem. Apresse-se então. Este julgamento é importante. Você deveria saber disso, oficial."

Depois de colocá-lo no banco de trás, eu liguei para a estação. "Algum desaparecimento relatado esta tarde?" Perguntei, minha voz baixa para evitar que o juiz escutasse.

Cindy foi rápida em responder. "Não, senhor. Nada surgiu desde que aquele cachorrinho tomou banho e aquelas crianças tentaram nos explodir."

Olhei no retrovisor e encontrei o juiz modelando o cinto do roupão em uma gravata. "Tudo bem", eu disse. "Eu estarei de volta dentro de uma hora ou por aí. Deixe-me saber se você ouvir qualquer outra coisa."

"Pode deixar, chefe", ela respondeu.

Segui a estrada costeira até a propriedade de Markham. Da rua, eu vi Brooke correndo pelo gramado e um punhado de outras pessoas espalhadas atrás da casa principal. Quando encostei na entrada, abaixei a janela. "Brooke", eu chamei.

Ela parou e correu em minha direção. "Se você está aqui para conselhos de relacionamento, esta não é uma boa hora." Ela descansou as mãos sobre os quadris e inclinou-se na cintura enquanto retomava o fôlego. "Meu pai foi dar uma volta pelo jardim, mas agora não temos certeza de onde..."

"Estou com ele", eu disse, apontando meu polegar sobre meu ombro. O juiz estava ocupado ajustando seu roupão.

Ela apertou a palma da mão contra o peito aliviada. Então ela gritou: "Meu Deus, o quê? Onde ele estava?"

Abri a porta e pisei no cascalho, forçando-a a recuar alguns passos. Eu queria ter essa conversa com algum grau de privacidade. "Ele estava caminhando pela estrada costeira", eu disse. "Ele me disse que está atrasado para o tribunal."

Ela cambaleou, seus olhos se fechando por um minuto. "Ele está sempre atrasado para o tribunal." Tão rápido quanto ela amoleceu, ela se enrijeceu novamente. "Lettie", ela chamou. "O xerife o encontrou. Leve-o para dentro, por favor?" Uma mulher alta usando uniformes rosa pálido foi para o banco de trás do SUV para pegar o juiz. Mais duas mulheres se juntaram a ela. Ele estava recitando uma decisão, muito ocupado com isso para notar as pessoas o levando para

a casa.

"Precisamos ter uma conversa sobre isso", eu disse, gesticulando em direção ao aglomerado em torno de seu pai.

"Eu não sou obrigada a discutir nada com você, xerife", Brooke respondeu, seu medo e vulnerabilidade rapidamente substituídos por sua marca habitual de poder de fogo. "Obrigada por encontrá-lo. Não há mais nada para discutirmos."

"Brooke, eu só estou tentando ajudá-la", eu argumentei. "Ele já saiu andando sozinho antes? É Alzheimer? Demência?"

"Não é da sua conta e eu não preciso da sua ajuda", ela respondeu. "Eu tenho tudo sob controle."

"Desculpe-me, senhorita, mas você não tem", eu respondi. "Ele se foi tempo suficiente para chegar a dois quilômetros de casa e nesse tempo, você não relatou o desaparecimento dele."

"Ele nunca deixou o terreno antes", disse ela. "Eu pretendia entrar em contato com a estação se não pudéssemos encontrá-lo na propriedade."

"Sua propriedade cobre metade da cidade", eu argumentei. "Com todo o respeito, senhorita, você deveria ter ligado no minuto em que ele desapareceu."

Ela me olhou de cima a baixo. "Ele está em casa agora. Essa é a única coisa que importa."

"Eu tenho que discordar de você, senhorita. Ele estava andando por uma das rodovias mais perigosas do estado. Além do fato de que ele poderia ter sido atropelado por um carro, ele poderia ter tropeçado e caído do rochedo no oceano." Eu gesticulei para a casa. "Parece que você tem ajuda aqui, mas não foi o suficiente desta vez e você está se enganando se acha que isso não vai acontecer novamente."

Brooke correu a língua ao longo do lábio superior e cruzou os braços. "Obrigada por trazer meu pai para casa. Você pode ir agora."

Olhei para ela, frustrado por ela não usar seu bom senso e me deixar ajudá-la a protegê-lo. "Da próxima vez que isso acontecer, me ligue imediatamente", eu disse, esfaqueando o ar entre nós. Teria uma próxima vez, eu apostaria dinheiro nisso. Se o juiz encontrou uma maneira de escapar de suas cuidadoras hoje, ele faria isso novamente. "Qualquer que seja a questão do orgulho territorial que está impedindo você de reconhecer a razão não vai ajudá-la na próxima vez que ele desaparecer."

"Obrigada de novo", disse ela, inclinando a cabeça para a rua. "Tenho certeza que você sabe por onde sair."

"Annette sabe sobre isso?"

Brooke piscou para mim, impassível. Ela era uma mulher difícil de quebrar. "Não sou obrigada a responder a essa pergunta", respondeu ela. "Você fará bem em manter Annette fora disso e manter sua vida privada separada da profissional."

Com isso, ela entrou na casa e bateu a porta atrás dela.

Quando consegui voltar para a estação, já era fim de tarde.

Eu estava cansado e com fome, e precisando de boas notícias. Inferno, eu ficaria feliz sem nenhuma notícia se isso significasse que eu poderia comer alguma coisa.

Cindy me cumprimentou com um punhado de mensagens e um jornal dobrado. "Nada urgente, exceto Debbie Ball parada no meio da rua gritando com carros novamente. Ela tem feito isso todos os dias na última semana. Ela não desistiu desde a reunião do conselho da cidade", disse ela, batendo o dedo nos jornais. "Mas há uma boa matéria sobre a livraria da nossa Annette, bem aqui no jornal de Portland. Chique, hein?"

"Muito chique", eu concordei, colocando os papéis debaixo do braço. "Obrigado, Cindy."

"Por nada, chefe", ela gritou. "Eu vou fazer a minha pausa agora se não for problema. Annette tem alguns livros reservados para mim. Será só por alguns minutos, mas eu posso esperar se você precisa de mim para alguma coisa."

"Vá em frente. Nenhum problema."

Fui para o meu escritório, mas deixei a porta aberta. Deixei tudo na minha mesa e procurei algo para comer. Minha busca resultou em um saco de pretzels que pareciam muito finos para produzir qualquer substância.

Dei uma olhada nas mensagens e retornei várias ligações. Enquanto ouvia a Sra. Ball soletrando os números da placa de cada carro que ela viu ultrapassando a placa de pare perto de sua casa, eu folheei através do jornal em busca de Annette.

"Vou mandar um delegado para vigiar esse cruzamento", prometi. "Até mais, Sra. Ball."

Quando cheguei à seção de estilo de vida, encontrei o rosto sorridente da Annette. Ela estava linda como sempre, mas era sua confiança que irradiava da página. Ela tinha o braço apoiado no balcão dentro de sua loja e pilhas de livros atrás dela. Lembrei-me dela usando esse vestido há algumas semanas, o azul claro com estampa moderna ao longo da bainha. Depois da entrevista, eu a arrastei para o depósito, me enfiei por baixo da saia, e ofereci meus parabéns com minha língua.

Uma barra lateral listava seus principais novos lançamentos do verão passado, bem como seus favoritos de todos os tempos, além de recomendações para leitores mais jovens. A página estava carregada com fotos brilhantes da loja de Annette e closes dela conversando com clientes. Eram ótimas fotos e Annette estava incrível. Já o artigo era outra história.

O repórter optou pelo ângulo da livreira, favorecendo a *mulher* em vez dos *livros*. Eu teria concordado com um bom incentivo para empresas pertencentes a mulheres, mas a entrevista girou em torno de sua vida pessoal, e não de sua carreira.

O repórter parecia fazer conexões entre os livros favoritos de Annette e seu estado civil, escrevendo: "Não é nenhuma surpresa que esta amante de todas as obras de Jane Austen está esperando pelo cara certo. Quando questionada sobre suas próprias experiências românticas, a Sra. Cortassi se esquivou, mas depois admitiu que está 'completamente solteira'. "

Eu teria ficado bem com um simples "solteira". Eu poderia ter levado esse soco e continuar lutando, mas "completamente solteira" me nocauteou. Eu estava no chão, meus olhos cruzados e as estrelas girando sobre minha cabeça. Levei um minuto inteiro para me lembrar que a entrevista tinha acontecido *meses* atrás para voltar a meus pés.

Voltando o foco para o jornal, li os últimos parágrafos. Felizmente, não fiquei tentado a atravessar a parede com um soco enquanto lia, mas ainda me ressenti profundamente desse repórter. Pensei em escrever uma carta ao editor, reclamando da falta de profissionalismo daquele repórter. Os leitores mereciam algo melhor do que os repórteres que não viram nada mais do que o dedo anelar nu de uma mulher.

E eu queria falar com Annette sobre isso. Sobre o *completamente*. Íamos esclarecer algumas coisas, sim, iríamos. Não havia *solteira*, nem *completamente*, não senhor. Mesmo que a entrevista não tivesse descido bem, eu queria ouvir isso dela.

Eu empurrei minha cadeira e girei, de frente para a loja de Annette. Parecia que ela tinha alguns clientes lá, mas eu poderia entrar pela porta dos fundos e esperar até que ela terminasse. Nós conversaríamos, daríamos sentido a esse impasse e então eu levaria minha mulher para casa comigo. Mantendo-a em casa comigo.

CAPÍTULO DEZENOVE

ANNETTE

COAGULAÇÃO
s.f. Quando o soro se separa do restante.

A ÚLTIMA COISA que eu esperava ver esta tarde era minha mãe e minhas irmãs marchando pela vila como se estivessem invadindo praias. Minhas mãos congelaram sobre a pilha de livros no balcão enquanto eu as via caminhar até minha loja em roupas quase idênticas: calças de ioga, tênis neon, camisetas estampadas com o mascote da escola secundária regional e um monte de maquiagem.

"Quanto eu te devo, querida?" Cindy perguntou, me tirando do meu estupor induzido pela visita surpresa.

"Desculpe por isso", murmurei, piscando para o balcão. Eu adicionei as últimas seleções de Cindy e girei a tela do computador em sua direção. "Vinte e noventa e sete."

Ela pegou algumas notas da bolsa que mantinha presa ao cinto. Alguns chamariam de pochete. Cindy não era uma dessas pessoas. Ela chamava de bolsa cruzada e não tinha tempo para ninguém que tentasse corrigi-la.

"Tenho vinte e um dólares e dois centavos para você", disse

ela, deslizando o dinheiro na minha direção, "por um centavo de volta."

Eu empacotei seus livros, meu olhar continuamente passando por cima do ombro para minha família enquanto elas se aproximavam da loja. Consegui me convencer de que elas estavam na cidade por outros motivos além de me visitar. Talvez elas quisessem sorvete da fábrica de leite local ou desejassem alguma delícia de peixe frito do The Galley. Melhor ainda, elas estavam caminhando com a vista do porto hoje. Tudo perfeitamente razoável.

"Acho que você vai gostar deste", disse eu, apontando para o mais novo de uma série sobre uma família de vinicultores californianos atraentes e elegantes. "Quente. Muito quente. Mas com muito conteúdo também."

"Aposto que você está certa," respondeu Cindy, com um sorriso largo e os olhos brilhando de alegria por se perder em uma nova história. "Se você não se importa, vou ficar um pouco mais. Bisbilhotar. Ver se eu não consigo estourar todo o salário."

"Fique à vontade", eu disse com uma risada forçada. Não encontrava humor com minha família na calçada. Quando a campainha da porta anunciou sua chegada, fingi estar ocupada. Meu foco na caixa de novos lançamentos à minha frente, eu disse, "Logo te atenderei. Apenas olhando os novos títulos da próxima semana. Eu sei que um deles vai sumir das prateleiras e eu não poderei— "

"Não estamos aqui para falar sobre livros, Annette", disse Nella.

"Bom, não agora", acrescentou Lydia.

"Mas podemos falar sobre esse vestido bem rapidinho?" Rosa perguntou, ziguezagueando seu dedo em minha direção. "Porque o corte é bom, mas a cor é um crime contra o seu tom de pele. Juro por Deus, Annette, vou limpar seu armário um dia desses e me livrar de todo o pastel. Tons de bebê não funcionam para você."

"Você está certa", Nella murmurou.

Olhando para cima, eu me esforcei muito para fingir uma expressão de surpresa. Não que eu não gostasse de ver minha família. Eu gostava. Também gostava do tempo e espaço para me fortalecer mentalmente para essas interações. E vinho. Eu gostava de vinho.

"Ai meu Deus! O que vocês estão fazendo aqui?" Eu perguntei, segurando meus braços abertos, mas ficando atrás do balcão. Nem em um milhão de anos eu iria reagir ao comentário sobre meu vestido. Eu amava esse vestido rosa pálido e não iria me separar dele por nada. Minhas irmãs poderiam entrar em modo polícia da moda comigo e eu não dava a mínima para isso.

Eu segurei um grande sorriso enquanto minhas irmãs e minha mãe trocavam olhares sem palavras e pequenos encolher de ombros. Durou sólidos dois minutos, tempo suficiente para atrair a atenção de Cindy na seção de romance. Ela deu uma rápida olhada para elas e voltou o olhar para as prateleiras. Qualquer plano que elas haviam traçado no caminho para cá — porque elas sempre traçavam planos — não tinha ocorrido como elas queriam quando chegaram na loja.

Por fim, minha mãe perguntou: "Annette, você está namorando o Xerife Lau?"

Um ruído chocado e ofegante passou pela minha garganta, como se eu estivesse engasgando com uma risada. Eu não esperava esta visita, mas deveria ter esperado essa pergunta. Não olhei para Cindy ou para a seção de romance. Eu não conseguiria encontrar seu olhar por nada. "O quê? Sobre o que vocês estão falando?"

"Está vendo? Eu disse que era ridículo", disse Rosa, lançando um olhar penetrante para minha mãe e minhas irmãs. "Podemos ir agora?"

Voltei a mexer na caixa à minha frente. Eu não estava mentindo, não exatamente. Eu simplesmente não estava confirmando nada. Foi uma omissão, com certeza, mas eu precisava de mais tempo para formular minha abordagem com minha família. Se eu parecesse desinteressada e ignorasse as perguntas delas, isso me daria mais um mês ou dois. Era o tempo que eu precisava para preparar Jackson para um jantar-barra-inquérito da família Cortassi e rezar para que ele não corresse para longe e o mais rápido na direção oposta.

"Se você não está envolvida com ele, bem, isso é - isso é *bom*", disse minha mãe. "Um alívio, realmente."

"Um alívio?" Perguntei. Eu estava feliz por não ter dito nada. Assim, poderia ouvir o que elas realmente pensavam. Eu continuei remexendo o conteúdo da caixa como se exigisse extrema atenção aos detalhes. "Por que você acha isso?"

Rosa sorriu ao se aproximar de mim. "Não queremos que você se machuque."

"Ok," eu disse, arrastando a palavra para fora. "Não entendi muito bem, mas obrigada."

"Ele está simplesmente fora do seu alcance, querida. Não funcionaria a longo prazo", disse Rosa. "Pense a respeito. Se você for honesta consigo mesma, tenho certeza de que verá que estamos certas."

Gelo disparou em minhas veias, congelando-me onde eu estava. Rosa não era de fazer comentários indiretos, então ela não estava dizendo isso para me machucar. Ela estava dizendo isso porque acreditava. Parte de mim também acreditava nisso. Sempre acreditei.

"E depois de tudo o que aconteceu com Owen", acrescentou Nella. A careta em seu rosto dizia tudo. Ela não precisou dizer mais uma palavra, mas não pôde deixar de fornecer uma história comentada de meus erros. "Onde você ficava tentando forçá-lo e ele claramente não queria isso, e você não sabia como reconhecer um chega pra lábem na sua frente e passou alguns anos parecendo desesperada? Você não quer fazer isso de novo."

"Não quer mesmo", Lydia concordou. "Não importa o que

vocês dois estão fazendo. Você não deveria tentar forçar com o xe-rife, Annette."

Eu apontei um dedo para elas. "Você está sendo horrível agora. Você pode encerrar este caso a qualquer momento."

Nella cruzou os braços e me lançou um olhar presunçoso. Ela era boa nisso, ser presunçosa. Eu não poderia dizer que combinava com ela, mas certamente era uma habilidade que ela possuía.

"Estamos dizendo a verdade", argumentou Nella. "Preocupamo-nos com você. Não estaríamos dizendo isso se não nos preocupássemos."

"Quero dizer, há maneiras de passar seu ponto de vista sem ser horrível", eu disse, encolhendo os ombros. "Só estou dizendo."

"Falar a verdade às vezes dói. É como depilar sua vagina", disse Rosa. "E você parece realmente sensível para alguém que alega não estar namorando o xerife."

"Suas irmãs estão certas", disse mamãe, não deixando espaço para discussão. "O que quer que você pense que está acontecendo entre você e o xerife, é hora de deixar para lá. Vocês dois não combinam."

"Nem um pouco", Nella insistiu.

"Legal," eu disse impassível. "Não tenho certeza sobre tudo isso, mas obrigada por sua preocupação."

Eu queria discutir. Dizer a elas que não sabiam nada sobre mim e Jackson. Insistir que eu era digna de um homem como Jackson. Lembrá-las de que eu nunca as questionei ou seu valor relativo quando estavam namorando seus agora maridos.

Eu queria chorar. Sair andando, agachar em um canto escuro e chorar. A campainha da porta soou e eu respondi ao aceno de Cindy com um dos meus.

"Ele precisa de uma esposa e você não serve para esse tipo de coisa", Nella continuou. Caramba, eu queria jogar um livro na cabeça dela. "Você não cozinha, você não passa, você não não curte toda essa coisa de casa. Há muitas garotas legais por aqui que fariam isso por ele. Não o faça acreditar que ele deve se acomodar."

"Estamos apenas cuidando de você, Annette", acrescentou minha mãe. "Não queremos ver você correndo atrás daquele pobre homem como fez com Owen. Como Nella disse, era desesperador. Você não atrai um homem com desespero."

Suas palavras doeram, mas eu não iria deixá-las ver isso. Eu não iria deixá-las ver nada.

Eu queria discutir. Dizer a elas que não sabiam nada sobre mim e Jackson. Insistir que eu era digna de um homem como Jackson. Lembrá-las de que eu nunca as questionei ou seu valor relativo quando estavam namorando seus agora maridos.

Eu queria chorar. Sair andando, agachar em um canto escuro e chorar. Esquecer todas as farpas e comentários indiretos — os diretos também — e desabafar.

Eu queria Jackson. Eu queria me perder nele e em seu conforto implacável, e queria que ele me prometesse que elas estavam erradas. Mas agora eu sabia o que elas pensavam sobre mim e Jackson, juntos. O que elas diriam quando eu não estivesse junto. Eu sempre soube que seria assim, mas ouvir isso delas cimentou isso para mim.

Eu também queria educar minha família sobre os papéis de gênero na sociedade moderna. Eu não sabia de onde elas tiravam essa linha de pensamento. Eram momentos como esse que me fizeram questionar minha linhagem.

Em algum lugar nos confins da minha alma, eu encontrei um estoque extra de doçura e forcei o sorriso mais brilhante da minha vida. "Isso é o suficiente sobre fofocas malucas da cidade. O que é por um dia," eu disse, balançando minha cabeça com força. "O que vocês têm feito?"

Rosa mexeu no seu rabo de cavalo com um gemido exagerado. "Temos organizado nossas salas de aula durante toda a manhã", disse ela. "Minha sala estava um desastre."

Tudo fazia mais sentido agora. A roupa de ginástica, o corte mais recente da fábrica de boatos. Denise Primiani não iria ganhar nada de mim pelo resto do ano.

"Não consigo acreditar em quanto trabalho me resta antes do primeiro dia de aula", disse Lydia. "Eu estarei na minha sala de aula sem parar nas próximas duas semanas. Adeus praia. Adeus, férias."

"É a mesma coisa todos os anos", Rosa retrucou. "Pare de pensar que vai ser diferente porque você usa fita colorida para organizar suas caixas no final do ano."

"Por que foi tão ruim?" Perguntei. Foi uma pergunta honesta. Eu não entendia por que a configuração da sala de aula era uma experiência tão demorada toda vez que agosto chegava ao fim.

"Ah, Annette, você deveria ter visto," mamãe disse, esfregando a testa. "Todo o prédio foi pintado durante o verão e tudo estava em uma pilha no centro da minha sala. Cadeiras, escrivaninhas, livros, caixas, tudo. Foi como escalar o Kilimanjaro apenas para começar."

"Eu estava completamente convencida de que morreria em um deslizamento", acrescentou Nella. "É incrível que nenhuma de nós esteja presa sob uma pilha de mesas."

"Foi ruim, mas não pensei que fosse morrer", disse Rosa.

"Os verões que eles pintam, são os piores", respondeu a mãe. "Se eu não estivesse me aposentando no final deste ano, eu mesma teria pintado a sala e acabado com isso."

"Isso parece ... difícil", eu disse.

"Você não tem ideia", disse Nella. Ela estava balançando o dedo de novo e eu estava trabalhando mais que o necessário para manter minha expressão tranquila. "Honestamente, no entanto. Você não sabe nada sobre como preparar uma sala de aula para o primeiro dia de aula. Você tem tudo tão fácil, Annette."

Este livro estava praticamente me implorando para jogá-lo nela.

"Claro que não", respondi. "Que não entendo, digo. Eu realmente não entendo."

Lydia vasculhou a bolsa, dizendo distraidamente: "Temos que ir. Vamos nos encontrar com o resto do departamento de Artes da Língua Inglesa para o planejamento do alinhamento vertical e vamos nos atrasar se não sairmos agora."

"Ah, sim", disse Rosa, tocando as pontas dos dedos nas têmporas. "Winnie Walton me perguntou se você poderia recomendar alguns novos livros de ficção histórica para jovens adultos para sua unidade na Segunda Guerra Mundial. Eu disse a ela que não tinha certeza se você sabia alguma coisa sobre livros infantis."

Eu poderia aguentar algumas besteiras, mas essa era demais. "Eu sei sim," eu rebati. Eu apontei meu braço em direção ao lado esquerdo da loja. Uma cheia de livros infantis e para jovens adultos. "Muito. Diga a ela para passar aqui ou me mandar um e-mail. Tenho muitos títulos novos que seus alunos adorariam."

Rosa piscou para o recorte de Harry Potter em tamanho real no canto. "Sim, acho que sim", ela murmurou. "Hã. Eu nunca percebi isso."

"Rosa, você pode ter essa conversa outra hora. Eu sou a coordenadora da série este ano", disse Nella. "Não posso me atrasar para essa reunião."

"Meninas," mamãe repreendeu. "Encontro vocês no carro." Balançando a cabeça, ela se afastou de minhas irmãs e me encontrou no balcão. "Annette, querida, prometa-me que não vai perseguir o novo xerife. Se ele estiver interessado, ele virá até você."

"Mãe," eu disse, rindo de seu comentário. "Eu entendo o que você está dizendo. Em alto e bom som. Ok?"

Ela inclinou a cabeça para o lado, os lábios dobrados

enquanto ela me olhava. "Eu quero as melhores coisas para você", disse ela.

Eu também acreditava nisso. Ela queria que eu fosse feliz e tivesse tudo o que eu quisesse. O único problema era que ela também acreditava que eu deveria diminuir minhas expectativas e me enfiar em uma minúscula caixa de esposas. Quando comecei a falar sobre abrir uma livraria em Talbott's Cove, ela insistiu que eu ficaria contente em trabalhar na grande rede de livrarias fora da cidade. Ela argumentou que seria mais fácil, menos estressante, mais seguro. Eu teria um salário consistente e seguro saúde confiável, e entendi como ela estava pensando. Essa era a maneira de minha mãe cuidar - ser extremamente avessa ao risco.

Mas também tinha o efeito de atacar meu senso de ação.

"Eu sei que você quer, mãe", respondi.

Ela endireitou uma exibição de cartões de boas-vindas e cartões postais antes de recuar. "Tudo bem. O filho de Angie Dixon vai voltar para casa no mês que vem. Tenho certeza que você se lembra dele. Já que você *não está* namorando ninguém", disse ela incisivamente, "Vou falar com ela sobre vocês dois saírem."

Estendi a mão, tentando arrancar essa ideia dela. "Mãe"

"Não se preocupe com isso. Vou cuidar de tudo", prometeu.

Fiquei olhando para minha mãe enquanto ela saía da minha loja e caminhava pela vila. Com ela foi uma onda de adrenalina e eu encostei contra o balcão. Nem sempre era assim com minha família. Na maioria das vezes, elas me ignoravam, continuando suas conversas internas sem perceber a estranha. Mas haviam ocasiões em que eu tinha um clã de mães, cada uma com a intenção de me cuidar do seu jeito.

Não era apenas me infantilizar, no entanto. Era me minimizar, a maneira como elas me confinavam naquele minúsculo cubo e me diziam que era tudo o que eu poderia ter. Todo o resto, não era para mim. Muito grande, muito pequeno, muito ambicioso, fora do meu alcance. Isso me deixava vazia.

Abandonando os novos lançamentos, caminhei em direção ao depósito. Eu precisava de um pouco de água e um brownie porque brownies tornavam tudo melhor.

Em vez de um brownie, encontrei Jackson encostado na mesa. Era uma pose casual, seus braços cruzados sobre o peito, suas longas pernas esticadas diante dele e cruzadas nos tornozelos, mas foi sua expressão que me congelou na porta. Sua cabeça estava inclinada para baixo, seu olhar fixo no chão, mas distante, sua mandíbula cerrada. Seu colarinho estava aberto na base do pescoço. Eu encarei a pele dourada lá por um longo momento.

"Passei para dizer olá porque queria falar com você," ele começou, seu tom mais cortante do que qualquer faca, "e eu descobri que você não está namorando ninguém e sua mãe está te arranjando com outros homens."

Eu juntei minhas mãos e as coloquei embaixo do meu queixo, o único escudo que eu tinha desta guerra em duas frentes. De um lado estava minha família e sua insistência em eu não ser feita para um homem como Jackson. Eu poderia deixar de lado o amargor de suas palavras — e eu faria isso —, mas eu sempre saberia que elas acreditaram que ele estava se acomodando comigo. Que ele poderia — e deveria — ter alguém muito melhor do que a garota livreira que não possuía um ferro de passar. Não importava que elas estivessem erradas ou que eu tivesse descartado essa noção assim que elas surgiram. Elas nunca olhariam para mim e Jackson com nada menos do que um aperto de mãos exasperado e eu não tinha certeza se poderia continuar com isso sem me deixar sensível e ferida no processo.

Por outro lado, Jackson queria muito mais do que eu poderia imaginar. Ele queria todos os sinos e apitos de um relacionamento, mas eu não sabia como operar o sino mais básico e não conseguia encontrar meus apitos. Ele estava pronto para todas essas coisas e eu ocupada construindo uma ponte de açúcar fiado. Era uma conexão tênue e frágil entre mim e todas as minhas dúvidas e questões de sua crença ilimitada em nós.

No meio de tudo isso estava eu e a noção assustadora de que não fui feita para este homem. O que eu fiz para merecê-lo? Nada. Ele arrastou minha bunda bêbada para casa uma noite e eu empreguei meu talento ilimitado para tornar tudo estranho. Se não fosse por aquele encontro, teríamos continuado sem nos ver nus. Eu forcei isso, assim como fiz com Owen.

Ele se afastou da mesa e caminhou em minha direção, com quase um metro e oitenta de altura se elevando sobre mim. Eu sabia que ele não estava tentando me intimidar, mas eu já me sentia tão pequena depois da visita da minha família que não pude deixar de encolher ainda mais.

"Se não estamos juntos, Annette, você se importaria de me explicar o que somos?"

CAPÍTULO VINTE

SOVAR

v. O processo de empurrar a massa para baixo, puxando as bordas sobre si mesma e virando-a depois de atingir o ponto de dobrar de tamanho.

"SE NÓS NÃO ESTAMOS JUNTOS, ANNETTE", comecei, olhando

para ela, "você se importaria de me explicar o que somos?"

Ela arrastou os dentes sobre o lábio inferior e perguntou: "Quanto de tudo você ouviu?"

"É o melhor que você tem?" Perguntei. "Eu tive que ler sobre você estar completamente solteira no jornal de Portland e então ouvi você evitando todas as perguntas sobre o nosso relacionamento. Eu preciso que você faça melhor."

Ela balançou a cabeça e apertou as mãos entrelaçadas contra a boca. "Sinto muito. Eu sinto muito mesmo, Jackson. Eu gostaria de ter a coisa certa a dizer, mas você me pegou em um momento ruim e estou sem as coisas certas. Tudo o que tenho é errado. Na verdade, vim aqui para me fartar de chocolate. É com isso que estou trabalhando hoje, de tão errado que estou."

Enfiei meus dedos em meu cabelo enquanto a olhava, desesperado por mais. Só um pouco. Eu só precisava de uma dica de que estávamos no mesmo time, mas não estava tendo isso. "Então me ajude a entender", respondi. "Diga-me por que sua mãe está armando para você com o filho de Angie Dixon e você não está recusando. Eu quero entender isso. Eu quero um motivo para ficar em vez de abandonar tudo."

Annette começou a responder, mas se conteve, suas mãos segurando as palavras. Ela piscou para longe, seu olhar disparando para a mesa atrás de mim, a porta, as caixas no canto. Eu não entendia o que estava acontecendo aqui, mas não conseguia sair da minha raiva para descobrir.

"Eu não acho que posso te dar o que você precisa", disse ela finalmente. "Não agora, talvez nunca. Quer dizer, eu nem mesmo passo roupas. Sinto muito. Sinto muito por tudo."

"Você estava planejando ir adiante com esse encontro?" Eu perguntei, minha paciência muito além do limite. "Pelo menos me diga isso."

Ela escondeu o rosto nas mãos. "Minha mãe está sempre tentando me juntar com as pessoas. Eu sorrio e aceno com a cabeça, mas não dá em nada."

"É isso que você está fazendo agora? Sorrindo e acenando com a cabeça, e me deixando acreditar que estamos realmente num relacionamento intenso? Porque é assim que parece hoje."

Olhamos um para o outro por minutos inteiros, mas não nos movemos um centímetro mais perto de compreender nada. E talvez esse fosse o meu maior problema, além do "completamente solteira", a recusa em reconhecer que estamos juntos, o encontro às cegas. Não nos entendíamos e não podíamos mais transar para esquecer isso.

Essa percepção afundou em meu estômago como uma pedra. Eu não podia ficar aqui, não quando queria envolvê-la em meus braços e tirá-la daquele olhar perdido. E isso não era uma merda? Mesmo enquanto ela estava empurrando e empurrando, me afastando, eu a queria mais do que nunca.

"Se você um dia descobrir o que quer, me ligue", eu disse, recuando em direção à porta. Com uma mão na maçaneta, levantei a outra em um aceno. "E Deus me ajude, Annette, mantenha esta maldita porta trancada."

CAPÍTULO VINTE E UM

ANNETTE

FERMENTAÇÃO
***s.f. A mudança química em um alimento durante o
processo de cozimento em que as enzimas fermentam a
massa e acrescentam sabor.***

EU PASSEI o resto do dia atuando no piloto automático. Não
me lembrava das pessoas que passaram pela loja, do que conversamos ou de quais livros vendi. Mas consegui passar sem gastar
mais do que um ou dois minutos perdidos reconhecendo os
hematomas do dia.

Quando fechei a loja à noite, me joguei em uma das almofadas em forma de cogumelo na seção infantil. Lá, no silêncio
escuro da loja, senti aqueles hematomas. Os da minha família
mal registraram. Eram as sombras cinza-malva que iam e
vinham sem muita atenção.

Mas o de Jackson — o que eu causei — esse era diferente.
Era de um azul profundo com um vermelho intenso em torno
do ponto de impacto. Eu sentiria em cada respiração e movimento. A dor me despertaria do sono. Levaria meses para desaparecer e, mesmo assim, a dor latejaria por mim sem motivo.

Pensei em ligar para Jackson, explicando a bagunça em que ele entrou no meio esta tarde. Mas essa luta não era sobre a bagunça. Era sobre mim e todos os problemas que tinha para aceitar amor. Não apenas aceitando, mas cultivando, defendendo, mantendo. Eu sabia disso agora, sentada no cogumelo no escuro muito tempo depois de ele ter saído do depósito, mas não sabia como consertar.

Saber era uma coisa. Consertar era completamente diferente.

Eu poderia ligar para Jackson ou ir na sua casa e dizer: "Ah, oi você. Só para você saber, minha família verbalmente me deu um tapa na cara esta tarde e elas sempre vão pensar que você é bom demais para mim. Desnecessário dizer que eu estava em uma situação difícil quando você apareceu. Além disso, estou meio confusa porque não consigo entender uma afeição real e verdadeira e não sei como aceitar o que você está oferecendo de uma forma saudável. Você pode ter paciência comigo enquanto eu descubro?"

Eu poderia fazer isso, mas não acho que conseguiria ficar bem se Jackson dissesse não. E depois da maneira como eu reagi a ele, como ele poderia responder com outra coisa senão um sonoro não? Minha família foi horrível comigo e eu fui horrível com Jackson. Todo aquele horrível precisava de um lugar para ir e eu joguei na única pessoa que me *conhecia*, se *importava* comigo, me *escolheu*.

Em vez de ir conversar com Jackson, peguei meu telefone do chão ao meu lado. Deslizando a tela encontrei várias mensagens de Brooke. Nada de Jackson — meu motivo para manter o dispositivo por perto — mas isso não me surpreendeu. Ele deixou claro que estava esperando pela minha decisão.

Brooke: Podemos conversar?
Brooke: Não posso sair de casa esta noite. Você se importaria de vir aqui?

Annette: Você tem vinho?

Brooke: Claro.

Annette: Ok. Estarei aí em alguns minutos. Eu tenho que me recompor.

Brooke: Não se embeleze por minha causa.

Annette: Eu não estava planejando me embelezar, mas tenho que sairdo chão e encontrar minha bolsa.

Brooke: Por que você está no chão?

Brooke: Não. Não responda agora. Apenas venha. Estou na varanda com um balde cheio de pinot com tampa de rosca e queijo.

Annette: Deus te abençoe.

Brooke: Para esclarecer, o queijo está em um prato com biscoitos e nozes. O vinho está no balde. Eu não como queijo em baldes.

Annette: Provavelmente é melhor assim.

Brooke: Provavelmente.

"UM BRINDE", Brooke disse enquanto batia seu copo contra o meu.

Enquanto bebia meu vinho, olhei para a enseada. Ainda não estava escuro, mas aquele espaço sombrio entre o anoitecer e a noite que o obrigava a parar, olhar para o céu e se perguntar como qualquer outro momento do dia poderia ser tão grandioso. Mesmo agora, enquanto me afundava nesta cadeira de balanço de vime para lamber minhas feridas e entorpecer minha exaustão emocional, não podia deixar de amar esta pequena cidade.

"Linda noite, hein?" Brooke comentou.

"Sim", eu disse, apontando para o horizonte. Algumas noites de verão na enseada eram desagradáveis. *Insuportável* não começava a descrever a combinação de calor e umidade. Mas isto, esta noite, era a melhor que o verão tinha para oferecer. Ar fresco com uma suave brisa do mar. Os aromas do oceano e da floresta se misturando. Libélulas voando de flor em flor no jardim. Estrelas piscando no céu. "Você tem uma vista incrível aqui."

"Sinto não ter convidado você para uma visita recentemente", disse ela, ocupando-se com o queijo brie. "As coisas estão complicadas desde que voltei para casa."

Assenti. "Família é complicado. Eu sei tudo sobre isso", acrescentei.

Depois de uma longa pausa, Brooke disse: "Eu gritei com o seu namorado hoje. Talvez não estivesse gritando, mas foi uma conversa mais assertiva do que o meu normal."

"Não tenho certeza se ele é meu namorado no momento", murmurei.

"Espere. O que? O que está havendo?" ela perguntou, apoiando-se no braço de sua cadeira de balanço. "É porque eu gritei com ele?"

"Acho que não", respondi, "mas por que você estava gritando com ele?"

Ela ergueu um dedo. "Você me conta sua história e eu contarei a minha."

"Minha mãe e minhas irmãs me fizeram uma visita esta tarde. Foi um de seus programas habituais de 'nós te amamos, então vamos dizer coisas terríveis'. Revirei os olhos com tanta força que queimei calorias."

"Sobre o que?" Brooke indagou. "Eu quero saber sobre essas coisas terríveis para que eu possa contestar cada uma."

"Elas ouviram rumores sobre mim e Jackson," eu disse. "Elas não acham que combinamos."

"E por que diabos não?" Brooke perguntou, sua sobrancelha franzida. "Além de ficar com ciúmes por você ter roubado a costela enquanto elas têm que ir para casa comer carne moída, qual é a reclamação?"

"Elas afirmam que Jackson precisa de uma esposa para passar suas camisas e fazer caçarolas para o jantar." Eu apontei para mim mesmo. "E eu não sou qualificada em nenhuma das categorias."

Brooke acenou com a mão na frente do rosto enquanto piscava, processando minha resposta. "Desculpe, estou tão confusa agora. Estamos dizendo que o Xerife Lau, o ex-tenente durão da Polícia do Estado de Nova York, não é capaz de se vestir nem se alimentar? É um somatório correto dos fatos apresentados?"

Eu levantei minhas mãos. "Aparentemente, sim. Elas querem que eu saia do caminho das mulheres que podem fazer isso por ele, e também, eu sou patética e constrangedora porque tudo que eu faço é correr atrás de caras que não me querem."

Eu tentei manter uma atitude arrogante sobre isso. Tentei sacudir aquelas farpas de mim. Mas minha voz engasgou nessas três últimas palavras e lágrimas surgiram em meus olhos. Recusei-me a chorar, não porque não pudesse ser vulnerável com Brooke, mas porque minhas irmãs não mereciam tanta reação minha.

"E elas odeiam esse vestido", acrescentei.

"Juro por Deus", disse Brooke, erguendo a mão. "Eu quero jogar pedras nelas. Podemos ir agora? Por favor? Pelo menos me deixe cortar seus pneus. Sempre quis fazer isso."

"Talvez então você seria presa e eu poderia forçar uma interação com Jackson", eu disse, rindo e fungando.

"Eu seria presa por você qualquer dia. Duas vezes no dia se fosse o Jackson colocando as algemas", disse ela. "Ok, então você me contou sobre as meias-irmãs do mal—"

"Elas não são *meias*-irmãs", argumentei.

"Não me importo", respondeu Brooke. "Elas agem como meio-irmãs malvadas. Você é a Cinderela delas. É desagradável e eu quero cortar os pneus delas depois que você explicar por que isso significa que você está brigada com Jackson."

Peguei o vinho e completei nossos copos. "Ele escutou parte da conversa. A parte em que não fiz objeções quando minha mãe decidiu que iria me arranjar um encontro. Provavelmente mais. Com a minha sorte, tenho certeza que ele ouviu a maldita coisa por inteiro e registrou todas as vezes que deixei minhas irmãs acreditarem que nada estava acontecendo entre nós."

"É, essa foi uma jogada brilhante", disse ela.

"Obrigada. Sério, muito obrigada. Eu precisava de alguém para cristalizar isso para mim."

Brooke se recostou na cadeira e cruzou as pernas. "Eu só estou me perguntando por que você não disse a elas para parar de se meterem na sua vida. Mesmo que Jackson não tivesse ouvido nada, isso teria abordado a questão de sua família serem agitadores de merda bêbados em sua própria bosta."

"Porque é mais fácil ignorá-las do que responder", respondi. "Cada família tem seus problemas. A minha é cronicamente ofendida por tudo o que eu faço. Isso significa que vou cortá-los da minha vida, nunca mais falar com eles? Não. Isso significa que eles vão ouvir se eu falar um monte e insistir para eles pararem de falar merda? Também não. Tenho que fazer as pazes com quem eu sou e quem eles são, e parar de permitir que seus problemas me afetem. Não importa o que eles pensam sobre minhas roupas ou meu trabalho, e não importa se eles pensam se eu sou boa o suficiente para Jackson ou não."

Brooke traçou a borda do copo antes de dizer: "A única diferença entre você e Cinderela é que a Cinderela tentou dar o fora do sótão quando o príncipe apareceu com o sapato de cristal. Você está sentada aqui comigo e um balde de vinho. Parece que você escolheu mal."

Olhei para ela sem expressão. "Você me chamou aqui para conversar.

Você esqueceu essa parte?"

"Não mesmo", respondeu. "Mas se você tivesse dito que tinha que resolver alguns assuntos urgentes com o Xerife carne de primeira, eu teria entendido." Ela levou a mão ao peito. "*Eu sou* uma boa pessoa. Ao contrário das suas irmãs vadias, *eu* realmente me importo com você. E também estou vivendo indiretamente através de suas aventuras com aquele pedaço de mal caminho, mas ainda sou uma boa pessoa."

"Uma boa pessoa que gritou com Jackson hoje", acrescentei. "O que foi que aconteceu?"

Brooke desviou o olhar, mexendo no prato de queijo entre nós. Ela soltou um suspiro, tomou um gole de vinho e voltou sua atenção para o prato. Ela ficou quieta por um ou dois minutos, concentrada apenas em libertar as uvas de seus caules.

"Eu gritei com Jackson porque ele me disse que meu pai não está bem", disse ela lentamente. "Ele tem razão. É por isso que gritei com ele. Papai não está bem e eu não sei o que fazer."

Estendi a mão e agarrei a mão dela. "Eu sei, mas vamos descobrir."

Os detalhes eram nebulosos, mas eu sabia o suficiente para preencher muitas das lacunas. Eu costumava ver o juiz Markham na vila todos os dias, mas nos últimos dois anos ele parecia ter desaparecido.

Ele costumava descer, pegar um jornal e lê-lo de capa a capa no balcão de DiLorenzo enquanto comia seu pedido padrão de ovos fritos e panquecas para acompanhar. Ele sempre comparecia à reunião do conselho municipal muitas vezes com monólogos de minutos de duração sobre leis e regulamentos, história local e como as coisas costumavam ser por aqui. Mas ele passou a se recolher em seus jardins, tomava seu café da manhã em casa, faltava às reuniões. E então Brooke voltou para Cove, deixando uma grande carreira e uma grande vida em Manhattan. Por mais próximos que fossemos, ela ainda não havia mencionado o motivo de seu retorno.

Mas não importava se eu tinha a história completa ou não. Brooke era minha amiga e eu poderia apoiá-la sem obter um relatório completo dos problemas.

"Você tem certeza?" Brooke perguntou, sua voz tremula.

"Sim. Tenho certeza. Entre nós duas, podemos resolver qualquer problema", respondi.

"E Jackson. Precisamos dele", acrescentou ela, piscando para afastar as lágrimas. "Você vai ter que acertar as coisas com ele porque ele é bastante útil e vou continuar a pressionar por um relacionamento a três."

"Vou ver o que posso fazer", disse a ela.

"Você pode fazer melhor do que isso", Brooke retrucou. "Você é fabulosa pra caralho e quando você é fabulosa pra caralho, você pega o que quer sem se desculpar."

Nós ficamos lá, nossas mãos apertadas contra as batalhas internas à nossa frente, e esvaziamos duas garrafas de vinho. Nós fomos ao banheiro em algum momento, e para pegar mais queijo em outro. Não falamos de novo sobre o pai dela, Jackson, ou minha família, em vez disso, dedicamos nosso tempo a discutir nossa afeição compartilhada por uma coleção aposentada de batons e se deveríamos tirar um tempo para fazer compras em Portland no próximo mês. Ela precisava de alguma coisa chique para seu computador, eu precisava de um prato de torta mais fundo. Foi a mais superficial das conversas, mas precisávamos desse tipo de desatenção esta noite.

Se amigos serviam para alguma coisa, eram para suavizar as arestas mais duras da vida, fazendo pouco mais do que estar lá com um balde de vinho e conversas fáceis.

"Estou triste que a estação dos vestidos de verão acabará em breve", disse eu. "Mas também estou animada para a temporada de botas. E de camisola longa. É mais complicado do que a estação de vestidos de verão, mas é basicamente um jogo de misturar jeans e leggings com botas e suéteres. Botas e suéteres longos são os melhores."

Brooke gesticulou em direção ao short laranja desbotado e a camiseta surrada de Yale. Só ela poderia fazer aquele estilo valer a pena replicar. "Eu também."

"Vamos comprar calças de ioga compridas para você", eu disse. "Algumas botas também. Vamos chamar de chique fechado."

"Falando em sapatos, quero voltar para aquele príncipe e o sapatinho de cristal", disse Brooke, erguendo um dedo. "Podemos falar sobre isso? Não a parte sobre você sentir que merece suas irmãs cagando em sua vida amorosa ou você afastando Jackson porque você acreditou em suas besteiras, mas o sapato em si. Quem em sã consciência usaria um sapato de vidro? Você já quebrou um salto?" Ela não esperou pela minha resposta, em vez disso disparou. "É fodidamente desastroso. É como uma explosão em alta velocidade. Um minuto, você está dirigindo tranquila. No próximo, você está desviando de cinco pistas de tráfego intenso e provavelmente parando dentro de uma vala. Adicione um salto de vidro à mistura e eu estou acabada. Honestamente, a parte mais irreal da Cinderela não é a fada madrinha ou os pássaros costureiros ou o cara que não reconhece uma mulher com quem ele saiu a noite toda, são os malditos sapatos de vidro."

"Você tem uma opinião muito forte sobre isso", disse eu, rindo. "Sim! Meu maior medo é pisar em vidro. Porque eu

eu me colocaria em posição de me esfaquear intencionalmente nos pés?"

Eu sorri para ela, encolhendo os ombros. "Apenas não é seu conto de fadas, querida. Não significa que você não terá um."

CAPÍTULO VINTE E DOIS

ANNETTE

CATALISADOR
adj. Um ingrediente que ajuda a realizar mudanças sem que ele mesmo seja mudado.

OS OM de sirenes me tiraram de um sono profundo. Eu pulei na posição vertical, piscando na escuridão enquanto tentava me lembrar onde estava e quanto tempo tinha dormido. Voltou para mim em pedaços. A caminhada da casa de Brooke para casa. Caindo na minha cama, totalmente vestida. Prometendo a mim mesma que me levantaria, lavaria meu rosto e colocaria meu pijama depois de chorar por alguns minutos. Parecia um bom negócio, já que não havia chorado uma vez sequer hoje. Mas em vez de derramar algumas lágrimas delicadas e seguir em frente com a vida, caí em soluços de arrepiar a espinha. Não era sobre Jackson ou minha família ou os problemas enfrentados por Brooke, mas tudo, todas as feridas que eu tinha guardado. Eu não tinha certeza se todo aquele choro produziu algo mais do que uma boa purga emocional e dor de cabeça para acompanhar, mas tudo bem. Tinha deixado sair e isso era melhor do que segurá-lo.

Empurrando da cama, minha palma achatada contra minha testa para manter as batidas sob controle, fui até a janela. Era incomum ouvir sirenes, a menos que houvesse um incêndio, mas as portas do caminhão estavam fechadas. Então eu percebi luzes piscando à distância. Três SUVs saíram correndo de trás da estação e atravessaram a vila. Meu coração disparou e meu estômago seguiu o exemplo. Saber que Jackson estava em um daqueles SUVs e correndo em direção a algo potencialmente perigoso me deixou bem acordada.

Como ainda estava vestida, coloquei um par de chinelos, peguei meu telefone e as chaves e saí. Eu não estava sozinha. As sirenes não soavam às três da manhã sem trazer a cidade inteira para as ruas. Éramos muito intrometidos aqui em Talbott's Cove. E eu não conseguiria voltar a dormir sem confirmar que Jackson estava bem. Eu precisava saber se ele estava bem.

Eu fiz meu caminho em direção à estação, trocando encolher de ombros e bocejos confusos com meus vizinhos. Ninguém sabia o que estava acontecendo, mas todos tinham teorias. Acidentes de carro, disputas domésticas, animais selvagens na porta dos fundos. Tudo isso era plausível.

Cindy se aproximou pesadamente de mim com um walkie-talkie preso na gola do moletom e sua bengala na mão, e estendeu um xale. "Vamos. Pegue isso. Você vai morrer sem isso, querida."

Aceitei o xale e uni meu braço ao dela. "Obrigada", eu disse. "Sabe de mais alguma coisa?"

Seus lábios se dobraram em uma linha fraca enquanto ela balançava a cabeça. "Nada", disse ela. "Mas eu sei que nosso xerife estava em patrulha esta noite, ele e os outros meninos também. Ele queria todos a disposição."

"Ele faz isso com frequência?" Eu perguntei, examinando a multidão novamente.

Cindy cantarolou para si mesma. "Ele está aqui há pouco tempo", disse ela. "Ainda estou aprendendo seus métodos."

Em outras palavras, não.

"Não faça essa cara," censurou Cindy. "Levei vinte anos para aprender o último chefe. Sou uma aprendiz lenta. Não como você, pegando coisas novas como mágica."

"Mágica?" Eu perguntei, rindo. "Nenhuma mágica aqui."

"Não seja boba", disse ela, batendo no meu braço. "Você aprendeu sozinha como abrir um negócio e agora faz quanto tempo? Seis, sete anos?"

"Quase sete", respondi.

"E não se esqueça dos doces. Meu senhor, ganhei umas gordurinhas a mais desde que você começou a visitar o xerife. Se você se casar com ele, eu não caberei mais no meu biquíni."

"Eu desisti do meu", eu disse com uma risada. Eu não iria tocar no comentário sobre casamento nem com um rolo de mármore. "Ninguém reclamou ainda."

"Você tem um dos bons", disse ela com um sorriso conhecedor. Comecei a brincar sobre os bombeiros cobiçando-a, mas ela bateu no meu braço novamente. "Suas irmãs são chatas e usam muita maquiagem. Pra que tanto bronzeador? É simplesmente bobo. Não dê ouvidos a elas."

Eu olhei para ela, estudando as linhas de riso ao redor de sua boca e olhos. "Eu tento não dar."

"Não dê ouvidos à sua mãe também. Ela é tão ruim quanto com o bronzeador e tem um galho no traseiro. Não sei de onde veio, já que sua avó é uma santa, mas está alojada lá em cima", continuou Cindy. "Mas o nosso xerife, vá em frente e escute ele. Ele sabe o que quer e sabe que você é uma em um milhão."

"Estou trabalhando nisso", disse eu, batendo meu ombro contra o dela.

Luzes piscando abriam a noite enquanto uma caravana de veículos policiais dirigia pela vila. "Eles estão voltando", disse Cindy. "Vou entrar e colocar as coisas em ordem. Quem sabe do que eles vão precisar quando chegarem aqui." Ela deu um passo à frente, seu braço ainda ligado ao meu. "Vamos lá. Você pode esperar no escritório do xerife. Ele odiaria se eu deixasse você aqui no frio."

"Cindy, quase não há brisa", argumentei. "Estou bem aqui."

Ela agitou as mãos, quase arrancando meu olho com sua bengala. "Ele iria querer você lá dentro."

Antes que eu pudesse responder, o SUV de Jackson entrou no estacionamento com quatro veículos policiais imediatamente atrás dele.

"É hora de eu fugir", chamou Cindy. Ela me lançou um olhar maligno e saiu mancando. "Entre quando estiver pronta."

A multidão se aproximou quando Jackson saiu de seu veículo. Ele parecia bem e ileso, todos os membros intactos e nenhum sangue à vista. Juntei as pontas do xale em meu punho, segurando-o o mais forte possível para evitar que eu desabasse de alívio.

Jackson espalmou a mão contra a porta do banco de trás enquanto conversava com os policiais reunidos ao seu redor. Eles pareciam estar traçando estratégias, olhando entre si e em direção ao prédio de segurança pública. Era a hora errada para se fixar na maneira como as calças do uniforme abraçavam sua bunda e coxas, mas eu estava fazendo isso de qualquer maneira. Sua postura — forte e assertiva com os pés afastados e ombros para trás — me fazia salivar. Eu queria ir até ele e consertar tudo agora. Eu também queria arrancar minha calcinha fora, mas isso não era novidade quando se tratava de Jackson.

Atrás de mim, ouvi alguém dizer: "Pode ser o garoto do Fitzsimmons."

"Foi o que pensei", concordou outro. "Nada além de problemas, aquele lá."

"Ele nunca foi um bom menino", alguém acrescentou. "Problemas com ele desde o início."

"São esses pais hoje em dia", acrescentou uma quarta voz. "Muito permissivos. Sempre querendo ser amigos. No meu tempo dizíamos 'criança mimada é criança estragada.' Sem mimos na minha casa e meus meninos cresceram bem."

"Ele está na reabilitação", disse um vizinho irritado. Parecia JJ Harniczek, mas eu estava muito ocupada prestando atenção em Jackson para me virar e verificar minhas suspeitas. "Você deveria dar algum crédito ao garoto. Ele está trabalhando nisso, está tentando largar o vício. Não é fácil. Vocês se acham tão bons e santos, por que não guardam seus julgamentos para a sua próxima conversa com Deus, hein?"

Após uma pausa, alguém disse: "Talvez seja o Lincoln. Eu amo o cara, mas ele é um bêbado raivoso."

"Não, isso não é verdade. Eu nunca vi nada igual."

"Todo mundo sabe que há problemas naquela casa. Sempre brigando, sempre saindo irritado de casa. Ele enfiou o punho pela janela alguns anos atrás. Você se lembra disso, não é?"

"Não é o Lincoln", respondeu o vizinho irritado. "Vocês precisam parar com essa merda agora. É melhor voltarem para a cama para que vocês possam continuar reclamando confortavelmente."

"Quem pode dormir com todo esse barulho? E as luzes? Meu Deus, eles precisam fazer todo esse estardalhaço?"

"Por que eles simplesmente não abrem a porta? O que eles estão esperando?"

"Ouvi dizer que o encontraram na pousada dos Nevilles. Não entrou em casa ou chegou perto do bebê, graças a Deus, mas estava armado."

"Aquelas pobres pessoas. Eles passaram por tanta coisa." "Eu não poderia continuar, sabendo que um dos homens que mataram minha família inteira ainda esta à solta. Não poderia fazer isso de jeito nenhum. O estresse sozinho me mataria."

"Pode não estar mais à solta."

"O xerife tem passado muito tempo lá recentemente. Na pousada. Ele manteve uma boa vigilância naquele lugar. Provavelmente salvou aquela família de outra tragédia."

"Tinha minhas dúvidas sobre este xerife, mas ele é bom. Só espero que ele dure."

"Quieto, quieto, algo está acontecendo", alguém sibilou.

Os policiais se aproximaram de Jackson enquanto ele abria a porta do banco de trás e estendia a mão para pegar o prisioneiro. Eles se dirigiram para a delegacia, Jackson caminhando com uma mão nas algemas no pulso do prisioneiro, a outra em seu ombro.

As perguntas e murmúrios continuaram ao meu redor, mas parei de ouvir quando o olhar de Jackson encontrou o meu por um segundo.

Por aquele único segundo tudo estava bom e certo e ele iria voltar para mim e eu consertaria tudo.

Mas ele desviou o olhar, virando seu olhar duro e queixo igualmente duro em direção à estação e todas as minhas dúvidas voltaram. Então ele desapareceu dentro. A multidão permaneceu fora da estação por um tempo, trocando teorias e rumores enquanto notícias gotejavam dos vizinhos dos Nevilles. Alguns alegaram que o perpetrador estava dentro da pousada, outros insistiram que ele foi detido perto da pousada. Foi dito que havia um esconderijo de armas e facas encontradas na floresta. Também foi dito que havia um saco com corda e fita adesiva. Falou-se em ligar para o FBI e depois um debate acalorado sobre manter os federais fora de nossa cidade.

Ninguém sabia todos os detalhes, mas uma coisa estava decidida: A Talbott's Cove iria manter Jackson Lau. Quaisquer dúvidas que os habitantes da cidade ainda nutrissem em relação a este xerife de outro estado se foram. Ele era nosso agora.

E tudo que eu queria era chamá-lo de meu.

CAPÍTULO VINTE E TRÊS

LAMINAÇÃO

s.f. Uma preparação que consiste em muitas camadas finas de massa separadas por manteiga, produzida por dobras repetidas e enroladas.

EU ESTAVA MORTO DE CANSAÇO. Não dormia há dois dias, não conseguia me lembrar de minha última refeição ou banho e não sabia de quem era a camisa que estava vestindo. Minha barba estava começando a ficar gigante. Eu estava indo com a corrente, café e adrenalina servindo como minhas únicas fontes de energia. Não havia outra descrição para meu atual estado de existência.

Mesmo que conseguisse me arrastar para casa agora que a poeira estava baixando, não suportaria uma casa vazia. Cada cômodo estava cheirando a memórias de Annette e eu não poderia ir lá sem sair e dirigir direto para ela. Eu queria o conforto de Annette mais do que qualquer coisa. Eu queria, mas não tinha certeza se poderia tê-lo, reivindicá-lo como meu.

Continuei levando, seguindo da melhor forma que podia.

Antes de me estabelecer em Talbott's Cove, eu acreditava

que a vida aqui seria mais lenta. Sem a agitação louca da cidade, tinha que ser. Cidades pequenas como essa não experimentavam ciclos contínuos de crime e violência.

Até certo ponto, eu estava certo sobre o ritmo de vida. Em vez de investigar assaltos e homicídios, meus dias eram gastos mediando disputas entre vizinhos e resgatando cães em poços. Essa mudança fazia toda a diferença para mim. Mas esta pequena cidade não estava imune a nada.

A equipe de agentes do FBI estacionada na minha sala de conferências provava isso.

Eles estavam ocupados coletando evidências forenses na pousada, debruçados sobre os registros de minhas recentes visitas aos Nevilles e entrevistando quase metade da cidade. Eles já haviam transportado o prisioneiro para uma instalação federal em Vermont, o que era um fardo a menos para a minha pequena estação. Talbott's Cove não tinha o tipo de instalação de alta segurança necessária para prender um suspeito que escapou duas vezes da custódia do estado.

Passei pela sala de conferências a caminho de meu escritório, saudando os agentes com um breve aceno. Alguns de meus residentes discordavam, mas estava entusiasmado por ter os federais aqui. Sem disputas de poder do meu lado. Na minha opinião, eles tinham um conjunto mais amplo de recursos à sua disposição para construir o caso contra o atacante dos Nevilles e eles eram os mais adequados para lidar com o assunto.

Recebi uma ligação assim que me sentei na cadeira. Nos dois dias desde que prendi o atacante, meu telefone não parou de tocar. Entre repórteres sedentos por detalhes e oficiais do estado oferecendo assistência e insistindo para que eu fizesse de Talbott's Cove minha casa a longo prazo, eu falei até ficar rouco. Apreciava a onda de apoio de fora da cidade, mas era o apoio local que realmente importava. Eu odiava que tenha sido necessário frustrar um ataque mortal para ter a Enseada me apoiando como xerife, mas eu não iria reclamar.

"Xerife Lau", respondi.

"Ouça bem, xerife, porque só vou dizer isso uma vez", disparou a voz de Brooke Markham. "Levante a sua bunda da cadeira e vá atrás dela."

Uma risada surpresa explodiu de meus lábios. "Como é que é?"

"Eu disse para você ouvir", ela repreendeu. "Honestamente, se você não fosse carne de primeira, eu teria acabado com você agora."

"Entendo", respondi, sem saber mais o que dizer. Precisando de algo para ocupar minhas mãos, peguei meu café morno.

"Na verdade, você não entende absolutamente nada", disse ela. "Você não percebe que você e Annette estão remando em velocidades diferentes e, em vez de avançar, estão girando em círculo. Mas isso não significa que você precisa parar de remar, cara. Isso significa que você precisa acompanhar o ritmo dela, deixá-la acumular força e resistência para chegar no seu ritmo. Pare de focar em suas deficiências e comece a reconhecer seu progresso."

Tomei um gole do café. Tinha gosto de terra. "Obrigado por este insight, Brooke."

"Não. Não, não é assim que vai acontecer", disse ela. "Você vai consertar essa merda."

Com um suspiro, inclinei minha cabeça contra minha palma. "E como você recomenda que eu faça isso? Se você não percebeu, estou no meio de uma grande investigação aqui."

"Minhas fontes me disseram que o FBI tem tudo sob controle e eles estarão fazendo as malas no final do dia", ela respondeu. "Você fez sua parte, xerife. Você pegou o cara. Agora, vá pegar a garota."

"Brooke, eu admiro sua tenacidade e lealdade para com Annette-"

"Você quer falar de lealdade?" ela interrompeu. "Vou contar uma pequena história sobre lealdade. Annette é minha melhor amiga em todo o mundo. Ela é minha irmã, talvez não pelo sangue, mas por todos os outros padrões que importam. Acredite em mim quando digo que mataria por ela."

"Não me diga isso", eu disse, gemendo. "É verdade", gritou ela.

"Você ainda assim não deveria me dizer isso."

"Só estou dizendo que faria qualquer coisa por aquela garota. Mas suas irmãs verdadeiras? São vacas miseráveis e ciumentas. Elas foram à loja dela outro dia e tiveram acessos de raiva feito crianças porque ouviram que vocês dois estavam juntos."

"Por que isso importaria para elas?" Eu perguntei, sentando-me reto. "Por que elas estariam irritadas com ela?"

"Como eu disse, são vacas miseráveis e ciumentas", respondeu ela. "Elas sabem que você é carne de primeira e não querem que Annette tenha você. Elas disseram coisas horríveis sobre ela ser patética e desesperada por correr atrás de você, e como ela precisava sair do caminho porque você precisava de alguém com uma receita decente de caçarola de macarrão de atum. E é por isso, meu amigo, que você ouviu Annette dizer a sua mãe que vocês dois não estão apaixonados e não vão se casar e ter muitos filhos. "

Bati minha mão na mesa enquanto me levantava. "Isso é pura asneira", eu rosnei. "Suas irmãs? Suas *irmãs* disseram isto?"

"E isto traz-me de volta a meu ponto original sobre lealdade," Brooke disse com um estalar de língua. "Eu sei que eu posso ligar para *ela* no seu pior dia e ainda assim ela estará lá para mim. Não há nada que eu não faria para minha menina e essa é a razão para esta ligação."

Pausando, eu girei para olhar a vila pela minha janela. O sol brilhava em um ângulo que impedia minha vista da loja de Annette, mas eu prestei atenção ainda assim, esperando por um relance dela. Eu não havia me permitido isso desde que saí tempestuosamente pela porta traseira de sua loja e agora não poderia desviar o olhar. Eu era atraído por ela como um campo de força, uma atração magnética que não fui capaz de ignorar desde a minha primeira manhã nesta cadeira. O que me fez pensar que algum dia seria capaz de resistir a isso? Resistir a ela?

Eu não podia e não queria. Eu amava Annette completamente. Eu amava seu calor e a alegria que ela encontrava em coisas tão simples como um lindo mirtilo ou encontrar o livro certo para alguém. Eu amava seu lado doce e seu fogo, minha própria bola de fogo. Amava a maneira como ela se dedicava à panificação, à livraria e aos amigos. E a mim. Eu amava o jeito que ela havia se entregado a mim sem pedir nada em troca.

Mas esse era o problema, não era? Ela não pedia nada em troca. Ela não esperava nada. Ou ela não sabia como exigir ou achava que não merecia, e eu falhei em consertar esse erro no momento mais crítico. Eu não iria falhar novamente. "Me diga o que fazer."

Uma risada gutural cruzou a linha. "Muito bom. Vamos começar com respostas táticas de curto prazo e avançar para soluções estratégicas de longo prazo. Você vai querer anotar isso."

CAPÍTULO VINTE E QUATRO

PARCIALMENTE PRONTO
adv. Refrigerar uma mistura até engrossar com a consistência de clara de ovo sem bater.

Brooke: Vamos ao The Galley esta noite.

Annette: Não posso. Fui banida para a vida.

Brooke: Ninguém nunca foi banido do The Galley, certamente não você. Encontre-me lá por volta das 7, ok? Não me faça beber sozinha.

Annette: Eu te amo, mas não sou boa companhia para lugares cheios. Talvez vinho em sua casa?

Brooke: Eu quero estar perto de pessoas esta noite.

Annette: E eu queria experimentar uma receita de torta de creme esta noite.

Brooke: Espere, você falou com Jackson?

Annette: Ainda não. Por quê?

Brooke: É quê...

Annette: Sim.

Brooke: Deixa pra lá! Passei muito tempo na companhia de meninos de fraternidade.

Brooke: Nem pense em me abandonar. Vou até sua casa e arrasto você para fora da cozinha.

Annette: Entendido, mas esteja ciente de que você está pagando as bebidas esta noite.

Brooke: Pode deixar, garota.

ANTES DE SAIR para encontrar Brooke no The Galley, folheei meu calendário e contei os dias desde minha última visita. Quarenta e dois. Eu deveria ter sido capaz de estimar isso sem contar batendo a ponta do dedo contra cada quadrado, mas não pude acreditar que tanto tempo — e tão pouco — havia passado desde aquela noite.

Lembrei-me da dor de tremer o queixo que me enviou em busca de um analgésico líquido. Parecia uma dor real e palpável, algo que eu poderia envolver minhas mãos. E talvez tivesse sido. Olhando para trás, eu mal conseguia alcançar aqueles sentimentos de tristeza, perda, humilhação. Eles estavam lá, mas não eram o mesmo que a punhalada áspera de arrependimento que experimentava cada vez que meus pensamentos vagavam para Jackson.

Eu deveria ter lidado com as coisas de forma diferente. Eu sabia disso agora. Era possível que eu sabia no momento que ocorreu, mas eu estava machucada pela interação com minha família e não disse as coisas certas. Em vez disso, corri na direção oposta das coisas certas e agora estava ocupada traçando meu caminho de volta.

Não havia planos nem receitas para consertar as coisas com Jackson. Eu havia passado os últimos dias folheando livros de receitas e navegando em blogs de comida para encontrar o doce que dizia "Sinto muito e quero consertar as coisas, mas também estou com medo e não sei como."

A comida era mágica assim. Com um único prato, podia-se

dizer um milhão de coisas diferentes. *Bem-vindo ao lar. Parabéns! Case comigo. Feliz aniversário. Meus pêsames. Melhore logo. Sinto muito. Eu te amo.*

Eu testei algumas receitas na noite passada na esperança de tropeçar na combinação perfeita de afeição, conforto e doce. Bolo de chocolate, pão de banana, éclairs. Nenhum deles estava certo e eu não poderia ir até Jackson até que acertasse. Até que eu envolvesse meu amor por ele com os ingredientes secos e soubesse que ele seria capaz de sentir o gosto em cada migalha.

Antes de fechar a loja à noite, recebi uma mensagem de Brooke.

Brooke: Estou atrasada. Guarde um lugar no bar e logo estarei aí.
Annette: Está tudo bem?
Brooke: Tudo bem. Lidando com coisas em casa.
Annette: Podemos remarcar. Ou posso ir para aí. Como preferir.
Brooke: Pare agora mesmo. Estarei aí daqui a pouco. Inho. Pouquinho.

Com esse conhecimento, peguei dois novos livros de receitas e coloquei-os em minha bolsa. Talvez eu encontrasse a Pedra de Roseta dos pastéis em um deles. Assim que fechei a loja, fui para a cena do crime original — The Galley. Eu havia voltado, com a cabeça erguida, e Owen e Cole apareceram não mais de dois minutos depois que eu me acomodei em uma cadeira no bar.

Claro.

Mas não era apenas meu ex-namorado falso e seu namorado. A cidade inteira, ou assim parecia, estava no The Galley hoje à noite.

JJ Harniczek lançou um apoio de copo em minha direção, o quadrado de papel girando ao escorregar pelo balcão. "Quanto tempo," ele observou. "Levou todo esse tempo para curar a ressaca?"

Eu enfiei minha mão na bolsa para pegar um dos livros e coloquei na minha frente. "Eu vou ler meu livro até que Brooke apareça," eu disse batendo minha palma na capa. "Nós não temos que falar sobre vodka e outras memórias ruins."

"Bam Bam está vindo?" JJ perguntou com uma piada. "Vou realmente precisar do xerife esta noite. Uma de vocês, bom, já é um tipo de problema. Vocês duas juntas? É problema em dobro. Muito mais. Devo ligar para ele agora ou esperar até que você esteja boazinha e chapada?"

Eu não queria encontrar Jackson nesses termos novamente. Eu não queria que ele viesse em meu resgate e me recompusesse quando eu era capaz de me resgatar sozinha, me recompor.

Eu dei a JJ um olhar nada impressionado e abri meu livro. "Faça-se útil. Vá me servir um pouco de pinot grigio," eu disse, sacudindo minha mão em direção às garrafas alinhadas atrás dele.

JJ apoiou os antebraços no bar e se inclinou para a frente. "Você costumava ser uma boa menina", disse ele. "Toda certinha e apropriada, mantendo seus sapatos engraxados e seu nariz limpo." Ele me olhou, como se me visse pela primeira vez. "Você não é mais tão boazinha, não é?"

"Tenho certeza de que pinot grigio é a bebida oficial das boas meninas em todos os lugares", respondi.

Ele balançou a cabeça enquanto se afastava do bar. "Você mudou desde a última vez que seu traseiro aqueceu esse assento", disse ele. "Não é mais tão boazinha."

Não refutei o comentário de JJ. Eu não queria abordar nenhuma mudança — real ou não — que eu havia experimentado nos últimos 42 dias. Em vez disso, folheei meu livro, bebi meu vinho e tentei o meu melhor para não olhar para Cole e Owen. Tentar não era igual a ter sucesso.

Eu não os estava observando por fascinação mórbida ou

ciúme inútil. Eu estava observando porque não sentia nada por eles. Eu não tinha sentimentos ou conexão romântica com Owen, não agora e não antes. Havia pouco mais do que familiaridade entre nós e minha esperança equivocada de que a familiaridade floresceria e daria frutos.

O fato de eu ter sobrevivido por tanto tempo com tão pouco serviu apenas para me lembrar que estava acostumada a implorar por restos. Aceitava aqueles restos como prova de uma afeição, carinho, talvez até mesmo indícios de amor. Eu havia me conformado com aquelas sobras, me convencendo de que eram suficientes. Que eu poderia costurar os trapos surrados e formar uma conexão digna de meu coração, minha alma, meu corpo.

Quando você estava acostumada a vasculhar por restos, uma afeição real era difícil de engolir.

Pouco depois de eu solicitar um refil, Brooke chegou. Ela acenou para mim, mas se viu presa em uma conversa do outro lado do bar. Não era incomum meus vizinhos perguntarem pelo pai dela e reclamarem sobre a vez em que ele disse uma coisa ou fez outra. Ela sempre foi educada sobre isso, respondendo às perguntas com um sorriso agradável, mas falso, acenando com a cabeça enquanto eles relembravam eventos que ela não lembrava. Eu não sabia como ela fazia isso, carregando o mundo e todos os seus segredos nos ombros. Ela fazia com que parecesse fácil, mas eu via as rachaduras na fundação.

Pedi uma taça de vinho para ela e voltei aos meus livros. Os minutos se passaram enquanto Brooke mantinha aquele sorriso vazio estampado no rosto e JJ me salpicava com comentários vagos sobre como me comportar hoje à noite, e então o silêncio tomou conta da taverna. Olhando para cima, Encontrei Cole e Owen aninhados em sua cabine, as cabeças inclinadas juntas.

Eu sorri para eles, desejando-lhes felicidade neste pequeno gesto. Eles não precisavam da minha aceitação ou aprovação para se amarem, mas eu ainda queria que eles soubessem que estávamos bem. Sem ressentimentos, sem constrangimento.

Voltando ao meu livro de receitas, me perdi em uma receita intrincada de Linzertorte que começou com um relato detalhado da história da torta e suas permutações ao longo dos séculos. Não foi até a porta principal bater que olhei para cima e encontrei Jackson escurecendo a porta do The Galley. Com uma rajada de vento, a porta bateu atrás dele novamente, chamando a atenção de todos na taverna.

Ele ficou lá por um momento, seus ombros quase largos o suficiente para roçar o batente da porta enquanto ele examinava o espaço, e então seu olhar caiu sobre mim. Seus braços dourados estavam dobrados nos cotovelos, as mãos segurando frouxamente o cinto de serviço. Essa pose fazia o tecido de sua camisa de manga curta de xerife esticar em torno de seus bíceps grossos e meus lábios se abrirem em um suspiro.

Encontrei uma grande confiança, que não tinha mais certeza se tinha, e sorri para ele. Não era assim que eu imaginava que o veria novamente, mas aqui estávamos nós, sem doces à vista e a cidade inteira como nosso público. Ele piscou uma, duas, três vezes antes de permitir que o canto de seu lábio se erguesse em resposta. Eu inclinei minha cabeça em direção ao assento vazio ao meu lado, aquele reservado para minha melhor amiga, e levantei minhas sobrancelhas.

Era um convite, que eu esperava que ele aceitasse, mesmo que eu não tinha a menor ideia do que eu diria ou faria se ele se juntasse a mim.

Jackson cruzou a taverna, seguro e ousado, como se havia sido enviado para me buscar. Ocorreu-me que ele estava aqui exatamente por esse motivo. Olhei para JJ, que estava lendo o verso de uma garrafa de uísque como se ela revelasse os segredos de uma vida longa.

"Isso vai ter volta, Jedidiah", eu sibilei. "Não pense que vou esquecer."

"Não consigo imaginar do que você está falando", respondeu ele, observando enquanto Jackson parava ao meu lado.

"Annette", disse Jackson, sua voz profunda passando sobre o meu nome. "Vou te levar para casa."

"Não até que você acerte sua conta", JJ gritou.

Jackson deixou algumas notas no bar e empurrou-as em direção a JJ sem tirar os olhos de mim. "Vou te levar para casa", ele repetiu.

"Podemos conversar primeiro?" Eu perguntei, apontando para o assento vazio.

Ele balançou a cabeça uma vez, um movimento brusco que fez meu nervosismo aumentar. Ele não queria sentar, não queria falar ... o que eu estava perdendo?

"Estou levando você para casa, Annette", disse Jackson, cada palavra mais nítida do que a anterior. Então, suavemente, "Por favor, linda. Eu preciso de você agora."

E era isso. Isso era tudo que eu precisava para pular do banquinho e pegar meus livros.

"Dê-me isso", ele ordenou, pegando minha bolsa.

Eu a puxei de volta com uma carranca exasperada. "Eu levo," eu disse, colocando a alça no ombro. "São só dois livros, não posso deixar você pagar minha bebida e carregar minha bolsa tudo na mesma noite. As pessoas vão pensar que sou uma mulher sustentada ou algo do tipo."

Jackson trouxe a mão para a parte inferior das minhas costas e se inclinou para roçar os lábios sobre a concha da minha orelha. "Isso é exatamente o que eu gostaria que eles pensassem."

CAPÍTULO VINTE E CINCO

JACKSON

ESMALTAR
***v. Pincelar alimentos com leite, ovo ou açúcar antes de
assar para obter um acabamento dourado e brilhante.***

EU NÃO ESPERAVA MARCHAR até o The Galley e reivindicar
Annette com a cidade inteira nos observando enquanto comiam
seu peixe-espada grelhado, mas Brooke estava certa. Era a
melhor maneira de matar muitos pássaros com uma cajadada só.

Não havia motivo para sugerir que Annette era quem estava
me perseguindo, não quando estava deixando claro para todos
que estavam assistindo que ela era minha.

Não havia como negar que tínhamos uma história, que
transcendia nossos papéis de xerife e livreira.

Não havia como esconder o alívio que senti quando ela
Saltou da banqueta e eu tinha certeza que todos viram em meu
rosto também.

Ela desempenhou bem o seu papel com aquele fogo quando
tentei livrá-la de sua bolsa. Ninguém poderia argumentar que
não havia fogo entre nós.

Eu sabia que a família de Annette não estaria no The Galley, mas também sabia que isso iria chegar até eles. E eu não havia terminado. Não, tínhamos outra parada em nossa rota antes de chegar em casa.

"Jackson," Annette disse lentamente, olhando para mim, "podemos conversar agora?"

Eu a conduzi pela rua, em direção ao beco atrás de sua loja, e a tomei em meus braços. Eu nunca acreditei que o toque de outra pessoa pudesse me acalmar até a alma, mas Annette, ela era meu bálsamo.

"Senti sua falta hoje", sussurrei. "Ontem também. Não quero mais sentir sua falta."

Ela acenou com a cabeça, esfregando-a contra meu peito enquanto se movia. "Eu também senti sua falta", ela confessou. "Mas tenho muitas coisas a dizer e acho que devo dizê-las."

"Você pode falar e fazer as malas ao mesmo tempo?" Perguntei. "Porque eu disse a verdade quando disse que estava levando você para casa agora."

Annette olhou para mim por um momento, seus olhos grandes e escuros piscando para mim como se eu tivesse falado outro idioma e ela precisasse de tempo para traduzir. Por fim, ela disse: "Não posso. Eu não posso falar e fazer as malas, eu tenho que dizer isso agora."

"Ok" respondi. "Vá em frente. Eu não vou te apressar."

Ela levou as mãos ao meu peito, seu olhar travado nos botões da minha camisa. Ela mordeu o lábio, hesitando antes de falar.

"Estou aprendendo a fazer isso. Eu — eu vou cometer erros. Vou te afastar porque não sei o que fazer com grandes sentimentos e muito amor, mas quero melhorar nisso. Nisto aqui." Ela bateu no peito e depois no meu. "Nós."

"Eu vou puxar você de volta", eu disse, pegando-a em meus braços e apoiando-a contra o prédio. Eu queria seu corpo pressionado contra o meu, mas também precisava de ajuda para ficar de pé. "Vou querer tudo com você e você vai ter que me dizer quando desacelerar. Eu posso lidar com isso, eu juro. Apenas me diga o que você precisa e prometa que vai me dar uma chance de me ajustar."

"Eu te amo", ela sussurrou, um vale profundo de admiração em suas palavras. "E eu quero deixar você me amar, mesmo quando for assustador e opressor."

"Eu te amo desde o primeiro momento em que coloquei os olhos em seus tornozelos", respondi. "Eu vi você do meu escritório e meu coração se soltou de meu peito e subiu em suas mãos."

Eu a beijei então, rápido e forte, assim como nós tínhamos nos apaixonado. Ela tinha gosto de vinho e conforto, e eu me encontrei empurrando contra o calor entre suas pernas. Eu estava exausto e necessitando desesperadamente dormir, mas meu pau estava pronto para ir a noite toda.

"Isso não é ilegal?" ela perguntou contra meus lábios. "Atentado ao pudor ou algo assim?"

"É por isso que estou tentando te levar para casa", eu disse, gemendo enquanto a fricção tomava conta de mim. "Rápido. Vamos subir as escadas e pegar todas as coisas de que você precisa nos próximos dois dias. Seu batedor favorito, o rolo que você prefere, aventais com flamingos, alguns daqueles vestidos brancos de que tanto gosto. Apenas o básico. Calcinhas são desnecessárias."

"Batedor, rolo de macarrão, avental," Annette repetiu. "O que eu farei com essas coisas?"

"O que você quiser", eu disse. "Qualquer coisa. Eu quero você comigo e não apenas por uma noite. Eu quero que você fique. Fique por muito, muito tempo, Annie."

Ela correu os dentes pelo lábio inferior, cantarolando para si mesma. Eu estava preparado para uma discussão, resistindo à recusa certa dela.

"Mas sem calcinhas? É essa a sua maneira de contornar as restrições anteriores de tocar minha calcinha? Esta é uma conversa que podemos ter enquanto fazemos as malas, você sabe. Não temos que fazer isso contra o meu prédio."

Sem discussão. Sem recusa. Só eu e Annette, tentando o nosso melhor para fazer isso dar certo. Com ou sem calcinha.

"Se você insiste." Com pesar, coloquei Annette de pé e a deixei liderar o caminho para seu apartamento. "Estou apenas lançando algumas ideias aqui, mas acho que podemos viver felizes com a regra de não usar calcinha. Parece mutuamente benéfico para mim."

Annette balançou as chaves para mim quando chegamos ao patamar em frente à sua porta. "Está vendo? Chaves. Para a fechadura. Aquele na porta."

Eu trouxe as duas mãos para seu traseiro e apertei. "O quê? Você acha que vou recompensá-la por acatar aos procedimentos de segurança mais básicos? Não, linda. Não vai acontecer."

Ela me lançou um olhar por cima do ombro, seus olhos eram um par de poças de tinta na escuridão e seus lábios pressionados juntos em um beicinho. Eu não conseguia resistir àquele rosto. O mesmo que ela usou comigo naquela primeira noite, quando ela não queria ficar sozinha na minha cama.

"E se eu pedisse com educação?"

Eu apertei sua bunda, com mais força desta vez. "É melhor você fazer as malas rápido."

Annette empurrou a porta e eu a segui para dentro do apartamento estreito. Ela me entregou uma sacola de compras reutilizável e apontou para as assadeiras e ferramentas empilhadas no alto da mesa da cozinha. "Você trabalha na cozinha e eu vou pegar algumas roupas. Não quero partir o seu coração, mas vou levar calcinhas. Nem tudo pode ser um jogo divertido e simples."

Apontei para ela com uma lata de muffin. "Isso não é verdade. Diversão e jogos de nudez são o presente da idade adulta."

Ela se moveu em minha direção, sua expressão atrevida

desmoronando a cada passo. "Sinto muito." Ela correu as mãos dos meus ombros até meus pulsos antes de entrelaçar nossos dedos. A lata de muffin caiu no chão. "Eu não disse o que queria dizer e isso machucou você, me desculpe."

Inclinei-me para frente, pressionando um beijo em sua testa. "Eu também não disse o que queria dizer. Não o que eu realmente queria dizer. Lamento ter partido."

Annette acenou com a cabeça, apertando meus dedos. "Você parece cansado", disse ela, com as sobrancelhas franzidas. "Jackson, me diga que você não tem trabalhado sem parar desde aquela situação na pousada."

"Eu não me oporia a uma boa noite de descanso", admiti. "Vai ser melhor com você."

"Dê-me dez minutos", disse ela.

"Então podemos ir para casa?" Perguntei. "Podemos fazer isso?" "Vamos para casa." Ela balançou a cabeça, um amplo

sorriso me dizendo tudo que eu precisava saber. "Vamos fazer isso."

CAPÍTULO VINTE E SEIS

ANNETTE

CARAMELIZAR
v. Aquecer o açúcar até derreter e dourar.

"O QUE É ISSO?" Jackson murmurou, suas palavras vibrando contra a pele macia na junção do meu pescoço e ombro. "O que é e como faço para parar?"

Demorou um minuto para ouvir qualquer coisa além da minha necessidade por ele. Tínhamos acabado de colocar minhas coisas dentro de sua casa quando nos alcançamos e não fomos capazes de nos soltar desde então.

Depois de outro toque, inclinei-me, pisquei e olhei ao redor de sua cozinha. Depois de um longo momento de olhar atento e concentrado, identifiquei o ruído. "É o meu telefone", disse eu, olhando em volta para ver onde havia deixado minha bolsa. Sacos de supermercado carregados com utensílios de cozinha enchiam a bancada e minha bolsa estava escondida embaixo delas.

"A única pessoa que precisa de você agora está bem aqui", disse ele.

"Eu sei," eu disse, ocupada em afrouxar os botões de sua camisa. "Prefiro ignorar, mas ele continua tocando."

Com um grunhido, Jackson me pegou e me colocou na bancada. Ele manteve uma das mãos nas minhas costas e usou a outra para vasculhar as sacolas e então virar minha bolsa. Ele vasculhou entre protetores labiais e absorventes internos, moedas e balas para encontrar meu telefone tocando embaixo da minha carteira.

"Onde está o spray de pimenta que eu dei a você?" ele perguntou, segurando o telefone fora do meu alcance. A foto de Brooke apareceu na tela.

"Eu não tinha espaço para isso", disse eu, pegando meu telefone. O toque parou, mas começou rapidamente de novo. "Ela não sabe como recuar. Ela vai continuar ligando. Pior ainda, ela vai aparecer na porta."

"Você não tinha espaço para ele", disse Jackson, ainda olhando para o conteúdo da minha bolsa. "Você tem espaço para seis batons diferentes, mas não para um spray de pimenta." Ele voltou sua atenção para mim, sua sobrancelha arqueada. "Falaremos sobre isso mais tarde, mas não duvide que falaremos sobre isso."

"Tenho certeza que vamos", eu disse, pegando o telefone dele. "Oi, Brooke."

Ela não se preocupou com gentilezas ou preâmbulos, em vez disso, começou imediatamente. "Você está com ele agora? Eu o vi levando você até a casa dele com um monte de malas, mas preciso de mais informações. Me conte tudo."

"Sim, estou com Jackson." Eu sorri para ele e sua carranca impaciente. "Ele me trouxe para casa e eu vou ficar aqui. Eu e todas as minhas coisas."

A carranca se suavizou em um sorriso que não pude deixar de retornar. "Já era hora de você aceitar isso", disse ele.

"É a minha vez com você. Diga a ele para cortar o sentimentalismo por um minuto", disse Brooke. "O que ele disse? "O que *você* disse? O que está acontecendo agora? Preciso saber!"

Jackson se colocou entre minhas pernas e empurrou minha saia até minha cintura. "Acabe com isso", disse ele baixinho.

"Ainda vamos almoçar e beber vinho neste fim de semana?" Perguntei.

"Vinho, sim. Posso viver sem comida", respondeu ela. "Mas não pense que você irá me deixar esperando até lá. Eu preciso de todos os detalhes. Viver vicariamente através de você é a única coisa que me impede de virar totalmente a Kate Chopin em *O Papel de Parede Amarelo*."

"Acho que você quer dizer Charlotte Perkins Gilman", respondi. "Você e Kate Chopin têm outras coisas em comum."

Jackson arrastou os dedos pela parte interna das minhas coxas, sorrindo como se estivesse desembrulhando o presente que sempre quis. Ele fazia isso comigo, me fazia acreditar que era digna de apreciação.

"Ok, tanto faz. Dê-me a aula de literatura mais tarde," Brooke disse. "Por favor, vá para as partes boas. Estou ficando velha e cansada aqui."

Com meu olhar fixo em Jackson, eu disse a ela: "Você estava no The Galley. Você o viu me arrastar para fora de lá."

"Sim, chutando e gritando", respondeu ela.

"Provavelmente vou ficar nua na cozinha dele. Eu poderei até bater nele. Então iremos para a cama onde planejamos dormir."

"Pelo menos por um tempo," Jackson murmurou.

"Isso é completamente inaceitável no que diz respeito aos principais detalhes", disse Brooke. "É melhor você me escolher como sua dama de honra depois de toda a merda que você me fez passar com este homem. Vou dar o brinde mais desleixado e meloso em seu casamento e vou fazer das suas meias-irmãs malvadas minhas serviçais. E você definitivamente vai comprar o vinho neste fim de semana."

"Com prazer," eu disse, uma risadinha gemendo ecoando em minhas palavras enquanto os polegares de Jackson roçavam a borda da minha calcinha.

"Ok, tudo bem, isso é o suficiente", disse Brooke. "Eu posso aguentar um monte de coisas, mas não quero ouvir enquanto ele te fode."

"Ele não-"

"Eu não quero saber," ela interrompeu. "Algo está acontecendo aí e eu não preciso estar envolvida nisso. Podemos falar *sobre* sexo, mas não podemos falar *durante* o sexo."

"Amo você, babe", eu disse.

"Também te amo", respondeu Brooke.

Encerrei a ligação e coloquei meu telefone de lado antes de olhar para Jackson. "O que acontece agora?" Perguntei.

Eu quis dizer *agora*, mas também quis dizer tudo que vem depois do *agora*.

"O que você quiser", disse ele, ainda acariciando a ponta da minha calcinha. "Peça-me qualquer coisa, Annette. Eu te darei."

Eu trouxe minhas mãos ao seu rosto, segurando sua mandíbula forte e quadrada e correndo meus polegares sobre suas bochechas. Seus olhos estavam pesados e a exaustão franzia a testa. "É a minha vez de colocá-lo na cama", eu disse, selando a promessa com um beijo. "E quando eu precisar, você fará por mim."

"Só isso?" ele perguntou.

"Só isso", respondi.

CAPÍTULO VINTE E SETE

ANNETTE

COAR
v. Separar sólidos de líquidos

DOIS MESES depois

"ISSO ACONTECE TODOS OS ANOS", murmurei, meu queixo inclinado para baixo enquanto Iuxava o zíper do meu casaco. "Um dia tudo está lindo e maravilhoso com o ar fresco de outono e céu ensolarado" — gesticulei para o céu escuro acima com minha mão enluvada — "e então há uma onda de frio e a próxima era do gelo começa. Esse é o verdadeiro problema do regresso no outono. Precisava ser na primavera para que as pessoas não se transformassem em pingentes de gelo aqui. Não me importa se isso estraga tudo para o futebol. É o que eu acredito."

Jackson murmurou em concordância enquanto enrolava um cachecol de flamingo em volta do meu pescoço. Ele estava de uniforme esta noite, vestindo um suéter grosso e escuro sobre a camisa bege e um casaco por cima do suéter para evitar o frio do inverno. Aquele suéter — com a insígnia de xerife bordada no braço e seu nome sobre o peito funcionavam como um encanto para mim. Eu queria passar meus dedos pela malha, deslizar minhas mãos por baixo — eu queria descascá-lo. Eu queria jogá-lo no chão e colocar minhas mãos em sua pele e mantê-las lá até que ele não aguentasse mais. E então eu colocaria aquele suéter e veria quanto tempo ele levaria para rasgá-lo de mim.

"Não vou deixar você virar um pingente de gelo", disse Jackson, dando tapinhas no lenço e desamarrando-o novamente. "Você está fofa. Eu gosto de ver você todo empacotada."

"Não me entenda mal", eu disse. "Eu vivo para a temporada de botas e suéter longo, mas é a transição entre usar vestidos de verão e sandálias durante todo o verão para usar, você sabe, meias e jeans e então casacos e chapéus e cachecóis e luvas. Os chapéus são os piores. Eles bagunçam meu cabelo."

"Acredite em mim," ele murmurou, sua concentração fixada no lenço, "eu estou sofrendo a perda de seus vestidos de verão, também." Ele encontrou meu olhar com um pequeno sorriso. "Mas sua bunda fica maravilhosa nesses jeans. Não consigo descobrir se devo beliscar, bater ou morder." Ele olhou para cima e para baixo na linha lateral. "Há também uma quarta opção, mas prefiro não mencioná-la aqui."

Acenei em direção ao campo de futebol da escola e as líderes de torcida se aquecendo perto de nós. "Boa decisão, xerife. Guarde essa para mais tarde. Não precisamos despertar mais atenção do que o necessário."

Ele seguiu meu olhar para as arquibancadas do estádio onde minha família estava sentada, decorada com as cores do colégio. "Foda-se", ele sussurrou, inclinando-se para mim. "Deixe-os assistir."

Ele ergueu meu queixo e roçou seus lábios nos meus. Não

havia segredos sobre estarmos juntos, mas eu não estava totalmente confortável com os olhos de toda a cidade — e minha
família — em cima de nós. Eu não era tão egocêntrica a ponto
de acreditar que todas essas pessoas se importavam com as
minúcias da minha vida, mas eu estava parada antes do jogo de
volta para casa, envolta nos braços de um grande urso pardo de
homem, enquanto as costas de seu casaco anunciavam orgulho-
samente seu título.

Quando nos separamos, corri meu dedo enluvado sobre seu
lábio inferior para limpar o brilho labial que havia ficado lá.
"Você é uma má influência, xerife."

"Sim, sou." Jackson passou as palmas das mãos pelos meus
ombros e braços antes de agarrar minhas mãos. "Onde está
Brooke esta noite?"

Eu balancei minha cabeça para ele, dei-lhe um *se ao menos
você soubesse*. "Ela não vai a jogos de futebol. Ela tem uma relação
complexa com a nossa alma mater."

"Conhecendo Brooke, isso não é surpreendente." Jackson
escovou alguns flocos de neve perdidos do meu ombro. Uma
tempestade estava na previsão desta noite. "Não temos de ficar
o jogo todo."

Eu ri disso. "Não, precisamos ficar para a coisa toda. Até o
último minuto", insisti. "É o jogo do regresso a casa. Você tem
que fazer o lance da moeda. Eu tenho que coroar o tribunal do
baile. Temos que ficar até o final e provavelmente teremos que
voltar para a casa de alguém para uma pequena comemoração
pós-jogo, também."

"Eu não quero reunião", ele resmungou, agarrando minha
cintura com as mãos. "Eu não vi você a semana toda. Eu quero
te levar para casa."

Foi uma semana agitada. Jackson estava em Augusta para
uma reunião de três dias sobre aplicação da lei, eu tive dois
eventos noturnos na loja e Brooke e eu nos encontramos para

jantar e beber ontem à noite. Trabalhei muito para arranjar tempo para a minha amiga, mesmo quando teria sido mais fácil cancelar e passar a noite aconchegada com o meu homem. Mas eu estava determinada a evitar isso. Ela estava lá para mim antes de Jackson, eu não a deixaria em banho-maria agora que estava com Jackson. Ela era a irmã que tinha escolhido e não ia esquecer que ela também havia me escolhido.

"Você está me vendo agora", eu disse.

"Sim, Annie, eu estou", disse ele, sua voz grave. "E eu estou me perguntando se eu estava errado sobre seus tornozelos quentes pra caralho agora que estou vendo você de jeans. Maldição, garota. As coisas que você faz comigo."

Comecei a explicar meu fascínio pelo suéter do uniforme oficial de xerife, mas avistei minha mãe e irmãs se dirigindo diretamente para nós. Eu não tinha certeza de onde elas haviam deixado meu pai e cunhados, mas aqueles homens pareciam seguir o velho ditado de serem vistos, mas não ouvidos. Às vezes, eles iam além com o silêncio *e* a ausência.

"Ah. Isso será especial," murmurei, saindo do abraço de Jackson. Não fui longe, mas não queria que eles me vissem apalpando-o. Elas arquivariam sob meus repetidos atos de desespero e nunca me deixariam esquecer.

Embora eu não tivesse excluído minha mãe ou irmãs da minha vida depois de sua visita à minha loja alguns meses atrás, eu também não havia procurado por elas. Aceitei que havia um mundo de diferença entre mim e o resto da minha família e não ia mudar nada disso. Não importava se essa diferença surgiu ao escolher esta profissão em vez da delas ou a tremenda lacuna em nossas idades ou mesmo o meu fracasso em ter nascido menino. Não importava em nada. Jackson passou o braço por cima do meu ombro, me puxando para mais perto. "Não diga uma palavra. Eu cuido disso", disse ele

baixinho.

"Cuida do quê?" Eu sussurro-gritei.

Ele balançou a cabeça uma vez e estendeu a mão livre para minha mãe. "Sra. Cortassi. É um prazer vê-la esta noite", disse ele.

Ela aceitou a mão dele, mas não conseguiu desviar seu olhar constipado do aperto dele em meu ombro. "O prazer é todo meu." Ela desviou o olhar de mim e gesticulou para minhas irmãs. "Eu não acredito que você tenha conhecido minhas filhas. Rosa, Lydia e Antonella."

Ele acenou com a cabeça em direção a cada uma delas. "Eu conheci a minha favorita", disse Jackson, pressionando um beijo na minha têmpora.

Minha mãe piscou para nós por um momento enquanto lutava para processar a imagem à sua frente. De minha parte, estava lutando para conter uma risadinha. "Ah, sim", disse ela, olhando para mim. "Sim, você conheceu Annette."

"Não apenas eu a conheci, mas também passei o verão me apaixonando por ela", disse ele. "Muito antes que ela percebesse, meses atrás, eu estava me apaixonando por ela."

No lugar dos meus ossos havia geleia. Mesmo depois de dois meses sólidos de Jackson me dizendo que me amava — *e* dizendo de volta — a onda de calor de derreter os ossos não havia desaparecido.

"Ah meu Deus," Nella murmurou, fechando o punho na frente da boca.

Minha mãe se recuperou, arrulhando, "Xerife, você é um amor. Precisamos recebê-lo para o jantar de domingo. Que tal no próximo fim de semana? Sim, no próximo fim de semana. Você virá para o jantar. Está decidido."

Eu não tinha certeza se meu convite estava implícito ou elas esperavam ter um tempo a sós com ele.

Jackson olhou para mim, seu olhar faminto concentrado em meus lábios. "Isso funciona para nós, linda?" ele perguntou.

"Tudo bem", eu disse, minhas bochechas aquecendo sob seu olhar. "Eu acho que sim. Provavelmente."

Sua sobrancelha se arqueou em questão e eu dei um rápido encolher de ombros em resposta. Eu não poderia recusar com uma audiência.

"Agora pensando sobre, Annie e eu temos planos no próximo fim de semana", respondeu ele, voltando-se para a minha família. "Sim, acabei de me lembrar. Teremos que remarcar." Ele apontou para elas. "Por que não recebemos vocês em nossa casa?"

"Você e An-Annie," minha mãe repetiu, tropeçando no apelido de Jackson para mim.

"Sua casa?" Perguntou Nella. "Vocês têm uma casa?
Juntos?"

"Quando isso aconteceu?" Rosa perguntou.

Jackson sorriu para mim, balançando a cabeça. "Em agosto", disse ele, ainda olhando para a minha boca. "Não sou orgulhoso de esconder que implorei. Eu não poderia passar outra noite sem ela e implorei a ela para vir para casa comigo, ficar comigo." Ele deu um tapinha na barriga e deu um sorriso rápido. "E a comida dela, meu Deus. Eu não consigo funcionar sem seus doces. Mas tenho certeza que vocês sabem tudo sobre o talento dela na cozinha."

Havia muitas coisas maravilhosas sobre Jackson. A lista era longa e notável, não muito diferente de seu ... aham. Mas a característica que mais admirava nele era sua disposição de fazer um movimento ousado em nome de outra pessoa. Ele cuidou de mim quando eu estava bêbada e triste. Ele ouviu Nevilles quando outros descartaram suas preocupações. Ele confrontou Brooke sobre os problemas de seu pai, apesar de seu histórico de acabar com pessoas que a contrariavam. E agora ele estava apontando os comentários maldosos que minha família tinha feito e colocando-os em uma camisa de força onde mereciam estar.

"Annette, você está mantendo segredos da gente", minha mãe repreendeu.

Jackson soltou um forte suspiro antes de dizer: "De jeito nenhum. Todos na cidade são fãs de seus doces."

"Falando em cidade, o que você está achando de Talbott's Cove, xerife?" Perguntou Nella.

"É um ótimo lugar para chamar de lar", disse ele, suas palavras cheias de certeza. "Mas não seria tão bom sem esta mulher aqui. Eu não sei o que eu faria sem ela. Ela me mantém alerta, vou lhe dizer isso. Mas eu não estou dizendo nada que você já não saiba, certo?"

Nella parecia estar testemunhando uma atrocidade ao vivo. Mãos fechadas em punhos ao lado do corpo, boca aberta, olhos esbugalhados. Eu amava minha irmã, mas era incrível vê-la furiosa com algo tão simples como esse homem professando seu amor por mim. E meu muffins.

"Claro", Rosa murmurou, balançando a cabeça. "Eu acho ... acho que posso ver isso."

Lydia teve a decência de parecer entediada com toda a conversa, esticando o pescoço em torno do estádio. "Eu me pergunto se eles estão vendendo nachos nas barracas de concessão esta noite", ela resmungou, batendo um dedo com unha feita nos lábios. "Eu realmente quero nachos."

Minha mãe juntou as mãos. "Sobre aquela ceia de domingo", disse ela, seu olhar oscilando entre mim e Jackson. "Nós realmente precisamos recebê-lo para um jantar. Dê-me uma data. Tem que haver um domingo quando eu posso ter vocês dois à minha mesa."

"É muito gentil de sua parte", respondeu Jackson. "Mas ficaríamos felizes em recebê-los. Isso nos daria uma chance de mostrar a casa que estamos comprando e os planos que temos para reforma. Tenho certeza de que você quer ver os novos displays que Annette tem na loja também."

Mudei de um pé para outro, pressionando o lado do meu

rosto no peito de Jackson para abafar uma risada. Minha família nunca tinha visitado minha loja para ver novas vitrines. Esfreguei minha bochecha contra aquele suéter que eu gostava tanto e inalei seu cheiro. Ele realmente era um dos bons.

"Sim, claro," minha mãe concordou. "Que tal-"

"Espere, espere, espere," Nella interrompeu. "Vocês estão remodelando uma casa? Onde?" Ela apontou para mim. "Por que tantos segredos, Annette? O que você está tentando esconder?"

O peito de Jackson subiu e desceu sob minha bochecha. Subiu e desceu. "Como você pode ver, não estamos escondendo nada", disse ele.

Ainda direcionando seus comentários para mim, Nella continuou: "Então por que você não nos contou nada sobre isso?"

Jackson e eu olhamos um para o outro, nossos meios sorrisos imagens espelhadas um do outro. "Não ouvimos nada sobre nossa oferta na casa até ontem, então é tão novo para você quanto para nós. E Jackson estava em Augusta e eu tive aquele evento com um autor na quarta-feira, e temos estado ocupados", disse eu, ainda olhando para ele.

"Realmente *ocupados*." Ele deu um beijo na minha testa, minhas bochechas, minha boca. "Já que Annette não requer sua aprovação, eu não posso imaginar porque você não estaria nada além de entusiasmada por ela. Não é mesmo?"

"Podemos ficar entusiasmadas e fazer perguntas ao mesmo tempo", argumentou Nella. "As duas coisas não são mutuamente exclusivas. Isso aconteceu muito rápido. Você não concorda, xerife?"

Um rosnado baixo soou na garganta de Jackson enquanto ele me apertava contra ele. Tive que esconder meu rosto de novo.

"Meu Deus, Nella", Rosa murmurou. "Você pode parar de tentar provar um ponto por um maldito minuto? Você não tem que ser uma vaca o tempo todo."

"Quem você está chamando de vaca?" Nella surtou.

"Sobre o que estamos falando?" Lydia perguntou, seus olhos se estreitaram quando ela olhou entre nós. "Deixa pra lá. Alguém me dirá mais tarde. Vou comprar nachos."

Minha irmã se virou e foi embora, não se preocupando com gentilezas.

"Quero ouvir sobre essa casa", disse minha mãe, segurando as duas mãos ao seu lado como se segurasse os comentários das minhas irmãs. "Onde é? Quando estará pronta?"

"Fizemos uma oferta na antiga casa de Dickerson", eu disse. "Está em má forma, mas o terreno é incrível."

Incrível e privado. Quando começamos a brincar com a ideia de encontrar um lugar juntos, algo novo para nós, um dos principais requisitos era uma casa que nos oferecesse certo grau de privacidade. Nossos dias eram passados interagindo com a comunidade e compartilhando-nos com esta cidade, mas também precisávamos de um lugar para fechar as portas e ficar sozinhos.

Nós não esperávamos encontrar algo tão rápido como foi, mas não poderíamos deixar passar a antiga fazenda com a floresta em seu quintal e o oceano brilhando a sua frente.

"E a vista", acrescentou Jackson, com o queixo escovando a coroa da minha cabeça. "A vista é a melhor."

"A reforma levará vários meses, mas achamos que teremos nos mudado quando chegar a primavera", eu disse. "Talvez verão. Vamos ver como será o inverno."

A banda marcial da escola lançou-se na canção de luta enquanto os jogadores corriam para o campo. Minha mãe gesticulava entre as orelhas e a boca, indicando que era muito alto para falar agora. Ela me deu um beijo rápido na bochecha e deu ao Jackson um abraço de um braço só. Ela puxou Rosa e Nella, ainda agitada, e voltou para as arquibancadas.

Quando o árbitro acenou para Jackson para fazer o lançamento da moeda, ele pegou minha mão e me levou para o centro do campo com ele. Eu não esperava me juntar a ele para esta parte das festividades, mas eu não me importava. Se havia alguém se perguntando sobre o status de relacionamento do meu homem, este momento esclareceu tudo.

Vários jogadores de cada equipe se amontoaram ao nosso redor, observando como ele colocou a moeda no ar e, em seguida, bateu-a no topo de sua mão. Em vez de olhar para a moeda, ele enfiou o braço no meu pescoço e me puxou para um beijo.

Os lábios de Jackson um sopro do meu, ele sussurrou: "Não parecia o momento certo para dizer à sua família que você recuperou o juízo e concordou em se casar comigo. Contamos a eles quando meus pais vierem visitar em algumas semanas. Teremos que convidar Brooke, já que ela está guardando esta informação desde o fim de semana passado. Isso vai ser divertido. Todos eles ficarão histéricos juntos."

Um sorriso apareceu em meu rosto enquanto me lembrava de nós caminhando ao redor da Fazenda Dickerson, maravilhados com celeiros que mal em pé estão, fileiras de macieiras marchando para a floresta, pontes de pedra sobre riachos profundos. Nós seguimos um caminho que levava a um rochedo à beira-mar e observamos o oceano correr sobre a costa rochosa abaixo. Eu estava muito ocupada contando os arbustos de mirtilo selvagem que alinhavam o caminho para notar que Jackson tinha se ajoelhado.

Não me lembrava das palavras exatas dele, mas lembrei-me de me sentir escolhida. *Merecedora*. Essas sensações não inundaram meu sistema como um banho de mel quente porque ele queria passar a vida inteira comigo, mas porque eu finalmente acreditava que merecia.

Eu era digna de um amor grande, completo e confuso.

Eu era digna de viver a vida que eu tinha imaginado para mim.

Eu era digna de me livrar dos restos e pegar tudo o que eu sempre quis.

Se eu tivesse que fazer tudo de novo, eu teria lembrado o que Jackson havia dito quando se ajoelhou diante de mim, mas eu não teria trocado essa explosão de confiança — de saber o que eu queria e aceitá-lo, também — por nada no mundo.

Junte-se ao meu boletim informativo para alertas de novos lançamentos, epílogos estendidos exclusivos e cenas de bônus e muito mais.

Se newsletter não é para você, siga-me no BookBub para alertas de pré-encomenda e novos lançamentos.

Visite meu grupo de leitores privados, Contos de Kate Canterbary, para brindes exclusivos, antevisões dos próximos lançamentos e conversas sobre livros.

SOBRE KATE

Bestseller do USA Today, Kate Canterbary escreve romances contemporâneos cheios de calor, emoção e finais felizes. Kate mora na costa da Nova Inglaterra com o marido e a filha.

Você pode encontrar Kate em www.katecanterbary.com

AGRADECIMENTOS

Bake-Off Reino Unido é o antídoto perfeito para o mundo de hoje. É feliz, mesquinho e no geral maravilhoso. Annette não seria quem ela é sem o Bake-Off.

Aos leitores que adoraram Talbott's Cove (e Boston e Montauk), obrigada. Eu não poderia fazer isso sem vocês.

Para as pessoas que ouvem minhas preocupações, perseverança e dúvidas que estão sempre no fundo da minha xícara de chá ... vocês sabem quem vocês são e eu agradeço a cada um de vocês por checarem como estou indo.

Para meu marido, que me disse que não era loucura terminar um livro enquanto arrumamos nossa casa e mudamos para uma nova ... obrigada por isso. E por todas as outras coisas que você faz.